講談社文庫

# ラストチャンス
# 参謀のホテル

江上 剛



講談社

〈人物紹介〉

樫村《かしむら》徹夫……元エリート銀行員。飲食店チェーンなど様々な会社を再建した実績を持つ、〝再生請負人〟。

山本知也……ジャパン・リバイバル・ファンドの社長。銀行時代から樫村の能力を買っており、何度か再建を依頼している。

金杉《かなすぎ》芳雄……バブル前後に名を馳《は》せ、今では表舞台から姿を消した政財界のフィクサー。

木佐貫《きさぬき》華子……〝三大名門ホテル〟と称される「大和《やまと》ホテル」の創業家の娘。亡き父から経営を受け継ぎ、現在は社長を務める。

渡良瀬《わたらせ》聡……長年「大和ホテル」のGMを務めた後、取締役に就任。華子の右腕。

沢《さわ》秀彦……樫村の銀行時代の後輩で、現在はホテル投資を専門にする外資系不動産投資会社に勤務。

宮内亮……樫村の銀行時代の同期で、退職後も、何度か企業再建で協力し合った。経営コンサルタント。

# 目次

校了を目前にひかえた二〇二〇年三月下旬、新型コロナウイルスの脅威は世界中に広がり、終息の時期はまったく見えていない。

そのような状況を受け、今夏に迫った東京オリンピック・パラリンピックは、来年夏頃までの開催を目途に延期されることが決定した。

本作は、予定通り七月にオリンピック・パラリンピックが開催された前提で、二〇二一年の東京を描いた。だが、いずれにしても、経済の先行きはかなり深刻だと私は考えている。

これもひとつの未来予想図として、読んでもらえたら幸いだ。

――江上　剛

# 第一章　再生請負人

## 1

二〇二一年（令和三年）四月下旬、例年なら春は盛りを過ぎ、初夏に近づこうとしている季節なのだが、まだまだ空気は冷たい。

今年は、大陸から押し寄せる寒気団がいつまでも居座り、太平洋高気圧が押し戻され、なかなか温かくならない。つい一週間まえにも季節外れの雪が降った。お蔭でいつもならとっくに緑の若葉が萌えだしているソメイヨシノも三分から、樹によってはまだ五分程度も花をつけている。

自宅近くを流れる神田川沿いには、初春、仲春、晩春の三春の花がいちどきに咲いていいる。

福島県に三春《みはる》という町があるが、ここは春になると、梅、桜、桃が一斉に咲き出すから、この名があると言う。ちょうどそれと同じ状態だ。
ソメイヨシノの花のすぐそばに赤、ピンク、白の花桃、紅色の花が雪洞《ぼんぼり》のように丸くなった八重桜。その下には黄色のヤマブキ、白く可憐な釣鐘のような馬酔木《あしび》。見上げれば初春を彩るはずの黄色のミモザがまだ風に揺れ、甘く優しい香りを周囲に漂わせている。家の軒下からはフジが陽の光を求めて道路の方に伸び、紫の花を垂れている。ああ、何という春だ。三つ春の色鮮やかな木々の花々の競演を眺めていると時を忘れてしまう。このまま時間を止めて、永遠の春の中に引きこもっていたくなる。

だが、現実の私は山手線内のひしめき合う人の中にいる。

スプリングコートを着ている人やスーツだけの人、薄いセーターだけの人など、気温に迷いに迷わされた装いの人に体を押されながら、目を閉じ、つい先ほどまで眺めていた花々を思い出していた。鼻先にミモザのほんのり甘く、優しい香りが漂って来る。うっとりとした気分になる。

「うっ」

突然、吐き気を催す猫の糞が腐ったような刺激臭が、鼻を襲ってきた。

驚いて目を開けると、よれよれのスーツに襟《えり》が土色に変色し、いかにも薄汚れたワイシャツを着ている、赤ら顔の中年の男の顔がすぐそばにあった。

臭いの原因は、彼の黄ばんだ歯の間から噴射される口臭だった。いったい何を飲み、何を食えば、こんな毒ガスになるのだろうか。毎晩、ろくでもない摘まみで酒を浴びるほど飲んでいるに違いない。

鼻が曲がるかと思った。急いで顔を背ける。できれば体も別の場所に移動させたいが、混み合っていて身動きが取れない。

男は、私の様子に気づくと、これ見よがしに睨《にら》みつけ、執拗《しつよう》に口臭攻撃を仕掛けて来る。

ああ、どうしようもない。このまま通勤電車の中で死んでしまうのか。私は、絶望的な気分になってしまう。

ここしばらくの間、こういう混んだ電車とは縁のない生活だったので余計に堪《こた》える。他の乗客は、大丈夫なのだろうか。

とにかくもう少しで目的の池袋駅に着く。それまでの辛抱だ。私は、男に可能な限りのしかめ面をしてみせ、先ほどまで眺めていた花々の色や香りを思い出そうと努めた。

最近、この種の中年男性が目立つようになってきた。彼らはたいてい朝から酔っている。これでは昔、ドヤ街と呼ばれていた日雇い労務者の街に迷い込んでしまったかのようだ。

彼らはリストラされ、仕事を求めて一日中、街を徘徊《はいかい》しているのである。職安を巡り、無駄足とは思いながらも情報があれば、職を求めてどこへでも行く。しかしどこも採用してくれない。家にも帰れない。否、家などとっくにないのかもしれない。宛てのない徘徊の後に、自動販売機かコンビニで酒を買い、腹立たし気に呷《あお》る。これが習慣化してしまっている。

彼らのことをマスコミではジョブ・ワンダラー（ｊｏｂ ｗａｎｄｅｒｅｒ）と呼ぶらしい。職を探して街をうろつくからだが、徘徊老人と同列に扱われている。悲しい限りだ。これも未曾有《みぞう》の不況のせいである。

彼らは就職氷河期に企業に就職できず非正規雇用になってしまった人たちとは違う。元はエリートと言われる存在だった。

詳しい調査がなされたわけではないが、元銀行員などが多いと言われている。

二〇一九年頃、ＡＩ（人工知能）の発達を見込んで多くの銀行が行員の大量リストラを発表した。

しかしそれらの施策は、まだまだ微温的で、新卒採用減と定年退職による自然減を進めるものだった。

しかしシンギュラリティ（技術的特異点）と言われるＡＩの能力が人間の能力を超越するほどの進歩は、とてもそんな微温的な施策を企業に許してくれなかった。

銀行は融資や貯蓄、送金など、主要な業務のほとんどすべてをＡＩを駆使する新興企業に奪われてしまったのである。

街中にあった店舗は、次々と姿を消してしまった。キャッシュレス化が予想以上に進み、現金を引き出すＡＴＭさえなくなってしまった。一見、人員削減に無関係と思われるが、監視や現金補充に多くの人員を割いていたのである。こうした人員も不要になってしまった。

かくして銀行は、微温的な人員削減策ではなく、大量解雇に踏み切ったのである。

銀行の動きは、多くの企業に波及した。ホワイトカラーと言われる人々の大量解雇時代が二〇二〇年の終わりごろから始まったのである。

私は、つくづく人間とは愚かな存在だと思う。

便利なように、生活が快適になるようにと人々は科学技術の進歩を評価してきた。

ところがＡＩが想像以上のスピードで進歩すると、あらゆる場面で人間の代替をするようになるらしい。

便利になればなるほど、人々の雇用は失われ、収入は減少し、生活は破綻《はたん》し、ＡＩの進歩による快適な生活は、ごくごく一部の経済的成功者、政治家、資産家しか味わえない世の中になってしまうのかもしれない。

十九世紀初め、イギリスが産業革命を推し進めている頃、「ラッダイト運動」という繊維機械破壊運動が発生した。人々は機械の発達が、自分たちの生活を脅かすと考えたのである。

このままＡＩが進歩していくと、いつか新たな「ラッダイト運動」が起きるのだろうか。

この込み合った電車に同乗している人々を見ていると、そんな運動は当面、起きそうにない。彼らはまだまだ自分たちの目の前にある危機に気付いているとは思えない。気が付いた時は、きっと手遅れになっているに違いない。

いずれにしても人間は、基本的に楽観的に、刹那《せつな》的にできているのだろう。あるいは危機を直視しないようにする能力が備わっているのだろう。だから今日よりも明日はいい日などと気楽なことを考えて暮らすことができるのだ。

プシューッ。

電車のドアが開く。自分で動かなくてもホームに押し出される。ようやくあの口臭男から解放された。ほっと一息をつく。

ここから歩いて大学まで通う。池袋の雑踏を抜け、数分ほど歩くと、別世界のようなキャンパスが目の前に出現する。R大学だ。私は、そこで講師をしている。友人に頼まれて企業再生などの講義をしているのだが、半年ほど続けてみて、もう辞めたくなっている。この頃、年を取ったのか、とにかくこの混んだ電車に乗るのが苦痛なのだ。

友人にその旨を伝えると、渋い顔で辞めないでくれと言う。

人気あるんだよ。樫村《かしむら》の講座はさ。

そう言われると、なかなか辞められない。

先ほどの口臭男やジョブ・ワンダラーの存在で分かるように、世の中、急激に不況が進行し始めている。

そんな理由もあって私の企業再生講座が人気なのかもしれない。好況期には、あまり見向きをされないのだが。

二〇二〇年東京オリンピック・パラリンピック後は、不況になると巷間《こうかん》で言われていた。しかし、実際は二〇一八年の秋ごろから日本は徐々に不況になっていた。「兵《つわもの》どもが夢の跡」どころではなかったわけだ。

二〇一九年十月の消費税増税や米中貿易摩擦、それに加えて、中国武漢市から発生したしいコロナウイルスによる新型肺炎が、中国ばかりでなく日本や世界に蔓延したのだ。患者や死者の数は刻々と増加し、中国を皮切りに世界中が不況に陥った。その結果観光客の激減、部品などのサプライチェーンの寸断により、日本経済は大打撃を受けることになった。まさに中国が肺炎になったら、日本は肺炎以上になってしまったのである。

中国経済の不況は、習近平の政策が、国民を萎縮《いしゅく》させていることが大きな原因なのだと私は思っている。

彼は、非常に猜疑心《さいぎしん》が強い男なのだろう。中国を徹底した監視社会にしてしまった。これは想像以上の進捗《しんちょく》で、今や、どんな小さな囁《ささや》きでも、政府批判ならたちどころに逮捕される状況になった。これでは国民は壁のない牢獄に閉じ込められたのも同じで意欲がなえてしまう。たとえば、新型肺炎の危機にいち早く警鐘を鳴らした医師の発言を封じ込めるために、逮捕してしまったではないか。もし彼の発言に耳を傾けていればこれ程の感染拡大にはならなかったかも知れない。

政府による監視を嫌い中国から若者や優秀な頭脳を持つ人材が次々と脱出し、アメリカやカナダなどに向かっている。以前は、中国政府はこうした動きを無視していたが、その数は最近、看過しがたいほどに上っていると言う。

中には、中国による強制拉致《らち》事件も起きている。

カナダに住んでいた中国人AI研究者が、突然行方不明となった。大学の研究室がもぬけの殻になってしまったのだ。いくら捜索しても分からない。ところがある日、中国政府の広報ネットに、中国国家のために研究に勤《いそ》しんでいるとの強張《こわば》った笑顔の彼の姿が映し出された。

事情通によると、どうしても彼の頭脳が必要となった中国政府が、彼を拉致し、中国に無理やり連れてきたらしい。

アメリカとの技術戦争は、まるで中国的全体主義とアメリカ的民主主義とのイデオロギー対決の様相を呈してきた。

もっともアメリカ的民主主義といっても、トランプ的民主主義だ。

二〇二一年一月に大方の期待に反してトランプ大統領が再選されてしまった。

彼は、徹底して中国と闘う姿勢を明確にしている。

それまでは単なる貿易赤字の削減問題で、利に聡い彼なら習近平との間で適当な妥協を成立させると思われていた。ビッグディールだ、とかなんとか自画自賛のツイートを通じてだ。ところが二期目に入った彼はいよいよ思想性を強め始めたのである。

強いアメリカ。そのためには強い中国は不要だ。こう主張したのである。

かくて同盟国日本はどうしたらいいのか。このままアメリカに徹底追随すべきか否か。そんなことをすれば中国との関係悪化は必至である。

中国は、今やあらゆる面で日本を揺さぶり始めた。

新型肺炎でそれまで年間八〇〇万人以上も来日していた中国人観光客が急減したが、その後もなかなか回復しない。これは自主的に来日しなくなったのではなく、中国政府がアメリカ寄りの日本を締め上げるために意図的に行っているのではないかという疑惑が囁かれている。

なにせ日本は、かつては技術立国を標榜《ひょうぼう》していたが、今や観光立国を目指している。新型肺炎はもちろんのこと、米中対立のさらなる激化のお蔭でとんだとばっちりを受ける羽目になってしまった。

景気回復を焦る政府は、日銀に対して金融政策でなんとかしろと迫ったが、これ以上の低金利政策は副作用ばかりが大きくなり効果はない。もはや日銀は打つ手がない状態だ。このままずるずると景気は落ち込んでいくしかない。

政府も、長期デフレからの脱却を目指した「ヤベノミクス」が色あせてしまったにもかかわらず、それに代わる政策を打ち出せない。

こうした不況を受け、今年九月の任期を見据え、民自党総裁選における現首相矢部信一《やべしんいち》の後任選びが始まった。

矢部首相は、三選を果たしたため四選はないということで辞任は決まっている。しかしまだなんとなく四選期待がくすぶっている。トランプ大統領との関係は良好であり、彼が再選されたため、このまま矢部首相の方がいいのではないかと言う声があるのだ。

しかし一方で、そろそろトランプ大統領一辺倒ではなく習近平と親しく出来る人物を選ぶべきではないかと言う声もあり、混乱している。

貧すれば鈍するの言葉通り、景気が悪くなれば政治も混乱する。このまま日本は、どんどん落ち込んでいくのだろうか。

「家まずしくして孝子顕《あらわ》る」という。日本は今までゆでガエル状態で、徐々に迫る危機にあまりにも鈍感であった。

平成時代は、バブル崩壊があったものの何とか昭和の遺産で食いつなぐことができた。しかし令和時代はもはや米びつに米粒が残っていない状態だ。危機感をもって田植えをして新しい稲を育てなければならない。

今こそ企業はイノベーションのたいまつを高々と掲げて、前進しなければならない。

――だから樫村の講座が必要なんだよ。

友人の囁きが耳元でリフレインする。

――仕方がないなぁ。

私は、雑踏の中を大学目指して歩いている。

## 2

「君たち、明治から昭和初期に活躍した経済人に福沢桃介《ふくざわももすけ》という人がいたのを知っているか」

私は、教室の学生たちに演壇から語りかける。

教室には五十人程度の学生がいる。八十人程度入る教室なので、まあまあの入りだ。

今回は、四月であり三、四年次生を対象にした新学期のプレゼン的な授業である。この程度の入りでも仕方がない。

彼らに電力王と言われた福沢桃介の名前を出したが、見事に反応がない。全くない。

驚くにはあたらない。三年後の二〇二四年（令和六年）に発行される新一万円札の肖像である渋沢栄一さえ、「ｗｈｏ？」なのだから。桃介を知らないのも当然だ。

彼は福沢諭吉《ゆきち》の娘婿だが、愛人で女優の川上貞奴《かわかみさだやっこ》との関係が多くのドラマや小説になっている。

現在の関西電力や中部電力の祖で、電力王と言われた。彼が面倒を見たのが、もうひとりの電力王松永安左《まつながやすざ》エ《え》門《もん》である。

この辺りをひと通り説明した。桃介は、諭吉の縁戚筋では事業家として最も成功した部類の人間である。

学生たちはさすがに福沢諭吉の名前くらいは知っていた。現在使用している一万円札の肖像だから当然のことだろうが。

学生たちに、貞奴との関係を説明すると、愛人！　嫌だ！　という反応が強い。奥さんがかわいそう、桃介って打算的ね、諭吉のカネで留学するために諭吉の娘と結婚するなんて最低！

女子学生からは散々だ。急にかまびすしくなった。こんな話題を持ち出した私を軽蔑《けいべつ》する目で見る女子もいる。男子学生は、そうした女子の反応を黙って聞いている。

誰一人何も言わない。いいじゃないか、自由でとかなんとか反論して欲しいものだが、情けない限りだ。

それで先生、企業再生と桃介の関係はどのようなものなのですか。ようやく男子学生の一人が、私に向かって質問してくれたので話を本題に戻すことが出来た。

「企業再生に必要なのは、社員のモチベーションを上げることです。これを言いたくて桃介を紹介しました」

「桃介って愛人のモチベーションを上げたんじゃないですか」

茶化す男子学生。こういう馬鹿なことだけは口の端に上ることを止められないらしい。

教室に笑いが起きる。

「彼が、もう一人の電力王である松永安左エ門からリストラの相談を受けたのです。会社を再建するのにリストラが必要だと判断したからです」

「人件費を削減するために企業はすぐにリストラしますね」

女子学生の表情が暗くなる。少し怒りも浮かんでいる。

就職などにおける男女差別の撤廃が言われて久しいが、まだまだ改善の余地がある。特に今日のように景気が悪化すると、途端に女子学生の就職に悪影響を及ぼす。そのことが分かっているから彼女の表情が険しいのだろう。

「なぜ企業はすぐに人件費率を下げたくなるんですか」

男子学生が聞く。

「人件費を売上高で割ったのが、売上高人件費率なのだが、当然、低い方が営業利益が上がるわけだ。この数字は業界ごとに大きく違う。製造業だと十％から十八％程度ってところかな。サービス業ならもっと高い。三十％から四十％程度じゃないかな。経営者にとっては非常に分かりやすいし、他社との比較が容易なんだろうね。だからこの数字さえ引き下げれば、利益が改善し、他社とも伍していけると思うんだろう」

「安易ですね。人件費率が高いってことは労働分配率も高くって労働条件のいい会社ではないんですか？　先生のおっしゃる社員のモチベーションを上げる努力をしている会社なわけでしょう？」

男子学生の質問が鋭い。

「なかなかいい指摘だ。労働分配率とは企業の付加価値の内、どれだけ人件費に配分されたかを示す指標だね。人件費を付加価値で割ったものだ。付加価値は売上総利益を使ったり経常利益に減価償却費や人件費、租税などを加えた数字を使ったりする。要するに企業が生み出した価値だ。労働分配率が高いと社員に報いていることにはなるけど、これも高いと利益が圧迫される。人件費率にしても労働分配率にしても利益に直結しているから、経営者はすぐに人件費を減らしたくなるんだね」

「桃介は、安左エ門にどう答えたのですか？」

女子学生からの質問。

「そうだね。話を戻しますね。桃介は、安左エ門にリストラはするなって言ったんだ」

教室内に小さくだが、驚きの声が響く。昨今のブームともいうべきリストラ状況との違いを感じているのだろう。

「それでもリストラするなら、優秀な社員から切れと言ったそうだ。なぜだかわかるかな」

私は、学生を見渡した。

「はい」

勢いよく女子学生が手を挙げた。

「どうぞ」

私は指さした。

目鼻立ちがくっきりしたチャーミングな女性だ。

「普通は、無能な社員からリストラするんじゃありませんか？　桃介のアドバイスはおかしいです」

「それが桃介の桃介たるゆえんだね」

桃介がどんな人物かもわからない学生に桃介たるゆえんと言ってもちんぷんかんぷんだろう。

「彼はね、こう言ったんだ。優秀な奴は、リストラしないでも辞めて行くし、転職先もすぐに見つかる。しかし無能な連中は、なかなか次の仕事が見つからない。こんな連中を首にしたら、お前が恨まれるだけだ。しかし彼らを大事にしたら、お前に感謝して忠誠心の高い社員になるだろう。その方が、会社はよくなる、とね」

「実際はどうだったんですか？」

先ほどの女子学生。

「安左エ門は、桃介の忠告を聞かずに無能な社員からクビにしたそうだ。すると見事に再建に失敗した。優秀な社員は機を見るに敏だから、さっさと辞めちゃったんだよ」

「先生のおっしゃることはよく分かりましたけど、やっぱり無能な人はどこまでも無能じゃないですか。そんな人が残っても駄目でしょう?」

いかにも賢そうな男子学生が言う。

「組織ってのはね、二対六対二の法則があるんだよ。とびきり優秀な人を集めても、優秀、普通、ダメが二対六対二になるんだ。ダメな人を集めても同じさ。そもそもダメな人間ってのはどんな人間なのかということを考えねばならない。組織に従順な人が優秀だとされるけど、そういう人は危機には役に立たないことが多い。なぜなら危機を招いた本人だからね」

私は、自分が再建に関わってきた会社の社員たちのことを思い浮かべた。

レストランチェーン、IT企業、パソコン製造メーカーなど業種は様々《さまざま》だ。頼まれるままに再建に関わってきた。

私に何か特殊な能力や資格があったわけではない。それでもそれらの会社を建て直すことができたのは、社員たちの声をじっくりと聞いたからだ。

どの会社の社員たちも自社が倒産するほど業績が悪化していることにあまり気付いていない。毎日の仕事に追われているからだ。

ある日、突然、現実を突きつけられる。すぐに心配になるのは、自分や家族の生活のことだ。子どもの学費は、住宅ローンは、結婚費用は……、いったいどうなるのだろうか。

ある社員のことを思い出す。パソコン製造メーカーを再建したときのことだ。その会社は、大手家電メーカーからパソコン製造部門をＭＢＯ（マネージメント・バイ・アウト）、すなわち経営陣から技術者たちが株式を買い取って経営を肩代わりしたのだが、上手《うま》くいかなかった。

営業が不得手だったのだ。彼らは、従来のパソコンがもはや時代遅れであるとの認識はなかった。良い物を作れば売れると考えていた。かつては誰もが各家庭、各個人でパソコンを所有していた。しかし、スマートフォンの登場で、今ではそのニーズも減ってしまった。そんな栄光の時代を夢見ていた。しかしそれは夢でしかなかった。業績は急激に悪化していた。

私は、ジャパン・リバイバル・ファンド（ＪＲＦ）の山本知也《やまもとともや》から「樫村さん、また助けてくださいよ」とねっとりと絡みつくような口ぶりで頼まれ、この会社の再建に関わった。

社員に向かって挨拶をした時、真っ先に若い男が近づいてきた。

「樫村さん、この会社は何とかなりますか」

真剣な目つきで問いかける。

「まだ私にはなにも分からない。全力を尽くすよ」

「私は入社してまだ二年目ですが、パソコンに夢を持って入社しました。多くの人が業況悪化で辞めて行きました。私は辞めません。よろしくお願いします」

彼は頭を下げた。いつの間にか、彼と同じような若手社員に私は囲まれていた。

彼らは全員が入社間もない若手技術者だった。夢を抱いて入社したが、その時はすでに会社の経営は傾いていた。先輩や幹部たちはさっさと辞めてしまった。後に残されたのは、十分な指導を受けることがなかった若い彼らだったのだ。

私は、彼らと連日、会社の問題点や何がやりたいのか議論した。時にはポケットマネーで缶ビールを買って、研究室で車座になって、ビールの泡より、熱い議論の泡を飛ばした。議論のリーダーは、最初に声をかけてきた彼だった。

そんな議論ばかりせずにさっさとリストラでもなんでもやって、企業価値を高めたうえで売却したい、というのが山本の本音だった。

しかし私は、「孫子の兵法に『迂直《うちょく》の計』があるだろう。一見、回り道でも実は先手を打っていることになるんだ」と取り合わなかった。

彼らは議論の中からビジネスユースに特化したパソコンを開発した。それまでの万人向けからの大きな方向転換だった。

大手製造業社と提携し、工場で働く人が使用しやすいように、徹底的にニーズを聴取したのだ。チャットなどの機能を充実させ、どんな場所からでも問題が発生すれば技術者と製造担当が製品や製造過程について議論できるようにした。これが評判を呼んだ。

幹部やベテラン社員がごっそりと抜けてしまったことで、若い社員たちが自由になったのだ。それが成功の要因だった。未熟さの勝利だと言えるだろう。

老子は「人の生まるるや柔弱《じゅうじゃく》」と言い、柔軟で弱いからこそ強いと説いたが、まさにその通りだ。

いつまでも老いた、頭の硬い幹部たちが君臨しているよりは、若い人たちが経営に参画する方がイノベーションが起きる……。

「そうか……」

男子学生は、自分で自分を納得させたかのように頷《うなず》いた。

「なにか気が付いたの？」

私は聞いた。

「はい。優秀か優秀でないかはその時々の会社が決めることなのですね。ですから無能と烙《らく》印《いん》を押された人も、時代や環境が変われば、優秀になる。そういうことですね」

「その通りだよ。だから本当に強い企業は、多様な人材を擁して、どんなときにも柔軟に対応できるようにしておく必要があるんだ。一見、無駄な人材投資でも、いつか花咲く時がある。そういうことだね」

「企業再生には社員のモチベーションを上げることが最も重要だということがよく理解できました」

男子学生は、ひときわはっきりとした口調で言った。

彼が発言を終えて席に着いた時、教室の後方の左側のドアが静かに開いた。

今頃入室してくる学生がいるのかと思いきや、その男の顔を見た瞬間に暗い気持ちになった。また面倒なことに巻き込まれるのではないかと、ざわざわと胸騒ぎがしてきたのである。

## 3

「どうしたのですか。わざわざ大学にまで足を運んで来られて」

私は、キャンパス内にあるカフェで山本知也と向かい合っていた。

カフェは図書館近くにあり、キャンパスの雰囲気を壊さないように赤レンガ造りになっている。

カフェチェーンに経営を任せているのだが、とても優雅な雰囲気だ。

「樫村さんの顔を見たいと思ってね」

山本は、投資ファンドの経営者だ。精悍《せいかん》な顔を私に向けた。

山本は、「低迷している日本経済を復活させる」との意味を込めて設立された、ＪＲＦ（ジャパン・リバイバル・ファンド）の社長となった。当初は雇われ社長に過ぎなかったが、今では正真正銘のオーナーだ。

初めて会った時から十年以上は経《た》っているのだが、いまだに野性味ある顔立ちだ。生き馬の目を抜く投資ファンドの世界を生き抜いているだけのことはある。

「そう言えば最後に会ったのは何時《いつ》でしたか？」

「三年前じゃないですか？　パソコンメーカーの再建を終えて、経営を内部の人に引き継いでお辞めになって以来でしょう。樫村さんは、いつも引き際がいいから」

山本は穏やかに笑った。

口調は丁寧だ。しかし興奮すると、関西弁の攻撃口調になる。今日は穏やかだから機嫌がいいのだろう。

「いつまでも私のような人間が会社にいては独り立ちできませんからね。軌道に乗れば、その場を去るのが最適です」

「それがなかなかできない。大抵は居座ろうとしますからね。私たち投資ファンドにとっても樫村さんのように問題が解決すれば、さっと退《ひ》いていただく経営者が最高です」

「邪魔者がいなくなってせいせいするからでしょう」

私はにやりとした。

「とんでもない。新しくスポンサーになってくださる人も樫村さんにそのままいて欲しいという希望は強いんですよ」

山本は真面目《まじめ》に言う。

「それはありがたいことですが、新しい酒は新しい革袋に注がねばなりません。それが私の考えです」

聖書に喩《たと》えて、私の考え方を説明する。

「ところで今は暇なのですか？」

「暇なことはありませんよ。こうして大学でも教えていますしね」

山本の意図は見抜いているのだが、厄介事を頼まれるのは、御免こうむりたい。

「でも暇でしょう？」

山本は私を見つめて畳《たた》みかける。

「だから暇じゃないって言っているでしょう？」

憤慨気味に答える。

「でも大学で、馬鹿な学生相手に授業するなんて、もったいない」

「馬鹿じゃありません」

「これは失礼しました。訂正します」

「訂正してください」

「そこでお願いです。前回の依頼から時間が過ぎました。ぜひ樫村さんの力が必要なのです。大学なんて象牙《ぞうげ》の塔に引きこもっているなんて人材の無駄遣いです」

山本が強調する。相変わらずお世辞がうまい。

私は、渋い顔をした。お世辞には乗らないぞと表情で示したのだが、山本の話を聞きたがっている自分がいるのに気づいていた。

「今度はどんな会社ですか？」

私は聞いた。

山本の表情が一変し、明るくなった。雲間から差し込んできた光が、山本の顔を照らしているかのようだ。

「聞いてくれますか」

山本が身を乗り出す。

「聞かざるを得ないでしょう。ここまで足を運んでくれたのですから」

「ホテルです」

山本は私の反応を見極めるように、真剣なまなざしで見つめた。

「ホテル？」

私は意外な会社に少し驚きを覚えた。

「ええ、ホテル。それも名門です」

「今、ホテル業界は厳しいのですか」

「かなり厳しくなっていると言えるでしょう。インバウンド（訪日外国人）の需要はコロナ肺炎で激減しましたが、今では回復基調とはいえ、まだ先行き不透明です。何が起きるか分かりません。中国人観光客の数は以前に比べると減少しましたが、東京のホテルはまだまだ好調なんです」

「ではなぜ、私に？」

ホテル業界が好調ならば私の出番はない。

ヤベノミクスによる円安で相対的に日本観光が割安になった。政府も観光政策に力を入れ、外国人客の受け入れに努力した。

東京オリンピック・パラリンピック開催の二〇二〇年には、訪日外国人旅行者を四〇〇〇万人、その後二〇三〇年には六〇〇〇万人という目標を立てて突き進んできた。

残念ながら二〇二〇年の目標はコロナ肺炎のためにとうてい達成できなかった。しかし今年には四〇〇〇万人を超える可能性が出てきた。

しかし勢いはかつてほどではない。地方へのインバウンド需要の経済的波及も期待されているのだが、今、一歩だ。

「樫村さんに相談したいホテルの調子は、いまいちなんですよね」

「時代に乗り切れてないわけですか」

私の質問に山本は渋い顔をした。

「まあ、そういうわけやねぇ」

急に関西弁風になった。

「山本さんは、そのホテルの株主なの？」

「まあ、まだそうやないんですが、そういう流れになるんかな？　株主にならざるを得なくなったってことですねん」

関西弁風が続く。今までの経験上、こういう時はなんとなく警戒しないといけない。山本がなにか都合の悪いことを隠そうとする際の癖だからだ。

「なんてホテルなのですか？」

「名前は言えません。樫村さんが引き受けると言ってくれはれば、教えてもええんですけど」

山本は、私の意向を窺《うかが》うような目つきをする。

「それはないでしょう？」

私はカチンと来た。必要な情報を与えないで何を判断しろというのか。

「でも引き受けると言ってくださらないと、こっちにも事情があるんですけどねぇ」

山本が困惑し、媚《こ》びるような表情になる。

「まったく情報なしで再建を引き受けるのですか？　何を頼りにすればいいんですか」

自分でも表情に少し怒りが顕れるのが分かる。

山本は、ますます恐縮した表情になり、「この私を信用して」と手を合わせた。

呆《あき》れた。確かに山本とは長い付き合いで共に苦労してきた仲だ。しかし事前の情報なしで再生を引き受けるなどはしたことがない。

「一番、頼りないものを頼りに引き受けろというんですか」

「頼りないのは重々承知ですが、長い付き合いなのでそこをなんとか」

山本が手を合わす。

「倒産したとか、しそうだとか、そんな最悪の状況じゃないんですね」

「それは全く、そんなことはありません」

「ではどうして名前さえも言えないのですか?」

「それは……」山本の表情がますます渋くなる。「それが大株主の条件で……。名前を言えば、誰でも引き受けるというだろうから。名前を言わないでも引き受ける男気のある人材を連れてこいっていうのです」

「大株主がそういうのですか?」

「それが条件なんです」

山本の説明によると、その謎のホテルは非上場だが、かなりの名門らしい。しかし株式はある特定の人物が所有している。その人物は政財界を陰で操るフィクサーと称される大物だ。

その人物の名前も山本は教えない。

山本は、そのホテルがなんとしても欲しい。自分の投資ファンドに組み入れて、いずれは高く売却したいと目論《もくろ》んでいるのだろう。

これまで株式の買い取り交渉を続けてきたのだが、なかなか大株主が承諾しない。しかしここにきて売却の意向が見え始めた。

本人の健康状態がよくないとの噂があるが、真偽のほどはわからない。

謎の大株主が山本に課した条件は、ホテルを一流にしてくれる人物を連れてこいと言うのだ。今の社長や総支配人に不満があるらしい。

「すべての情報を伏せて、二つ返事で事業の面倒を見てくれる人物を探して自分のところに連れてこいと言われてね。この約束を破ったら全てご破算だってことなんです」

山本はなんとか引き受けてくださいと懇願した。

私は、妙に関心を覚えた。フィクサーと聞くと、普通は腰が引けるものだが、私はどうもその真逆らしい。問題が多い方が血が騒ぐとでもいうのだろうか。馬鹿な性格だ。

「分かりました。その人に会ってみましょう」

私は答えてしまった。わずかに苦い後悔の気持ちが胸の中でうずくのを感じたが、言ってしまった以上、もう後には引けない。

山本の表情が、途端に明るくなった。まるですべての悩みが吹っ飛んでしまったかのようだ。

「さすが、樫村さんだ。ＯＫしてくれると思っていましたよ」

あまりにも喜ぶので、私は山本の奇妙な申し出を受けたことが間違いだったのではと思い始めた。

妻の明子《あきこ》に叱られてしまうのではないか。眉の吊り上がった明子の顔が目の前に浮かんできた。

# 第二章　傲慢

## 1

都内にこんな緑があるのかと驚く。私は、渋谷駅近くの松濤《しょうとう》にタクシーで向かっていた。

「着きました」

運転手が言った。

見ると、山本が待っていた。棟門《むなもん》というのだろうか、瓦屋根のある門の傍に立っている。門からは、まるで時代劇に登場するかのような白漆喰《しっくい》の壁が次の角まで続いている。

その壁の向こうに庭園があるのだろう。太い幹の松の樹が枝を伸ばしているのが見える。

「凄いな」

私は、天を貫く松を見上げて呟《つぶや》いた。

山本が手招きする。顔つきが険しいのは緊張しているのだろう。

門の扉が開けられた。足を踏み入れると石畳が続いている。周囲は日本庭園だ。山水があり、松以外にも木々が多い。池の周囲にはツツジの花が咲き誇っている。桜もある。紅白の八重桜が華を競っている。

「素晴らしい」

今度はため息とともに呟いた。

石畳を歩くと、平屋の広大な本宅があるが、山本は「こっちです」と言い、脇道にそれた。

後をついて行くと古びた、何とも味のある庵がある。

茶室だろう。困った。作法も何も知らない。

躙《にじ》り口《ぐち》と言われる、狭くて低い入り口から茶室に入ると聞いていた。どんな身分の高い人も頭を低くして入ることに意味があるらしい。

しかしこの茶室の入り口はそれほど低く作られていない。障子の戸を開くと、わずかに頭を下げるだけで入ることが出来る。

「躙り口を低くし過ぎると外国人は入りにくいだろうと高くしてあるんだとか。ここの主人は、あまり形に捉われないんです」

山本は説明して中に入る。中は四畳半の広さだ。もっと暗いと思っていたが、外光を採り入れる構造になっているのか、意外と明るい。

真ん中に炉が切ってある。

「その辺に座ってください」

山本は、何度か来ているのだろう。炉の前に胡坐《あぐら》をかいた。

私は胡坐ではまずいのではと思ったが、山本に倣《なら》った。正座は慣れてないのできつい。山本が会わせようとしている人物が入ってきたら正座に直せばいい。

床の間に掛け軸が飾ってある。

応無所住而生其心

「意味は分かりますか？」

山本に聞いた。

「まさに住するところなくしてしかもその心を生ずるべし……と言うんじゃないですか。禅語の中でも最も有名な一節です。何事にも執着するなって意味らしいですね」

山本が答えた。

私は目を瞠《みは》った。乱暴で、どちらかというと雑な印象の山本が禅語の解説をしてくれるとは想像もしていなかったからだ。私の驚く顔を見て、山本はわずかに顔をほころばせた。

「いい言葉ですね」

私はやっと言葉を発し、改めて掛け軸を眺めた。

——まさに住するところなくしてしかもその心を生ずべし……。

悩む心、怒る心、悲しむ心、喜ぶ心、いろいろな心が生じても受け流せというのだろう。覚えておかなくてはいけないと思い、声に出さず口の中で繰り返した。

その時、すっと茶道口と言われる入り口からスーツ姿の男が入ってきた。

茶室＝着物姿と考えていたのだが、意表を突かれた。

男は七十代に見える。小柄だが、筋肉質で無駄がないのがスーツの上からも分かる。白くなった髪、眉は太く、目は大きく頬骨が出ていて、精悍というより野性味を感じる顔立ちだ。ちょっと怖い印象かもしれない。

山本はこの男をフィクサーと称したが、この顔にどこか記憶がある。しかし思い出せない。いったい何者なのだろうか。

私は、胡坐を直し、慌てて正座しようとした。

「ああ、そのまま、そのまま」

男は鷹揚《おうよう》に言い、私の行動を制した。

私は、その指示に従い、胡坐のまま男と向き合った。男も胡坐をかいた。

「ここはね、茶室だけど、私の秘密の部屋という趣《おもむき》なんだ。時々、お茶を点《た》てるけど、普段はそんなことはしない。何か飲むかね？　コーヒー、紅茶、日本茶、ブランディなどの酒もあるよ」

　男が私に聞く。

　茶室でブランディ？　意表を突かれることばかりだ。しかしここは常識的な態度を選択する。

「コーヒーを頂きます」

　私は答えた。茶室でコーヒーが常識かどうかは、この際関係ない。

「山本さんは？」

　男は山本に聞いた。

「私はブランディにします」

「私も同じにしよう」

　男は、両掌を打ち、パンパンと音を立てた。

　すると茶道口から黒服を着た執事の男が現れた。

「この方にコーヒー、私と彼にはブランディを頼む。チョコかクッキーを適当に」

「承知いたしました」

　執事が引き下がった。

「詳しい話は飲み物が来てからにしようか」

　男は言った。

せめて自己紹介でもして欲しいと思ったが、私は黙っていた。

しばらくすると先ほどの執事がコーヒーやブランディなどを運んできた。

私の前にはコーヒーが置かれた。菓子皿にチョコレートとクッキーもある。

隣の山本にはブランディ。菓子は同じものだ。男の前にもブランディと菓子。

「では飲みながら始めようか。君のことは山本さんから伺っているから私の話を聞いてくれたまえ。まずは自己紹介だね」

男はブランディグラスを揺らし、香りを楽しむと、一口飲んだ。

「私の名前は金杉芳雄《かなすぎよしお》だ。聞いたことはあるかね」

男は言った。私を試すような低く響く声だ。

「あっ」

私は、思わずカップを落としそうになった。

男は、私の動揺振りを見て微笑んだ。

金杉芳雄。まさにフィクサーだ。それも死んだと思われている。今や表舞台からすっかり消えてしまっているからだ。

バブル華やかなりし八十年代にはノンバンクのオーナーとして君臨し、数々の企業買収に名前が上がった。

バブル崩壊に伴う国内の混乱を映すように政界も大荒れになった。

その際、現在の与党である民自党に対抗した非民自党の政治家たちが進歩党を結成し、政権を奪取した。その背後には金杉マネーがあったと噂された。

しかし政治家は内部闘争を繰り返し、結局、元《もと》の木阿弥《もくあみ》。政権は再び民自党に移った。その原因も金杉が党内闘争ばかり繰り広げる進歩党に嫌気がさしたことが引き金になったらしい。

バブル崩壊で、多くの企業家が没落する中でも、その資産は減ずることはなかったが、活動を控え始めた。

右翼やヤクザにも顔が利くため、時代がコンプライアンスを重視するようになってからは表舞台に顔を出さないようにしていたのだろう。

バブル崩壊で日本が低迷し始めると、金杉のような激しい動きをする人間は不要になったことも、活動を控えさせたのかもしれない。

その内、誰もその名前を聞かなくなり、いつしか「死んだ」という噂が、私の耳にも入ってきた。

私は、本人には会ったことがない。しかし報道写真で何度か見たことがあった。そのため男を初めて見た時、どこかで会ったような気がしたのだ。

「死んだと思っておられましたか」

金杉は嬉しそうだ。

「お名前は昔、よくお聞きしましたが……」

私は、金杉をまじまじと見つめた。

一番活躍したのが八十年代終わりから九十年代半ばだろう。記憶ではその頃、四十代から五十代くらいだったから、七十代なんてものじゃない。今では九十歳か、それに近い年齢だ。しかし目の前にいる男の顔からは、まだまだエネルギーが枯れていない印象を受ける。

「私も八十九歳になりました。そろそろお迎えが来る年ですよ」

「何をおっしゃいますか。先生はまだまだです。地獄に行っても閻魔《えんま》様に追い返されます」

山本が笑いながら言った。ブランディに酔ったわけではないだろう。よほど金杉と親しいのだ。そのことを私に見せつけ、意識させている。

私は、山本の冗談を静かに笑って聞いていた。

「何もしていなかったわけではないんだ。山本さんのようにカネを上手く使ってくれる人が、バブル崩壊後は多く世の中に現れてきた。それで彼らに自分のカネを託した方がよほどましではないかと思うようになった。それで私の名前は表舞台から消えた。目立たない方がずっと平穏だということに気が付いたんだ」

「それで私たちもお名前をお聞きすることが無くなったのですね。オーナーをされていたノンバンクも売却されたと伺っています」

私は言った。

「当時、日本に進出したがっていた外資系のファンドに九十年の初めに高値で売却しました。スッキリしましたよ。売っていなかったらその後のバブル崩壊でどうしようもなかったでしょう」

「賢明でいらっしゃいますね」

「はい、床の間の掛け軸通りです。何事にも執着しないことです。執着は欲です。欲に捉われると、必ず損をします。これは先祖からの教えです」

私は、改めて掛け軸を見た。あの禅語は、金杉の生き方なのだ。

「今、少しお話があったけど先生は、私のファンドの大変な金主なんです。私がファンドの経営が出来るのも先生のお蔭なんです。ですから今回の依頼は、何としてもお引き受けしたいと考えているんです」

山本は真剣な表情になった。

「ありがとう、山本さん」

金杉はブランディグラスを目の高さまで上げた。山本に謝意を表すためだ。

「今回の話ですが、詳しくお聞かせ願えませんか」

私の当然の要求だ。金杉という伝説と化していたフィクサーに会ったのは記念として記憶にとどめておくべきことかもしれないが、そのためにここに来たわけではない。

ホテルの再建を頼まれたのだ。しかしそのホテルの名前さえ明らかになっていない。

「お話しします。しかしお話しした以上、樫村さんに経営再建を引き受けてもらわねばならない。よろしいですか」

金杉の太い眉がぴくりと上がった。

「何も知らされていないうちに引き受けろとは非常にリスクが高いと思います。妻に相談すれば反対するでしょう。お話を聞けば、お引き受けするのを断れないと山本さんからも伺いましたが、こうやって金杉さんから改めて言われると、本気で心配になってきました。この話はなかったものと諦めてください。私にも引き受けるか、引き受けないかのオプションをいただきたい」

私は、やや強く言った。

「樫村さん、何も言わずに引き受けるって言ったじゃないですか」

山本が困惑した様子で眉をひそめた。

「確かにそんな気持ちになったのは事実ですが、金杉さんほどの大物との仕事だと、やはり私にもオプションが必要です。もしノーならこのまま帰らせていただきます」

私は腰を上げようとした。

「わかりました。樫村さんのおっしゃることはもっともです。私は、欲得ではなく再建に従事してくださる人を探していましたので山本さんに変わった条件を付けてしまいました。しかし樫村さんのお名前をお聞きし、あなたしかいないと思ってからは、他の人に任せる気になりません。樫村さん、あなたになんとかしてもらいたい」

金杉が頭を下げた。

私は腰を下ろした。

迫力がものすごい。ゆっくりと頭を下げる金杉からは、私は拒否できない風圧のようなオーラを感じていた。

「再建して欲しいのは大和《やまと》ホテルです」

金杉の口から発せられたホテルの名前に衝撃を受けた。

それは我が国で一、二を争う名門ホテルだったからである。

2

「私はね、少しは尊敬されたいと思ったのです」

金杉はとつとつと語り始めた。

大和ホテルは、皇居内堀通り半蔵門《はんぞうもん》近くにあり、帝国ホテルと同時期の明治十九年（一八八六年）に外国からの賓客《ひんきゃく》を迎え入れるために造られた。現在までで一三〇年以上も経過している我が国屈指の名門ホテルである。

皇居周辺にあるパレスホテル、帝国ホテルと並んで三大名門ホテルという人もいる。

大和ホテルは、非上場企業だ。創業した明治の実業家木佐貫剛三《きさぬきごうぞう》の縁者たち、即《すなわ》ち木佐貫一族と多数の企業が株を保有していた。

株を保有している企業は銀行、旅行会社、鉄鋼会社など多岐にわたるのだが、それぞれ斯《し》界《かい》の名門企業ばかりである。

「私はね、カネにあかせて企業買収したり、その企業を売却したりとやりたい放題のことをやってきた。ヤクザや右翼とも付き合いがある。いや、付き合いがあるというより彼らが近づいてきたんだ。それでもよかった。世界を支配した気になっていたからね。しかしどうしてもだめなことがあった。それは世間の評価ということだ」

金杉は、悔しそうに口元を歪《ゆが》めた。

「私は、カネで何もかも支配したが、人の心までは支配できなかった。私はどこまでいっても成り上がりの貧乏人で強欲なカネ貸しという評価なんだ。そこで私は、大和ホテルのオーナーになることにした。名門ホテルのオーナーになれば、財界でも認めてくれるのではないか。そう思ったのだ」

金杉は、密《ひそ》かに大和ホテルの株式を買い集めた。木佐貫一族の相続に絡んで株を手放したいという話があれば買い取り、株主の中には本業と関係ない株を持つことを問題視する企業もあり、そうした企業からも買い取った。

この買い占めは極秘に進められた。非上場とはいえ株主提案権を持つことができる三十％

以上になり、さらに買い占めを進めた。

「私は百%所有するつもりだった。そのためには他の財産が無くなってもいいと思った」

金杉の話しぶりに熱がこもり始めた。

時は、九十年代後半。世はバブル崩壊で多くのバブル紳士が倒れ、銀行も破綻に追い込まれていった。だから金杉が名門大和ホテルを買い占めていても話題にも上らなかったのだ。

「三十八%まで買い占めた時、突然、横やりが入った」

「横やりというのは、買い占めを中止しろということですか」

私は聞いた。

「そうだ」

金杉は頷いた。

「ある銀行家からでした。大和ホテルのメインである第三銀行の会長氏です。彼はなかなか腹の太い人物で、銀行家にしておくのは惜しいほどでした。自分でも財界の掃除人と言っていました」

「掃除人?」

「もめ事を解決する人間という意味でしょうね。実際、彼は企業間のトラブル解決に手腕を発揮しました。ご存知でしょう?」

「はい、お会いしたことはありませんが、そうした話はお聞きしたことがあります。ある自動車部品メーカーの株がアメリカの投資家に買い占められた時も、彼が出て行き解決したそうですね。なんでもアメリカ政府にまで手をまわしたとか」

「そんなこともありましたね。ＣＩＡの回し者などと噂する者もいましたね。本当かどうか、本人は何も言いませんでしたから分かりませんが。でも銀行の利害に関係なく頼まれたら出ていくという人物で、私も親しくしていました」

「それでその会長から言われて買い占めを止《や》めたのですね」

「ええ、止めました。これ以上やるとかえって評判を落とす、悪いようにはしないと言われたのです」

「それでどうなったのですか？」

「私は、大和ホテルの取締役に就任しました。その後は会長になり、本格的に財界にデビューするつもりでした。それが彼の私への約束だったからです」

金杉は、何か遠くを見るような目つきになった。

「しかし金杉さんが会長になられたという話はお聞きしたことがありませんが……」

私の質問に金杉は顔を曇らせた。

「ホテルの連中が、奴らが反対したのです。木佐貫一族は、大した経営能力もないのに私を排除したのです。名門に胡坐をかく、傲慢《ごうまん》そのものです」

金杉の唇が歪んだ。怒りが表情から溢《あふ》れ出ている。

「藤本氏は、先生との約束を果たそうと奔走されたのだが、果たせないまま亡くなってしまった。先生が大和ホテルの会長になり、正当な、あっ、失礼しました」

山本は失言に気付いて、緊張した顔になった。

「いや、山本さん、いいんだ。その通りだよ。正当な財界人として活躍する場を与えられなかったんだ。もっとも会長になったとしても正当な財界人の仲間入りが出来たかどうかは疑わしいがね」

金杉は寂し気な笑みを漏らした。

「それで私にどうしろと？」

私は聞いた。

「私を受け入れなかった傲慢な大和ホテルにあなたが行って改革をしてもらいたいんです。私の命も残りわずかです。肝臓や胆管《たんかん》に癌《がん》も見つかった。いつ死んでもいいんだが、最後の最後で大和ホテルに目を覚まさせたい。どんな人間にも優しいホテルであれとね」

金杉は言った。

私は床の間の掛け軸に視線を送った。金杉の依頼は、何事にも執着するなと教えている。それが金杉の生き方ではないのか。

「掛け軸の言葉に反しますね」

私の言葉に金杉も掛け軸を見た。

「そう言われればそうかもしれません。しかし命が消えそうになってやり残したことというのは、大和ホテルに傲慢さを思い知らせてやることです」

金杉の言葉が強くなった。

「でも三十八％の株式では思い通りにするのは難しいのではありませんか」

私は言った。

金杉の復讐心を満足させるような仕事は御免こうむりたいと思っていた。

「それは大丈夫です。実は、先生はすでに四十％まで買われています。さらに買い進める計画です」

山本が言った。

「山本さんの協力を得て、株を買い進めました。幸い、インバウンド需要が減って業績が低下して、手放す株主も多かったものですから前回の時より容易でした」

金杉は淡々と言った。

「私は、金杉さんの復讐のために仕事をする気はありません」

私ははっきりと拒否の姿勢を示した。

山本から話を聞いた時は、面白いと思ったが、金杉の話を聞いて企業再建と言うより恨みを晴らしたいだけではないかと思ったのだ。こんなことなら買い占めた株を武器に現経営陣を追い出し、ホテルを乗っ取ればいいだけだ。

「こんな話をすると、あなたならそうおっしゃると思いました」

金杉は笑みを浮かべた。私が拒否するのを見越していたようだ。

「私は自分を受け入れなかった大和ホテルに復讐をしたいのではありません。先ほどから申し上げているように大和ホテルの傲慢さを正したいのです。私は、企業経営者が間違いを犯すのには法則があると思っています」

「経営者の間違いの法則、ですか？」

「七つの間違いの法則です」

「七つ？」

「傲慢、混同、過信、排斥、空虚、鈍感、執着の七つです。最悪は傲慢です。企業は傲慢になれば、必ず没落します。今、大和ホテルは最悪の傲慢さに陥っています。私を排斥した時以上なのです。それを正して正常な経営に戻したい。出来ることなら私が乗り込んで行きたいのですが、それは叶《かな》いません。年も年ですし、病気もありますから。私は、大和ホテルを牛耳《ぎゅうじ》ることで財界で正当な評価を得ようと思っていましたが、今は、そんな気持ちは全くありません。よくよく考えましたら、私はあのホテルが好きなことに気付いたのです。他の買い占めた株は売却してしまいましたが、大和ホテルの株だけは持っていますからね。建て直したい、その純粋な気持ちだけなのです」

「建て直した後は、どうされるおつもりですか？」

「それは考えていません。山本さんのお知恵を拝借するかもしれません。とにかく名門ホテルの中で一人負けの状態の大和ホテルを建て直し、日本一のホテルにしたい。それだけです」

金杉は、大和ホテルを支配することで一流財界人として認められようとしたが、それが叶わなかったことへのルサンチマンを抱いているのか。

金杉は癌だと言った。それが事実かどうかは分からないが、年齢から言って死が近づいていることを自覚しているのは確かだろう。

人は、死に際して何か一つやるべきことをやれるとしたら何をやるだろうか。

モーガン・フリーマンとジャック・ニコルソンが主演した「最高の人生の見つけ方」という映画がある。

余命六ヵ月と宣告された二人が、棺桶リストと言われるやり残したリストを持って旅に出る話だ。スカイダイビング、ライオン狩り……。結末はすっかり忘れてしまったが、心温まる映画だったという記憶がある。

人は、死に際して何を望むのだろうか。物理的な幸福ではなく、できなかったことへの挑戦ではないだろうか。

あの映画は、それを教えてくれている。

人は誰でも死に際して後悔する。それはやるべきことを諦めたことがあるからだ。カネがなかった。時期を失した。勇気がなかった。色々な理由はあるだろう。しかしやるべきことを諦めたことは事実だ。後悔しない死を迎えるには、諦めたことを果たせるなら果たして死にたい……。

私は金杉を見つめた。

野性的で、まだまだ生命力に溢れているように見えていたのが、なんだか一挙に縮んでしまったようだ。

哀れ？

カネの力で全てを支配してきた男が、最後の最後でやり残したことは、自分を排斥した大和ホテルの建て直しとは……。

建て直すことが、金杉にとって大和ホテルに対するルサンチマンを克服することになるのだろうか。

嘘をついているような気がしないでもない。本当にルサンチマンを克服したいのなら、もっと激しく攻撃的になってもいい。しかし金杉からはそのような感じを受けない。

建て直したい、その純粋な気持ちだけ……。なぜ、そこまで大和ホテルに思い入れがあるのか。金杉の話からは、まだ完全に納得できない。

しかし目の前にいる老フィクサーの終活に付き合うこと、それもありかな……。

「どうですか。お考えいただけませんか？　山本さんは、大和ホテルをキーにして世界的なホテルチェーンを造り上げようという野望を持っておられるようです。世界のメガ・ホテルは全てチェーンかフランチャイズですからね。日本のホテルのように小さなものはいつ彼らに飲み込まれないとも限らない。それならいっそ世界に打って出た方がいい。そうお考えなんでしょうね。私がいつまでも生きて、いつまでもカネを提供してくれると思っておられるから」

金杉が山本に笑いかけた。

「そんなこと……」思ってもいないと山本は言いかけて口をつぐんだ。思っているからだろう。

「ははは、いいんですよ。山本さんは、いつも自分のやりたいことに正直だから。私もそうあるべきだった……」

金杉はふと目を閉じた。

「大和ホテルにラ・トランキルというフレンチレストランがあります。本音を言うと、私は、そこでキッシュを食べたいだけかもしれません」

「キッシュですか?」

キッシュはフランス料理の定番だが、豪華さにはほど遠い。家庭料理の位置づけだろう。キッシュを食べたいなんて面白いことを言う。正直な人かも知れない。私は、自然と微笑んだ。

「私にどんな役割を期待なさっているのでしょうか」

「株主総会を開催して、といっても上場していませんので内輪の会同様ですが、樫村さんはナンバー2の取締役専務執行役に就任していただき、併せて総支配人であるGMになっていただきます」

金杉は言った。

四十％の株を押さえているのだから社長として送り込まれるのかと思ったが……。

「社長ではないのですか」

「はい。申し訳ありませんが、木佐貫一族が社長の座を譲りませんので。なにせ名門意識に凝《こ》り固まった傲慢な一族ですので」

金杉は苦笑いした。

「GMというと、ホテルの経営の総責任者です。私は、いくつかの会社の再生に従事してきましたが、残念ながらワインの味もフランス料理の良さも分かりません。いたって貧乏舌でして酒は飲めればいい、食は腹が満たされればいいという男ですので自信がありません」

私は正直に言った。

金杉が楽しそうに笑った。

笑うと目が優しくなる。多くの人に恐れられたフィクサーの面影は消え、全くの好々爺《こうこうや》だ。

「樫村さんにワインのテイスティングを期待してはいません。私が期待しているのは、このままだとじり貧になってしまう大和ホテルの立て直しです。あなたの仕事のやり方を拝聴していると、社員と共に笑いや涙を共有してこられたようです。その熱い志に期待します」

「私の再生事例をご承知なのですか？」

「はい、山本さんから詳細に伺っております」

金杉が山本に視線を送った。

「まぁ、そういうことです」

山本が私に軽くウインクをした。何がウインクだ。最初から私に引き受けさせるつもりでいたんだ。

「わかりました。あまり気が進みませんが、金杉さんのようなお方の真剣な依頼事を断るほど、私には勇気がありませんから」

私は正座して右手を差し出した。茶室には相応しくない態度かもしれない。

金杉も右手を差し出し、私の右手を握った。

「よかった。ほっとしました」

山本が安堵《あんど》の表情を浮かべた。

「ありがとうございます」

金杉が言った。

「上手くいくかどうかはわかりませんよ」

私は念を押した。

「あなたのやりたいようにやってください。私が支援しますから」

金杉が満足そうに微笑んだ。

ふと、妻の明子の顔が浮かんだ。怒っている。なぜまた火中の栗を拾うのよ。そんな顔だ。

私の心に引き受けたことへの後悔が芽生えた。前途に黒い雲がかかっているような気がしたのだ。あなたは私になんのことわりもなく余計な荷物をしょい込むんだから。明子の叱責《しっせき》が聞こえてくる。彼女を説得しなければならないのが憂鬱《ゆううつ》だ。

金杉は、人生の最後を意識して、大和ホテルの建て直しを私に依頼した。

私は、幸いなことにまだ人生の最後を意識してはいないが、もし挑戦するのなら大和ホテルの再生ではなくモーガン・フリーマンやジャック・ニコルソンのようにスカイダイビングの方を選ぶだろう。

私の笑みは強張っていた。

金杉が握る手に力を込めた。

「あなたなに考えてんのよ。もう、まったく……」

明子が眉間《みけん》に皺《しわ》をよせ、言葉を失った。

予想通りの反応だ。私が、大和ホテルの再生のためにGMに就任する予定だと話した途端に表情が変わった。

「うん、まあ、なんとなく山本と金杉さんに説得されてしまった」

私は、報告だけ済ませて明子の反応は見ないようにそっぽを向いた。

「あなた、ホテルっていうのはおもてなしよ。あなたは、どちらかというとマメではないし、風呂、メシ、お茶派よ。ホテルなんて向かない!」

目が少し吊り上がっている。

「仕方がないよ。もう握手しちゃったから。ワインないかな。残っていただろう」

「ほら、言った通りでしょう。人にサービスするより、してもらいたい方なんだから」

明子はぶつぶつと言いながらも赤ワインを出してきた。残っていた生ハムとアスパラガスで、手早く摘まみを作ってくれた。

テーブルに赤ワインと摘まみを並べながら、また顔をしかめた。

「じゃあ、大学はどうするのよ」

「授業は片手間じゃできないけど、なんとか契約の半期は続けるさ。事務局と相談するけどね」

私は、赤ワインを飲んだ。一五〇〇円のチリ産ワインだ。なかなか美味い。家庭で飲むにはチリ産が最もコスパがいいんじゃないか。

フランスワインやカルフォルニア・ナパワインはいかにも高い。

スーパーが独自に開発した一〇〇〇円台のワインにも美味いのがある。

「この生ハム、美味いな。塩味が抜群だ」

「ほら、やっぱり何でもおいしいって言うでしょう。妻としては嬉しいけど、ホテルのGMとしてはどうなのかしら。味にも厳しさが求められるんじゃないの」

金杉にも言ったが、私には大いなる問題点がある。それはたいていのものは美味いと思ってしまうことだ。

明子からは、あなたの口は賤《いや》しいんじゃないの、と軽蔑されることもある。

確かにこんなことで一流ホテルを再生できるだろうか。

「美味いものは美味いとしか言いようがないさ」

「どうもありがとうございます」

明子の表情が和らいだ。やはり褒《ほ》めるに限る。褒められて怒る人はいない。

「私にもワイン頂戴」

明子がグラスを差し出した。私は、それに赤ワインを注ぐ。明子はググっと飲んで私に顔を近づけた。

「怪しいな。心配だな。いいのかな。そんなフィクサーと関わってさ」

明子は、ぶつぶつ言いながら私を睨んだ。

「俺もさ、最初、金杉芳雄と聞いて、もうびっくり。だって表舞台から完全に消えていたから、世間では死んだって思われていたからね」

「その人が大和ホテルの株を四十%も持っているなんて驚きね」

「非上場だから、噂にもならなかったんだ」

「金杉さんってそんなにお金持ちだったら私、専属のＦ　Ｐ《フイナンシャルプランナー》になろうかな。フィクサー担当ＦＰって怪しくっていいじゃない」

ニタリと笑う。

「おいおい変なことを言うなよ」

明子は、樫村の出身銀行で、今は菱光《りようこう》銀行となった旧ＷＢＪ菱光銀行にパートで勤務していた。数年前になるだろうか。明子が夜間に机に向っている時間が多くなった。何をしているのかと聞くと「内緒よ」と笑っていたが、机にはＦＰのテキストが積んであった。頑張った甲斐があり試験に合格し、ＦＰ１級の資格を取得した。

どうするのかと思っていると、パートを辞め、FPとして独立してしまった。明子に依頼する客などいるのかと思っていたが、菱光銀行から客を紹介されたり、講演をしたりするようになった。

思っていた以上にやるなと見ていたが、今では雑誌にも原稿を書いたり、いろいろな集まりに呼ばれたりするようになっている。好きなゴルフ代くらいは稼げるようだが、見栄えを良くするための服装だとかに、結構費用が掛かるらしい。

「金杉さんには、山本のようなファンドがついているからFPはお呼びじゃないよ」

「そうかしら？　老後のことで心配になっているんでしょう？」

「まあ、そうだけど。やり残したままで死にたくないらしい。俺もそこに共感したんだけど」

「FPはね、運用相談を受けて、如何に増やすかってことに熱心みたいに思われるけど、実際は人生相談なのよ。特にお年寄りが多いでしょう？　彼らにいかに寄り添ってお話に耳を傾けるかが勝負なの。だから金杉さんの思いは理解できるのよ。だけどさ……」

「だけどって、何か問題ある？」

「そんな大物が死を目前に控えて、自分を拒絶したホテルを再建してレストランでキッシュを食べたいなんてねぇ。本当はなんか裏があるんじゃないの」

明子が私の顔をじっと見つめる。

「いくら大物でも死を目の前にして、何か一つと言われたら、キッシュ食べたいって……いいじゃないか。ちょっとジンと来たんだ」

「あなた、いつも甘いから」

「今までだって苦労はしたけど上手くいったから、今度も大丈夫だよ」

私は、明子に心配かけまいと胸を叩いた。

「それって傲慢って言うんじゃないの。ホテル経営は初めてなんだし」

「でも経営再建の肝《きも》は人の心を掴むことさ」

私はしたり顔をした。

「やっぱり傲慢になっている。心配だなぁ」

明子は顔を曇らせた。

「ただいま！　腹減った。何かある？」

玄関から勢いの良い声が聞こえてきた。

幸太郎《こうたろう》が久しぶりに食卓に顔を見せた。幸太郎は、今、二十歳になり早稲田《わせだ》大学の三年だ。将来は記者になりたいと言って、大手経済新聞社である産業新聞社系列の雑誌『産業ビジネス』でアルバイトで記者の真似事《まねごと》（こう言うと怒るのだが）をしている。

「帰ってくるなり、腹減っただもんね」明子が、リビングに入ってきた幸太郎をちらりと見て、台所に入った。「待ってて。確か鰻《うなぎ》の冷凍があったから鰻丼作るわ」

「おお、鰻丼かぁ。豪勢だな」

幸太郎の顔がほころんだ。

「こっちに来て、ワイン飲むか」

私は、赤ワインの入ったグラスを掲げた。

「もらうよ」

幸太郎も堂々と酒が飲める年齢になった。息子と酒を酌《く》み交《か》わすというのが、男親の喜びだと言われるが、本当にその通りだと思う。

ふと金杉のことを思った。八十九歳という歳になり、いまだに山本を使ってカネを動かし、カネを増やし続けているが、家族はいるのだろうか。子どもと酒を酌み交わすという、私のようなささやかな幸せを味わっているのだろうか。ちょっと聞いてみれば良かった。

家族の楽しみを味わっていたら、大和ホテルへのルサンチマンなど雲散霧消《うんさんむしょう》したのではないだろうか。

私は、幸太郎のグラスに赤ワインを注いだ。

「乾杯」

グラスを合わせた。

「今日もバイトか？　そのまま産業ビジネスに就職するのか」

「できればね。それはともかくオヤジはもう企業再生ビジネスはしないの？」

赤ワインをぐっとひと息に空けた。

「それがね、今度はホテルなんだって」

明子が鰻丼をテーブルに運んできた。

「へぇ、ホテルか。ちょうどいいや。俺、ホテルやインバウンドの取材をしてるんだ。どこのホテルなの？」

「それがね、大和ホテルなのよ」

明子が肝吸《きもす》いの椀《わん》をテーブルに置いた。

「へぇ、すごいね」

幸太郎が鰻を口いっぱいに含んだまま目を瞠った。

「おい、まだあまりしゃべるな。非上場とはいえ、株主総会があるんだから。そこで取締役になってからだよ」

「でも大株主である金杉さんの意見が通るんでしょう？」

明子が言った。

「まあ、そうだと思うけど。でも何があるかわからんよ。決して金杉さんの株買い占めを好感しているわけじゃないみたいだから」

「さっきから金杉とか、株の買い占めとか言っているけどなんのこと？」

幸太郎の質問に私はどうこたえようかと考えた。金杉芳雄という名前を出しても、若い幸太郎は知らないだろう。それにフィクサーというだけで怪しげだと思うに違いない。

「金杉芳雄っていうフィクサーよ。進歩党結党に暗躍したり、ヤクザ、右翼が一目も二目も置く存在。その人が株を買い占めて支配権を持っている大和ホテルの再生を、直々に頼まれて、いい気になっているのよ。パパはね」

明子がなぜか嬉しそうに言う。

「おいおい、いい気になんかなっていないさ」

「なっているわよ。私にお任せください、なんて言ったんじゃないの」

明子はグラスに残った赤ワインを飲み干した。

明子は少し興奮している。

彼女は私が困難に巻き込まれれば巻き込まれるほど血が騒ぐタイプだ。私よりよほど企業再生などの修羅場《しゅらば》向きかも知れない。

「聞いたことがある。八十年代から九十年代に活躍した人でしょう。大丈夫、そんな人と関りをもって」

幸太郎は、鰻丼をあらかた食べてしまった。赤ワインをお茶代わりにしている。早飯だけは記者並みになったようだ。

「本人に会ったけどね。あまり心配していない。大和ホテルは老舗《しにせ》で、帝国、パレスと並んで三大名門ホテルと言われているけど、どうも調子が悪いらしいね」

私は、ホテルを取材しているという幸太郎に言った。

「オリンピック・パラリンピックでインバウンド需要はピークを迎えたけど、最近はホテル業界も伸び率が鈍化してきた。感染症拡大などのイベントリスクやインフラの貧しさからオーバーツーリズム問題も噴き出してきたからね。一番の問題は、外国人観光客の大半を占めていた中国、韓国からの旅行者が大幅マイナスに転じたことだろうね。日本との関係が悪いのに加えて、両国の景気後退が止まらない。このマイナスを埋めるべく他のアジア各国、欧米の旅行者を増やそうとしているけど、最近の円高傾向で、円安からの旅行者増という効果も無くなってきたから」

「全体的な理屈はわかるけど、大和ホテルはどうなんだ?」

「あまり詳細に決算報告をしていないから情報不足はあるけど、三大名門ホテルっていうけどさ、それは歴史の古さを競っているだけで三つのホテルの中でも一番規模が小さいし、国内外への展開も遅れている。このままいくとどこかに買収されちゃうんじゃない。端的に言って変化に対応できていないんじゃないかな」

変化に対応とは、幸太郎も生意気なことを言う。

「そうか時代の変化に対応できてないんだ」

「うん、時代というか、顧客の変化かな。官民あげてインバウンド需要喚起に必死になっているのに、我関せずな感じだね。だから帝国やパレスなどと並んで名門と言われているのに業績の差は開くばかりだよ」

幸太郎は、赤ワインをお代わりすると、それを一気に飲み干した。

「いろいろと情報をくれよな」

私は言った。

「大和ホテルのラ・トランキルというフレンチレストラン、知ってる？」

幸太郎が聞いた。

金杉が好きだと言っているレストランだ。

「ああ名前だけね。行ったことは無い」

私は、驚いた顔を見せた。

「あの店、いいよ。トランキルは閑静って意味だけど、名前の通り静かでさ。家庭料理っぽいフレンチは最高だよ」

得意げだ。

「キッシュも食べたか」

少し腹立たしい。

「美味いよ」

味を思い出したのか、表情がほころぶ。

「お前、大学生の分際でフランス料理は贅沢《ぜいたく》だぞ。お父さんも行ったことがないのに」

「取材、取材だよ。じゃあせいぜい頑張ってね」

　幸太郎は、席を立った。

「明子……」

　私は、テーブルの端でノートを広げて電卓をたたいている明子に声をかけた。

　明子は、客に頼まれた家計改善のプランを立てているようだ。そのために計算をしているのだろう。

「なあに」

　明子は顔を上げずに言った。

「幸太郎も生意気になったな」

「そりゃ、もう二十歳だもの。多少、生意気じゃないと心配よ」

　気のない返事。

「俺もキッシュを食べるかな」

「もう、夜も遅いから、止めなさい。ホテルマンが太るとみっともないわよ」

　我が要求は、全く無視された。

　私は、これから始まるホテルマン人生がますます憂鬱に思えてきた。赤ワインをグラスに注ごうと思ったら瓶は空になってしまっていた。

「ねえ」

明子が顔を上げた。

「なんだ？」

「沢《さわ》さんに相談したら？　あの人、ホテルのプロでしょう？」

明子はそれだけ言うと、再び電卓に向かった。

沢秀彦《ひでひこ》は旧ＷＢＪ菱光銀行の後輩で、今はＨ＆Ｈ（ホテル＆ホスピタリティ）グループという、英国系の不動産投資会社のホテル投資を専門に扱う部署で、シニアマネージングディレクターをしている。

「沢か……」

4

数日後、私は半蔵門駅を出て、大和ホテルの入り口に立っていた。タクシーを頼もうかと思ったが、今から会社再建に臨む人間にとって贅沢は敵だと思い、地下鉄にした。

今日は、日差しが柔らかく、温かい。皇居の緑が美しい。お濠《ほり》の周りを幾人かがランニングしている。こんな日に走ったら、どれだけ快適だろうか。取締役会が終わったら、走りたいものだ。

大和ホテルのクラシックで壮麗な建物を見上げながら、わずかに坂になった歩道を歩き、エントランスに向かう。

最近のホテルはどこもあまりかわり映えのしない高層ビル仕様だが、ここは違う。まるで文明開化の明治時代に戻ったようなクラシックな建物だ。

創業以来、改築をしていないはずはないのだが、その当時の面影をそのまま残している。周辺のガラス張りの現代的なビル群の中で異彩を放っている。

外壁は全て淡黄緑色の大理石。エントランスの天井を四本の円柱が支えている。外観は四階建て。屋上の両端には鐘楼《しょうろう》のような建物がある。それだけで小さな教会のようだ。各階の窓は、全て丸く切り取られ、バルコニーがある。そこから身を乗り出してジュリエットがロミオと恋を語らっていてもおかしくはない。窓枠の外観には蔦《つた》のような装飾が施され、優雅さを湛《たた》えている。

第一生命や日本銀行などの都内に残っている時代を感じさせるビルは数少ない。上海《シャンハイ》やロンドン、ニューヨークでは、昔建てられた建物を内装だけ変えてそのまま使っている場合も多いことを思うと、日本の破壊は残念でたまらない。

しかし大和ホテルが昔の面影をそのままに残しているのは、大したものだと改めて関心した。

そして同時にその歴史のこれからを担わねばならない責任を感じる。

クラシックな建物の背後にそびえる高層ビルは、新しく造られた宿泊棟だ。新しいと言っても十数年は経過しているのではないだろうか。

今日は、株主総会、取締役会が開催され、私は正式に取締役専務執行役兼GMに就任することになっている。

この数日、大和ホテルについて情報を得ようと思ったのだが、ほとんど成果はなかった。金杉は、先入観無しで経営に加わって欲しいと言い、何も教えてくれない。社長は、女性で年齢は三十歳の木佐貫華子《はなこ》。せめて社長の人となりくらいは教授して欲しいと思ったのだが、まあ、おいおいというだけだった。何がおいおいなのか分からない。

取締役会に金杉は出席しない。代理として山本が来ることになっている。まったく見ず知らずの人が集まる取締役会に、今日からGMですと言って問題はないのだろうか。心配になる。

「沢のことだけは頼まなければ……」

私はひとりごちた。

沢に事情を話すと「そりゃ大変だ」とすぐに協力してくれることになった。ありがたいことに「樫村さんのアドバイザーということで協力しますよ」と言ってくれた。

持つべきものは、良き友人、良き後輩だ。

沢はホテル・マネージメントの概略を説明してくれた。

ホテルとは、不動産業の一種で、その資産を管理して配当を享受するオーナーと、オーナーの期待に応えて運営全般の責任を持つ総支配人、いわゆるGMがいる。

「樫村さんはGMとしてホテル運営の全責任を負わねばならないんですよ。ホテルの経営はGM次第と言われていますからね」

沢は、私を脅かす。

「そんなことを言っても私はズブの素人《しろうと》だよ」

「樫村さんは、会社再生のプロですから心配はないでしょうが、業界のスキルは必要でしょうね」

「その辺りは沢が支えてくれよ」

「分かりました。できるだけアドバイスを差し上げます。大和ホテルは、今、ちょっと低迷していますからね。樫村さんが今まで培《つちか》われた再生ノウハウが生きると思います」

少し安心させることを言ってくれる。

いずれにしてもGMはホテル運営に関して全責任を負う立場だ。負担に感じないでもない。

沢とは、私がGMに就任したら正式に契約を交わすことになるだろう。

沢はプロだ。それなりの報酬を支払わねばならない。それには社長の理解を得ねばならない。物分かりが良い社長であることを望むばかりだ。

エントランスに山本の姿が見えた。

「樫村さん」

　山本が声をかけてきた。

「山本さん、今日は頼みますよ。こっちは丸腰で来ているんですから」

　私は言った。

「大丈夫です。取締役会の場所は、新館三階の会議室です。早速、行きましょう」

　山本は、急ぎ足で私の前を歩く。

　黒地に襟の部分に金のストライプ、金ボタンが入った重厚な制服を着用し、同じ色の山高帽を被《かぶ》ったドアマンが深々と頭を下げながらドアを開けてくれた。

「自動ドアじゃないんだ」

　私は驚いた。

「自動ドアもあるんだけど、玄関のこの入り口は彼が開けてくれます。これが楽しみで来る客もいるらしいです」

　山本は言った。

　ドアマンはホテルの顔だ。

　私は徒歩で来たが、車で到着すれば車のドアを開け、またキーを預かり、客に代わって車を駐車場に入れることもする。客をフロントに誘導したり、客の質問に答えたりとなかなか多忙なセクションだ。中には常連客の名前をしっかりと覚えていたり、初めての客でもタクシー運転手から情報を得て、名前を呼んだりもするという。

「老舗ホテルらしいドアマンですね」

私は、振り返って彼を見た。驚いたことに彼と目が合った。彼は私に笑みを返し、再び頭を下げた。

彼は、私をホテルの中に入れただけではなく私の動きを見ていたのだ。

プロだなぁ。

私は感心した。こんなプロ社員がいるホテルなら再建も可能だろうと思った。

だが、メインロビーに足を踏み入れた瞬間、私はなんとも言えない嫌な気分になった。優しさを感じるほの暗さではなく、単に薄暗い、そしてなんとなく淀《よど》んだ、湿り気のある空気を感じた。天井は高く、メインロビーの周りも木が多用された重厚さを保っているのだが、重苦しく陰気だ。足元を見ると、絨毯《じゅうたん》も随分長い間、客の足で踏まれてきたのか、汚れ、毛羽立ちが見える気がする。それに色合いもどんよりとしている。

ドアマンの印象が良かっただけに中に入ってのギャップが大きい。

しかしこんな印象を抱くのは私だけかもしれない。ホテルという存在に慣れていないために大和ホテルの重厚さを陰気さと取り違えているのだろう。

メインロビーを抜けると、新館になっている。エレベーターがある。女性のスタッフが立っていて、ドアマンと同じ重厚な制服と帽子を着用している。エレベーターの案内を担当しているのだろう。

エレベーターのドアが開く。中に入ると、山本が三階のボタンを押した。

彼女は「行ってらっしゃいませ」と挨拶し、腰から体を折る丁寧なお辞儀をした。

「あれ、気分はいいけど、人件費の無駄ですね」

山本が言った。

「あれ、って。エレベーターの前にいた女性スタッフのこと?」

私は聞いた。

「そうですよ。全体的に人の配置に無駄が多いのかもしれません。重厚さは感じますが、時代はもっとライトですから」

山本はエレベーターの階数を示すランプを見つめながら言う。

私も同じ感想を持ったが、評価は差し控えた。先入観を持ってはいけない。

エレベーターを降り、廊下を歩く。ここでも同じ薄暗さ、陰気さを感じた。メインロビーでの印象が抜けきっていない。

「ここです」

山本が第一会議室と表示されたドアのノブに手をかけた。

足に力が入る。久々の緊張だ。大学講師で少しなまってしまった神経が研ぎ澄まされる。

私は、大きく息を吸いこみ、そして吐いた。落ち着きを取り戻す。

山本がドアを開けた。山本に続いて私は中に入る。

株主総会、私を取締役専務執行役兼GMに就任させるための臨時株主総会だ。金杉が要求して開催されたのだ。

会議室は教室のようにテーブルが並べられている。

株主は教室で言えば生徒側に座っているが、人数は十人もいない。すべて銀行や取引先企業の総務部社員だと山本から聞いている。

正面には五人の取締役が並んでいる。真ん中に議長の木佐貫華子がいる。

華子がこちらに顔を向けた。私は、驚いた。なんと表現していいのだろうか。名前の通り、華やかな美人だ。それも並みの美人ではない。少しきつい印象を受けるかもしれないが、とびきりの美人だ。

「樫村さん、こちらにお座りください」

華子が私に言った。

白く細い指が示したのは華子の隣の席だった。私のために席が一つ空けてあった。

華子は笑みを浮かべている。私を歓迎してくれているのか。よく観察すると、笑みを剝がしたその下に憤怒、冷淡などのマイナスの表情が隠れているのに気づいた。

私は、華子の美しさに惑《まど》わされないぞと心に誓い、指定された席に座る。

「樫村さん、では頼みましたよ」

山本は言い、株主席に向かった。

華子の隣で、私は華子が発する身も心もとろけそうになる香りに思わず自分を見失いそうになってしまった。

いったい自分は何をするためにここにきているのか。

華子の横顔はきりりと引き締まり、正面から見るよりもいっそう美しく輝きを発している。

——まいったな。こんな美人と仕事をするのか。

美人との仕事は嬉しいが、仕事に集中できなくなったら大ごとだ。気を引き締めねばならない。

昔、辻占いの老女に「女難の相あり」と言われたことがあったが、今度も同じことになったら、事だ。

金杉が、大和ホテルの傲慢さを正して欲しいと言っていたが、華子の美しさは傲慢そのもの、否、傲慢になったとしてもそれが許されるレベルと言えるかもしれない。

「では出席株主、委任状を含めまして定数に達しましたので大和ホテルの臨時株主総会を開催いたします」

華子が宣言した。よく響く、やや甲高い声だ。

いよいよホテルマン生活が始まる。私は顎《あご》を引き、姿勢を正した。

# 第三章　混同

## 1

株主総会が始まった。

冒頭、華子が経営方針を報告した。

「今日、日本経済は東京オリンピック、パラリンピックの反動のためなど諸要因により景気が低迷しております。そのため大和ホテルの業績は芳《かんば》しいものではありません。しかし株主様のご期待に応えるためにも、社長として従業員たちと力を合わせ、大和ホテルの歴史に誇りをもって世界の人々にさらに愛されるホテルにしていきたいと思います……」

華子の報告は、業績見込みなどを含めて、しばらく続いたが、特に関心を呼ぶような内容ではなかった。頑張りますという単なる決意表明であり、それ以上のものでもない。米国のコーネル大学ホテル学科出身であると聞いているので、私が刮目《かつもく》するような内容が開陳《かいちん》されるのかと期待していたが、全く外れた。

話しぶりにも迫力がない。わざとそういう様子で話しているのだろうか。ホテル経営に意欲を無くしているかのようにさえ見えた。

株主総会はあっけなく終わった。

臨時総会であり、議案は私のGM就任のみ。出席株主からは一言の意見も出ない。彼らは、銀行など会社の命令で仕方なく出席しているといった風情だ。

経営の一切を華子たちに任せているというのだろうか。それとも何を言っても変わらないという諦めなのだろうか。

私個人としては、こんな株主総会など、シャンシャンで終わってくれた方が嬉しいのだが、突然、GMとして登場してきた私に、文句を言うとか、抱負を語るように要求するとか、なんらかの意見が欲しかったと言えば、それも嘘ではない。何もないことが、一番気味が悪い。

株主総会が終わると、すぐに別室で取締役会が開催された。

山本は取締役ではないが、オブザーバーとして末席に座っていた。私は、山本と視線を合わせた。山本は、まるで若者がする仕草を真似るかのように、私に向かって親指を立てた。

私は苦笑した。

取締役会も何事もなく終わった、と言いたいところだが、若干、紛糾したのである。

私がGMになると華子が発言した時だ。

前GMの立場になる渡良瀬聡《わたらせさとし》が発言を求めた。

渡良瀬は六十三歳。ホテル専門学校卒業後、二十歳で大和ホテルに入社した。ベルボーイから部屋の清掃係など、料理長以外は何でも経験し、四十五歳でGMに就任した。

それ以来、華子を支えて献身的に働いている。現在に至るまで独身で、ホテル内の倉庫を改造したシングルルームに一人で住んでいる。敬虔《けいけん》なキリスト教の信者で、胸に十字架のペンダントを隠し、部屋にも小さな十字架の置物があるらしい。ただし実際に見た者はいない。

風体は、決して陰気な印象はない。小柄だが、すらりとした体軀。清潔で丁寧に分けられた頭髪。笑みを絶やさぬ顔。どれをとっても隙《すき》の無いホテルマンだ。

しかし私がGMになることで彼はその座を退き、華子の秘書になる予定だ。

礼儀正しさが黒いスーツを着ていると言っても過言ではない渡良瀬が、手を上げ、発言を求めた。

「どうぞ、渡良瀬さん」

華子が指名した。

おもむろに渡良瀬が立ち上がった。

「座ったままで結構です」

華子が言った。

「わかりました」

渡良瀬は、再度、席に就いた。

「発言をどうぞ」

華子は、事務的に言う。やや冷淡な印象さえ受ける。もっと笑みを浮かべれば、魅力が倍加するのにと勝手に思う。

「私も六十三歳という専務としての定年に達し、平の取締役になることになりました」

大和ホテルには常務や専務は六十三歳で役職定年になる規則がある。

「本当にお疲れ様でした。引き続き、私の秘書としてよろしくお願いします」

華子が言った。

「華子お嬢様をお支えして、この身が朽ち果てるまでお仕えするつもりでおります」

「よろしく頼みましたよ」

やりとりがスムーズだ。事前に打ち合わせしていたのだろうか。

「それはそれとして樫村様のＧＭご就任は正しい選択なのでしょうか？　金杉とかいう総会屋か乗っ取り屋か知りませんが、そんな男の推薦で、ホテルの素人である樫村氏にＧＭが務まるとは思いません。ましてやこの伝統ある大和ホテルを成長させるなど、夢のまた夢でありましょう。私は、樫村氏のＧＭ就任に反対しているのではありません。ただ懸念を申し上げているのです。反対していると思われると、私が自分の処遇に不満を持っていると思われてしまいます。それは心外でありますので」

渡良瀬はやや表情を紅潮させて言った。穏やかな笑みは消え、憎しみ、憤怒を顕にした目つきで私を睨んでいる。

私は、少し驚いたが、当然すぎる反応だと考えた。それよりも華子がこの発言をどう処理するのかに興味を持った。

「渡良瀬さん、株主に対する不適切な発言はお控えください」

華子が渡良瀬に注意をした。金杉のことを総会屋、乗っ取り屋と表現したことへの注意だ。

「申し訳ございません。発言は取り消させていただきます。しかし全くホテル未経験の方にGMが務まるとは思いません」

「このように渡良瀬さんが発言されていますが、皆さま如何ですか」

華子が他の取締役に諮《はか》った。

あれあれ、少し風向きが違ってきたのか。すんなりとGMが承認されると思っていたのだが……。

出席している取締役は社内の人間が五人。副社長はいないので専務がナンバー2だ。その他社外取締役が二人。一人は四十歳過ぎに見える女性公認会計士の北村静香《きたむらしずか》。もう一人は、引退した元外務官僚で七十歳を超えている片岡信三《かたおかしんぞう》。そしてオブザーバーの山本。

「どうですか？　片岡先生」

片岡は、土色の顔に皺が深い。どう見てもどこか不健康そうだ。表情にも覇気がない。

「いえ、あのぉ、まぁ、経験がないとはおっしゃるが、樫村さんは企業再生のプロフェッショナルですなぁ。まぁ、そのぉ、なんと言いますか、なんとかこなされるんじゃあないですかなぁ」

ぐじゃぐじゃとはっきりしない言葉で話す。内容は、私のGM就任に反対しないというものだが、積極的な印象は受けない。

「ほかの方はどうですか」

華子が意見を促す。

「社長！」

渡良瀬が言った。

「なんでしょうか？」

「先ほど申し上げたように私は樫村氏のGM就任に反対しているのではありません。ただ懸念を述べたにすぎません」

「よく分かっております。もう、よろしいでしょう。では他にご意見がないようですので樫村氏にGMに就任していただきます」華子は言い、私を向いて「就任の挨拶をお願いします」と言った。

華子は美しいが、口振りや表情に冷淡さが見える。私を歓迎していないのは明らかだろう。渡良瀬が、「懸念」を表明したのは、華子の「懸念」ではないのか。

私は、華子に軽く頭を下げると、正面を向き直った。

「皆さん、樫村徹夫《てつお》と申します。この度、ご縁があり、大和ホテルの取締役専務執行役兼GMを務めさせていただくことになりました。しかし、ただいま、渡良瀬様からご指摘のありました通りホテルには全くの素人でございます。なにとぞ温かい目で見ていただき、ご指導ご鞭撻《べんたつ》のほど、よろしくお願いします」

私は、型通りの挨拶をこなした。

「ではこれで取締役会を終了します」

華子は宣言した。

皆、ぞろぞろと席を離れる。その時、華子が私を見つめて「社長室に来てくださらない？」と言った。

「はい、わかりました」

私は、華子の後について歩いた。華子は背筋を伸ばし、さっそうと歩く。その姿を見ると、俯《うつむ》き気味に歩く私は華子の完全なる召使のように見えるだろう。

## 2

華子はソファに腰かけ、ひじ掛けに体を投げ出すように座って私の顔をじっと見つめている。優雅にクロスさせた足がながい。その傍には渡良瀬が下僕《げぼく》のように身を縮めて座っていた。

私は、座り心地の悪いソファなのか尻がむずむずする。

「樫村さん、よろしくお願いしますね」

華子は無表情に言った。どうしてここまで愛想がないのか。

「よろしくお願いします」

私は無理に笑みを浮かべた。私の笑みで、華子が笑顔になればいいのにと思う。

「少しお聞きしたいのですが、いいでしょうか？」

「どうぞ、なんでも聞いてください」

「あなたと金杉氏とのご関係はどのようなものですか」

華子の視線が強くなった。

「あんな総会屋とつるんでいるなんて呆れたお方だ」

華子の隣で、渡良瀬が激しい憎悪を滾《たぎ》らせている。先ほどの取締役会で華子からもういいとたしなめられたが、気持ちが収まっていないようだ。

それにしても金杉を総会屋とは？　ちょっと言いすぎではないか。

「個人的には今回の要請を受けて初めてお会いしました。以前から知っていたということはありません。それから金杉氏を総会屋呼ばわりするのはいかがなものかとおもいます」私は渡良瀬を睨んだ。「大和ホテルの大株主ですからね。その方をそのような呼び方をするのは、ホテルの価値を自ら貶《おとし》めておられるのではありませんか」

私の指摘に渡良瀬は、目の端の筋肉をぴくぴくと反応させ、腹立たしそうに口をつぐんだ。

「おっしゃる通りですわ」華子は渡良瀬を睨むように見つめ「口を慎みなさい」と言った。

「申し訳ございません、お嬢様」

渡良瀬は頭を下げた。

取締役会でも渡良瀬は、華子のことを「社長」ではなく「お嬢様」と呼ぶ。これは大いに奇妙な感じがした。

「おかしいと思われたでしょう？」

「何がですか？」

「渡良瀬が私のことをお嬢様と呼ぶことですよ」

初めて笑った。赤い唇がわずかに開き、白い歯が見えた。

「ええ、おかしいと思いました」

私は正直に言った。

「この人にとって私は『お嬢様』なのです。このホテルは木佐貫家のものですので」

華子の表情から再び笑いが消えた。

「大和ホテルで木佐貫家は大株主ではありませんが……」

私は言った。木佐貫華子を含め一族の持ち株は十％にも満たない。

「そ、それはあの金杉の野郎が買い占めたからだ」

また渡良瀬が血相を変えた。どうも金杉の話になると、ホテルマンとしての慇懃《いんぎん》さがなくなってしまうようだ。

「申し訳ありません。渡良瀬は、私の幼いころから木佐貫家に仕え、このホテルのGMとして頑張ってくれましたので、あなたのスポンサーである金杉氏のことになると、人間が変わってしまうのです」

華子が寂し気な笑みを浮かべた。

「断っておきますが、金杉氏は私のスポンサーではありません。私は彼から報酬を受け取っているわけではありません」

私がきっぱりと否定すると、華子は急に真剣な表情になった。

「ではなぜ大和ホテルに来る決断をされたのですか？　何が目的なのですか。大和ホテルがあなたに支払う報酬以外に金杉氏から別の報酬が出ないなど信じられない。あの山本とかいうファンドの経営者と一緒になって上場を画策し、株の売却益でも得ようというのですか」

華子は速射砲《そくしやほう》のように早口でまくし立てた。

先ほど渡良瀬をたしなめていたのは別人であるかのように豹変《ひようへん》した。華子、渡良瀬の二人は私に対する疑心暗鬼を募らせているのだ。

「私は、再生請負人として純粋に大和ホテルの成長をご支援できればと思っているだけです」

私は、これ以外に答えようがない。これが事実なのだから。私も自分でおかしいと思う。特別な報酬を期待していない。私はいつもそうだ。山本から企業再生の依頼を受け、引き受け、再建し、相手に引き渡す。その繰り返しだ。その会社の株を保有し、値上がりしたところで売却し、利益を得るわけでもない。それをするのは山本だろう。私は、再生した会社から得られる報酬だけだ。失敗すれば、責任を問われるのだが、そのリスクに見合う報酬はない。

妻の明子も、時々、あきれ顔で『あなたってホント、人がいいんだから』と言う。

実際、何を目的にこんな仕事を引き受けているのだろうか。華子が疑問に思うのも当然だ。

「本当に、それだけ？　そんなこと信じられないわ。あなたは適当な時期に、このホテルを売却してしまう目的で金杉氏に言われてきたんでしょう?」

「そう思われても仕方がありませんが、残念ながら違います。私は社長の方針に従い、このホテルを日本一に出来ればいいと思っています。そのために努力させていただきます」

社長の方針と口走ったが、株主総会で、華子の口から特別な具体的方針が示されたわけではない。

「実際、何を考えているのか分からないですよ。お嬢様」

渡良瀬が不愉快そうに顔を歪める。

私は、少し考えて、私の立場を次のように説明した。

「少し上から目線の言い方で気に喰わないかもしれませんが、私は教師のような気持ちです。生徒と一緒に喜び、悲しみを共有し、一緒に成長して未来を目指す。その喜びのために企業再生を請け負っているんです」

私は、案外、上手い喩えだと思った。

華子は、小鼻をフンと鳴らした。そしてちょっと横を向き、「私たちが出来の悪い生徒だと言うおつもり?」と鋭い口調で言った。

「いえ、そんなつもりは……」

私は驚き、両手を左右に振って否定した。

「まあ、仲良くやりましょう。大和ホテルは多くのお客様に支えられた一流ホテルです。変えるところはなにもありません。あなたは私の方針に従っていただきます」

華子は美しい顔の眉間に深く皺を寄せた。

「わかりました。ところでホテル内を案内していただけますか」

私は当然の依頼をした。

「ご勝手にどうぞ。あなたはGMですからね。なんでもご存知でしょう」

華子はソファから腰を上げた。

「勝手に見て回ればいいじゃないですか。GMなんですから」

渡良瀬も立ち上がった。華子と同じセリフを口にした。

「あのぅ」

私は、立ち去りそうになり、背中を見せる華子に声をかけた。やや弱い声だ。

「なんでしょうか？」

華子がきつい視線で見つめる。どこまで非協力的でいるつもりだ。これでは本当に先が思いやられる。

「私のアドバイザーとして沢秀彦というホテル投資の専門家に就任してもらっていいでしょうか」

「どうぞご勝手に。あまり多くの報酬は払えませんよ。それでいいですか」

「結構です」

私は答えたものの、沢とは報酬の話を全くしていなかったので、また悩みが一つ増えたのである。

「では失礼します。時間を見て、経営方針を話し合いましょう。よろしいですね」

華子は、厳しい調子で言い、部屋を出て行った。

「ふん」

渡良瀬はいけ好かない感じで鼻を鳴らすと、いそいそと華子の後を追った。

「どうしようもねぇな」

私は思わずため口で嘆いた。

さてどうしたものかと私はやや途方に暮れていた。華子がいなくなってしまった社長室にいるわけにもいかず、廊下に出た。

これからどうしたらいいのだろうか。華子が幹部を集めてくれなければ、挨拶のしようもない。

「樫村さん」

背後から声をかけられる。振り向くと渡良瀬だ。

おっ、心を入れ替えて私に協力をしようというのだろうか。期待感が膨らみ、思わず笑みがこぼれる。

しかしどうも期待外れのようだ。渡良瀬の表情は難しいままだ。

「何か御用でしょうか」

私は聞いた。

「どうぞ、こちらへ」

渡良瀬は私をひと睨みすると、くるりと踵《きびす》を返した。

「どこへ行くんですか」

私は少々薄気味悪くなってきた。

渡良瀬は、黙って歩いていく。新館のエレベーターホールに来た。これに乗るらしい。新館は上部の八階が宿泊、下部の十階がオフィスとショッピングモールになっている。

エレベーターが到着し、ドアが開くと、中に入った。渡良瀬は十階のボタンを押した。客室階だ。

渡良瀬は、黙ったままエレベーターの階数が変わっていくのを見上げている。私も仕方なく階数が変化するランプを見つめていた。

十階に着いた。

「廊下が、暗いですね」

「ホテルなんてこんなものです」

私の意見を即座に否定した。

「こちらです」

１０１５号室の前で止まる。

渡良瀬がドアを開ける。

「なんですか？　この部屋は？」

「樫村さんの部屋です。居住スペースです。どうぞ」

渡良瀬がこともなげに言う。私の部屋？　なにそれ？

私は、渡良瀬に促され中に入った。部屋はスイートというのだろう。真っすぐな廊下沿いにトイレやバス、クローゼットがあり、その先にリビング、そして寝室兼執務机がある。

「冷蔵庫もありますし、インスタントラーメンやコーヒーを作ることが出来るキッチンも特注してあります。快適です」

リビングの入り口近くの右隅に小さなシンクがある。あれがキッチンというのだろうか。

「インスタントラーメン？」

私はどのような顔をしていいか分からない。

「ええ、夜中に突然、食べたくなるんですよ。不思議とね」

渡良瀬は、したり顔で言う。

「私がなぜここでインスタントラーメンを食べなくてはいけないんですか」

私は、渡良瀬に迫った。顔の筋肉の引きつりが実感できる。

「ここで暮らしていただくことになるからです」

渡良瀬は、さも当然という様子で言う。

「私、妻も子供もいます。それに自宅もあります」

私は困惑以上に焦りを覚えた。

「私は独身ですが、老いたりといえども母もまだ健在で、自宅に一人で住んでおります」

渡良瀬は、私の困惑に全く動じない。

「あなたはここに住んでいたのですか」

「ええ、この部屋ではないですが、同じような間取りでした。そこにGMに就任以来ですから、十八年にもなりますね。あなたにGMを交代しましたのでようやく年季奉公が明けたかのように自宅に帰ることが出来ます。母が喜びます。ありがとうございます」

「ええっ、十八年！」

「はい、十八年です。ご注意を申し上げれば、必要最低限のものだけにしないと、ここは約七十平米もありますが、狭くなります。ペットは禁止です。掃除、洗濯などはホテルの者がやってくれますが、あまり乱雑にされますと、噂になるかと思います。ベッドは、ダブルになっておりますので、奥様が来られてもお二人でお使いになれます」渡良瀬はにやりとした。「住めば都です」

私は、いつの間にか渡良瀬に顔をくっつけるまで近づいていた。

「なぜ、なぜ、私がここに住まねばならないのですか」

「GMだからです。GMは二十四時間、三六五日ホテルを守る責任があります。ですからここに住まねばならないのです。ホテルを愛していれば、当然です」

渡良瀬は、穏やかな口調から一変し、厳しく言い放った。

「本当ですか」私の顔は完全に引きつっているだろう。「どこのホテルのGMも皆、そうしているのですか」

「他のホテルは関係ありません。これは大和ホテルの伝統です。ちなみにパレスホテルのGMも住み込んでおられると聞いておりますが……」

「そうですか……」

私は、部屋の中を見渡し、絶望的な気持ちになった。ここで暮らすのか、聞いてないよ、と声を大にして言いたい。

「GMというのはですね。ホテルの売り上げ、収益を最大限に引き上げる責任を社長から託されている役目であります。中長期的役目としたらホテルのブランド価値を引き上げること、短期的には日々のオペレーションをいかに円滑にするか、ということでしょう。ホテルは二十四時間、三六五日休むことができないという他業種にはない特徴があります。永遠に動き続けねばならないのです。その動きを指揮し、妙《たえ》なる音楽を奏《かな》でるのがGMたる樫村さんのお役目です」

渡良瀬は滔々《とうとう》と言い、自分に酔うような表情になった。

私は、あっけにとられたようにただ拝聴していた。

「では、失礼します。何かお聞きになりたいことなどがありましたら、いつでも事務所の方へ来てください。これからは私はそこに席を頂きましたのでね」と、わずかにしてやったりといった感じの薄ら笑みを浮かべて去って行った。

頭が真っ白になるとはこういう状態をいうのだろう。

大和ホテルの経営内容も実情も何も分からないし、説明もない。社長とその側近である前GMは私を完全に憎んでいる。その理由は、金杉の推薦でここに落下傘的に降り立ったからだ。その張本人である金杉は、レストランでキッシュを食べたい……とだけ。

私は寝室に入り、背中からベッドに倒れこんだ。良質のスプリングを使用しているのだろう、私の体を真綿でくるむように受け入れてくれた。

スーツのポケットに入れたスマートフォンが鳴った。

誰からだろうか。もし親しい人間からだったら、私は「助けてくれ」と言い出すかもしれない。

「橋本《はしもと》さんだ」

私の長年の友人で、今は外資系高級ホテル、ハイトップホテルを展開する、林野《はやしの》ホスピタリティの副社長橋本祐一《ゆういち》だ。

「橋本さん、今すぐ、助けて」

私は、電話に出ると予想通り叫んでいた。

スマホの向こうから息を詰まらせる「えっ」と言う声が聞こえてきた。

3

「まあ、どうぞ。これは佐賀の鍋島《なべしま》という酒でしてね。私の故郷の酒で、正直、美味いんです」

橋本は、クリスタル製のお銚子から酒を私の盃《さかずき》に注いだ。

私は高級ホテルハイトップ東京の中にしつらえられた料亭「旬季《しゅんき》」の個室で橋本と向かい合っていた。

橋本の社会人スタートは日本を代表する航空会社ＮＡＬ（日本エアーライン）だった。

しかしその会社員人生はホテルと共にあった。

ハワイ、ニューヨーク、パリ、ロンドン、ニューヨークそして東京のＮＡＬが経営するホテルの責任者を務めた。その後、ＮＡＬが経営悪化すると、各国の投資家にホテルを売却する業務に関係した。

ホテルのＧＭ、経営者、そしてホテル資産処理の全てを経験した人間は、そうそう探してもいないだろう。

私との関係が出来たのは、ホテル資産売却の頃からだと記憶している。私は、メイン銀行の行員としてNALの経営改善に関係していた。それにはいかにホテルという資産を高値で売却するかが重要だったのだ。私は、橋本と協力し、国内外の投資家へのホテル売却を進めた。私たちは、債権者と債務者と立場をたがえてはいたが、いわば戦友だったのである。

橋本は、大柄だが、その体軀を恥じるかのように謙虚に肩をすぼめる。そして笑みを絶やさない。これは以前、NAL系列のホテル売却という苦しい業務を担当していた時も変わらなかった。絶対に激高しない人間としての懐《ふところ》の深さに私は尊敬の念を覚えていた。

「NALでの仕事をひと段落つけたころ、林野ビルディングの林野会長から声をかけられましてね。上海に超高層ビルを建てる。そこにハイトップホテルを入れる。それを経営してくれと言われたんです。上海は、今のように大発展する前でしたが、私は誘ってくださるうちが華だと思って、上海に行きました」

橋本は静かに盃を口にする。

私は、じっと聞き耳を立てていた。

「ホテルを一から立ち上げるのは大変でしたが、刺激的でした。この上海の経験で、私はアメリカ、ヨーロッパ、中国、日本のホテルを全部経験することになりました。こんな男は他にいないだろうと、密かに自慢しているんです」

橋本は、のどぐろの塩焼きの身をほぐし、口に運ぶ。

「樫村さんが、大和ホテルのGMに就任されたと聞いて、これは大変だと思ったのです」

橋本は私の盃に酒を注いだ。

「情報が早いですね」

私は、盃を空けた。

「ホテルの業界は、情報がすぐに伝わるのです。みんなプロフェッショナルの集まりですので。まあ、プロ野球選手みたいなもので、誰がトレードに出された、誰がフリーエージェントになったなど、すぐに伝わります」

「そういうものなのですか」

私は、プロの集まりにアマとして参加することになるのか。自分の無謀さに呆れた。

「先ほどは驚きました。助けてくれですからね」

橋本が笑った。

私はのどぐろの塩焼きを食べていた。程よい塩味と脂の乗った絶妙な味だ。

「お恥ずかしい。思わず悲鳴を上げてしまいました」

私は恥ずかしさに顔を少し赤らめた。

「大変なのはこれからです。本当に悲鳴を上げたくなりますよ。GMというのはホテル運営の全責任を持つ立場です。未経験な方にはなかなか難しいポストです」

「そうでしょうね」

私は小さく頷いた。

「樫村さんならなんとかされると思いますが、またどうしてこんな大変なポストをお引き受けになったのですか」

橋本の質問に、私は、投資ファンドの山本を経由して、フィクサーと言われる金杉に依頼されたのだと説明した。

橋本は、私の説明を聞いて、沈黙した。橋本には珍しく眉間に皺を寄せ、なにやら考え込んでいる。

「どうかされましたか」

私は聞いた。

「社長の華子さんは金杉氏を恨んでおられますから」

「株を買い占めたからですか」

「勿論《もちろん》、それが原因ですが、その結果、ご両親を相次いで亡くされたからです」

橋本は悲痛な表情をした。

「ご存知のことを教えて下さいますか」

「大和ホテルは……」

橋本は視線を上に向け、何かを思い出すかのような表情になり、話し始めた。

大和ホテルは老舗名門ホテルの一角を占めていたが、業績はじり貧だった。

その頃から金杉の買い占めが始まった。当時、社長であった華子の父は、金杉の資金を宛てにしていたきらいもあった。

しかし合理的な経営を目指す金杉と、木佐貫家の事業だと考える華子の父との考え方の違いでお互いが抜き差しならぬ不信感に捉われ、二人は決別した。

金杉はいろいろと背景が噂される人物だ。橋本もなんどか会ったことがある。ＮＡＬの経営問題に関してだったと記憶している。しかし橋本は、噂ほど問題のある人物だとの印象は受けなかった。

当時は、まだ認知されていなかったが、今の時代なら「もの言う株主」という立場だろう。時代に早すぎて、世間から警戒されたのだ。

ところで買い占めの騒ぎは収まったかに見えたのだが、金杉は株を手放さない。どうしても手放して欲しい華子の父は、金杉に何度も掛け合った。しかし絶対にうんと言わない。むしろもっと買い増す考えだと金杉に言われてしまった。

ある日、華子の父は車で首都高速を運転していた。同乗者は母だ。そして、首都高のガードレールに激突して、二人とも亡くなってしまった。

猛スピードでぶつかり、二人とも即死だったという。事故の原因は華子の父の不注意だった。何かに気を取られてしまったのか、疲れていたのだろう。

金杉との株を巡る交渉に疲れたと華子の父が呟いていたのを聞いた人がいる。

実際、それが運転の不注意に繋《つな》がったのかもしれない。

娘の華子は、上智大学を卒業してアメリカのコーネル大学のホテル学科に留学していたが、急遽《きゅうきょ》、帰国して大和ホテルの社長に就任した。二十三歳の時だった。

「お話から察すると、金杉氏に両親が殺されたと思って、社長は恨んでいるわけですね」

私は言った。

「私が、いろいろな方から伺った話は以上ですが、私から言わせると、華子社長は混同、すなわち公私混同されていますね」

橋本は厳しい表情を見せた。

「公私混同？　どういうことでしょうか？」

「ホテルを私物化されているということです。大和ホテルは木佐貫家のものではありません。多くの株主や客によって支えられています。それにホテルの売買や投資はホテルの世界では一般的です。ハイトップ東京を運営する林野ホスピタリティはいくつかホテルを所有しておりますが、運営を、外資系のハイトップにお任せしているわけです。ですから金杉氏が大和ホテルに目をつけ、所有しようとすることはこの世界では一般的なのです。それを極度に拒み過ぎているのは、公私混同と言うべきでしょう。そんなことよりも大和ホテルが多くの客に愛されるホテルになることが大切です」

橋本ははっきりとした口調で言った。

私は、橋本が私を励ましてくれているのだと思った。

　ホテルは、投資対象として広く認知され、実際、多くの投資がなされている。所有者も運営も変わる。その意味で、大和ホテルを家業として考えている木佐貫家と社長の華子を批判することで、金杉の指示による私のGM就任の正当性を評価してくれているのだ。

「公私混同とは気づきませんでした」

「樫村さんは、自分の考えで良いホテルにされたらいいんですよ。自信を持ってください」

「ありがとうございました。ところでGMというのはホテルに住まねばならないんでしょうか？」

私は困惑の表情を浮かべながら聞いた。

「樫村さんは大和ホテル内に住まわれるのですか」

橋本はちょっと愉快そうな表情をした。

「ええ、そう言われまして、部屋も見せられました。GMは二十四時間働くんだと……」

私は、やや情けない口調で言った。

「GMの誰も彼もが、経営するホテルに住んでいるとは言いませんが、近くには住んでいますね。トラブルは二十四時間、待ってくれませんから。私もGMの頃、しばらくの間ですが、ホテルに住んでいましたよ」

橋本はなぜだか勝ち誇ったような顔をした。私の困惑ぶりが愉快なのだろう。

「わかりました。とりあえず言われた通り、ホテルに住むことにします」

「それがいいでしょう。まずは社員の心を摑むことです。どんな意地悪をされても、社員が味方なら改革は上手くいきます。私も何かあれば相談に乗りますから」

橋本は力強く言い、盃を高く上げた。改めて乾杯しようと言うのだ。

私も盃を高く上げた。

「樫村さんの活躍を祈念して、乾杯！」

橋本が言った。

「ありがとうございます」

私は、盃を高く掲げたまま頭を下げた。

4

結局、私は1015号室に住むことになった。そのことを昨夜、明子に話した。

明子は、最初はびっくりしていたが、すぐに笑い出した。あまり体を捩《よじ》って笑いだすので、私までつられて笑った。

すると、今度は「冗談じゃないわよ。笑っている場合じゃない」と怒り出した。

たった数分の間で、これほど激しい感情の変化を見ることは、今まで経験したことがない。

「とにかく様子見さ。今は誰も相手にしてくれない。まあ、シカトされている状態だな。だから余計にホテル内に住んでみようと思っている」

「山本さんは何か言っているの」

怒った顔のままだ。

「株主総会の後は、顔を見せない。あいつも様子見なんだろうね」

「何が様子見よ。あなたに面倒なことを全部、押し付けて、そのあとうまい汁だけたっぷりと吸おうって言うんでしょう。許せない。だからあんな変なフィクサーに関係しちゃだめって言ったでしょう」

そんなことを具体的に言っただろうか。でも明子が今回の仕事を引き受けることに消極的であったことは事実だ。

「怒るなよ。もう引き受けちゃったんだからさ。今更、ノーと言えない。金杉さんも山本も、それなりにサポートしてくれるさ」

段々と声の調子が弱くなる。

「みんなあなたに損な役回りを押し付けてさ。自分は高みの見物なんだから」

明子の怒りは収まらない。

「そのうちいいこともあるさ」

「私もそのホテルに住もうかしら。七十平米なら私が住んでも十分じゃない?」

ちょっと笑みを浮かべる。

私は眉根を寄せて、弱ったという表情になる。

「そりゃ駄目なんじゃないかな」

さらに声が弱くなる。

「あら? どうして? 夫婦が一緒に住んじゃいけないの? いわば社宅でしょう? 社宅に夫婦が住むのはいいんじゃないの。それとも何? あなた、なにかやましいことを考えているの?」

横目でにらむ。

「馬鹿ぁ、そんな何もやましいことを考えているはずがないだろう。でもその部屋は家族が憩うなんて感じじゃなくて常在戦場とでもいうのかな、前線基地の位置づけなんだ。だから明子は一緒に住めないよ」

私の困惑の度合いが進む。

「そこまで言うなら分かったわ。でも時々、様子を見に行くわね。何か不審なもの、いい香りがするものがないか……」

明子は、両手を持ち上げ、顔の横で爪を突き出すように指を広げ、「おかしなものはねぇかぁ、良い香りのする女物はねえかぁ」とおどろおどろし気な調子で言い、口を大きく開いて、私に近づいてきた。なまはげか、ゾンビのようなつもりでいるのだろう。

「もう、いい加減にしろよ」

私は顔を背けた。

「まあ、あなたが頑張るのを私は応援するから。妻だからね。でも時々、大和ホテルに泊まろうかな。安く泊まれるんでしょう？」

「それはないな。それこそ公私混同と言われちゃうよ」

「お堅いのね」

明子は不満顔だ。

公私混同？　この言葉は橋本が華子の経営に対して使った言葉だ。批判的な意味がある。あの穏やかで紳士的な橋本が使うには相応しいと思えない。

もしかしたら……と私は考えた。

大和ホテルは木佐貫家の家業として営まれている。ところが四十％の株を持っているのは金杉だ。株式の上では支配権を有している。しかし思い通りにならない。彼らは頑として金杉の指示に従わない。資本の論理が通用しないのだ。それで困り果てて私に相談したというのが実情である。

なぜ資本の論理が機能しないのか。それは無理にそれを押し通そうとすると、トラブルが明るみに出てしまい、ホテルの評価がガタ落ちとなってしまう。一旦、落ちたブランドを再度引き上げるというのは並大抵のことではない。だから泣く泣く金杉は手を出せないでいるのだろう。

私に期待するのは内部からの変革なのだろう。

では変革するべき大和ホテルの内部にはどんな問題が内包されているのだろうか。

おそらくホテルのあらゆる場面に公私混同が横行しているのだろう。仕入れ、販売という営業に関わることから人事などの内部管理に至るまで……。

華子の秘書に転じた渡良瀬の顔を思い浮かべた。彼は、完全な華子の執事だ。ホテルのGMではない。今回、私がGMになったことで華子の秘書と担当替えになったが、おそらく本質的には何も変わっていないのだろう。

「公私混同を撲滅すれば、ホテルは良くなるんじゃないか」

私は呟いた。

「あなたのぶつぶつがまた始まったわね。いつものことだけど」

明子はいつの間にかリビングのテーブルにノートを広げて、電卓をたたき始めていた。FP業務の依頼を処理しているのだろう。カタカタという電卓の音がリビングに響いていた。

## 5

「いい部屋じゃないですか」

沢の明るい声が室内の淀んだ空気を晴らす。

「早速、悪いな」

私は、コーヒーメーカーでいれたコーヒーをテーブルに運んだ。

「ここが樫村さんの終《つい》の棲家《すみか》ってわけですか」

沢がコーヒーカップに口を近づけながら言う。

「おいおい、このジュニアスイートが、俺の終の棲家ってことはないだろう」

私は苦笑する。

「ついに観念して、妙な仕事を引き受けたって意味ですよ」

沢は、コーヒーカップをテーブルに置いた。

「まあ、努力してみるけどさ。どこまでやれるかは未知数だな」

私もコーヒーを飲む。

「早速ですが、ホテルのレクチャーを始めましょうか。なにせホテル・バージンですからね、先輩は」

沢がにやりとする。

「おお、早速、頼もうか。レクチャーの後、各セクションの責任者に会う予定になっているんだ」

私は、真剣な顔になった。

沢は、ラップトップ型のパソコンをバッグから取り出すとテーブルに置いた。その画面にデータを映してくれるようだ。

「先輩用にペーパーも作ってきました。これをどうぞ」

沢は、私にA4版のファイルを渡した。ありがたい。私が、ネット派ではなくペーパー派であることを覚えてくれていたのだ。

沢と一緒に営業部で大企業を担当した際、たいていの担当者はコンピューターセンターから送られてくる決算書分析のデータをそのまま鵜呑《うの》みにして使用していた。

しかし私だけは客から入手した決算書類の中の数字を手書きで分析表に記入し、電卓を叩いて、うんうん唸《うな》りながら分析していた。

「どうしてそんな面倒なことをするんですか」

沢が聞いて来た。

「コンピューターが勝手に分析したのは、どうも信じられなくてね」

私は答えた。

「疑い深いんですね。でも時間がかかるでしょう。コンピューターセンターに丸投げした方が、どれだけ楽か分かりません」

「その通りだが、納得するまで自分の手を汚した方が、その会社に愛着も湧くからね」

私の答えに感ずるところがあったのか、沢もそれからは自分で電卓を叩きながら、企業分析を始めたのである。

私がコンピューターに過度に頼らない、ある意味ではオールドファッションな人間であることを承知しているので、沢は資料ファイルを作成してくれたのだろう。有難いことだ。

「私が勤務しているH&Hグループは、英国に本拠を置く不動産投資会社です。私は、その中でホテル投資を専門に扱う部署にいます」

沢は話し始めた。

私は、クリックされて変わっていく新しい画面をのぞき込んでいた。

沢は、今まで手掛けたホテルの写真を次々と画面に映し出した。私でもよく知っている有名ホテルが多い。それらは売買の仲介だけではなく、改装や運営受託企業の斡旋《あっせん》等、多岐に亘っていた。

「ホテル業というのは、運営・マーケティングという『人』の管理を受けもつオペレーターと、資産管理・ファイナンスそして不動産、即ち『箱』を管理するオーナーの仕事に分けることが出来ます」

「オペレーターとオーナーだね」

私は複唱する。

「樫村さんが就任されたGMはオペレーターそのものなのです。それはオーナーからホテル資産の運営を付託《ふたく》された存在です。運用成績はGMの能力次第と言われますが、GMはオーナーに十分な配当をもたらし、満足させる責任があります。いわばオーナーとホテルとの窓口でもあります。有能なGMは投資についてオーナーと十分な協議が出来るんですが、日本のGMはあまり投資に関心がなく、単なるオペレーションのみに傾注しがちですね。ですからオーナーにまったく投資メリットを与えないGMもいます」

私は渡良瀬から聞いたGMの心構えを思い出した。

渡良瀬は、GMは、ホテルの売り上げ、収益を最大限に引き上げ、ブランド価値を上げることだと言った。それは社長のためだと……。

「オーナーというのは社長なのかな」

「オーナーと社長は違いますね。オーナーは『箱』の持ち主ですから、大和ホテルの場合は……」沢は首を傾《かし》げた。「大株主である金杉氏もオーナーと言えるのではないでしょうか。木佐貫一族だけではないと思います。金杉氏が、樫村さんをGMに据えたのは、余程、以前のGMに腹を据えかねていたのではないでしょうか」

「うん、さもありなんだな。前GMは、社長の執事同然だからね」

私は独り言のように呟いた。

「さて、ホテルの組織ですが」沢は私の呟きを無視して先に話を進める。「GMの下に客室、料飲《りょういん》、宴会、営業、コントローラー、チーフエンジニアの組織があるのが一般的で、大和ホテルもそうなっているようです」

「コントローラーって？」

「財務部長ですね。このポストも重要です」

「なるほどね」

私は、どのポストにどのような人間が配置されているのか、まだ知らされていない。ちょっと焦《あせ》る。彼らの気持ちや考えを聞かねばならない。

「GMとはオーナーからのホテル資産運営の付託を受けている以上、良好なパフォーマンスが求められるんです。ですからホテル運営スキルがあることが重要です。そうでないとお客様満足度、従業員満足度も上げることができず、結果としてオーナー満足度も十分ではなくなります」

「私には運営スキルはない」

私は顔をしかめた。

「はっきり言ってそれは問題です。でも素人だからダメってことはありません。先輩は、いつでもお客様や従業員の立場に立つ仕事をされてきましたから、その姿勢があればいいと思います」

沢は、はっきりとした口調で言う。後輩に上から目線で説教されているようでむず痒《がゆ》い気がする。

「まあ、しっかりやるしかないね」

ため息をつく。

「ホテルにはいろいろな形態があります」

沢がホテルの運営と所有の形態を例示した。

ホテルの運営会社すなわちオペレーターは運営マネージメントフィーを得ることが目的で、オーナーはホテルから得られる投資収益や売却益が目的である。

こうした観点から色々な形態が生まれている。

「賃貸借契約は、不動産はオーナー所有ですが、たとえばマンダリンといったブランド、人事権、運営権などはオペレーターが持っています」

沢が、マンダリン・オリエンタル東京の実例を示して説明する。

さっぱり頭に入って来ない。もう年だなぁなどと言ってはいられないのだが……。

要するにホテルという物件の所有主体と、運営主体との違いで多様な契約形態があるのだ。マネージメント契約やフランチャイズ契約などなど。

ホテルというのは、私たちが客として見ている姿と投資対象として見える姿とにはかなりの違いがあるようだ。

「大和ホテルのような所有直営は、全てがオーナーに帰属しているのですが、こうした例は世界では珍しいんです。日本の名門ホテルである帝国ホテルやパレスホテルなどもこれに属します」

「だから日本のホテルの規模は世界的に見ると、小規模なんだね。ホテルは、金融商品みたいなものなんだ」

沢は、私の見解に大きく頷き、

「まったくその通りです。オペレーターが顧客満足度を引き上げることでオーナーが高い配当を受け取る。まさに金融商品です。そう思えば先輩は金融マンですからホテルは得意分野になるんじゃないですか」

沢が明るく言う。

「おだてるんじゃないよ」

金融マンはホテルが得意分野。その言葉は、沢にこそ当てはまる。沢が銀行からホテル投資の分野に飛び込み、成功している理由を垣間見た気がした。

「オーナーとオペレーターが、それぞれの得意分野で協力してホテルの価値を上げているんだね。餅屋は餅屋だな」

「樫村さんはわかりが早い。それぞれスキルが違いますからね」

「その点、所有直営の大和ホテルは上手くいっていないんだ」

「そうでしょうね。このままだとブランド毀損《きそん》が起きて、じり貧でしょう。できれば海外の卓越したオペレーターに運営を任せた方がいいかもしれませんね」

沢の指摘は、おそらく山本も考えていることだろう。金杉がその考えに必ずしも同調しているとは思えないが。

「私の役割が重要なのはよく分かったよ。少なくとも業績を上げ、オーナーを満足させなくてはならない。オーナーを怒らせたら、ホテルの経営そのものが揺らぐからね。オーナーでもある金杉氏を満足させねばならないってことになるんだろうね」

「ですが、四十%の株式を保有する実質的なオーナーである金杉氏と、創業家でありオーナー意識が強い木佐貫家が対立していますからね。これをなんとかするのが先輩の役目じゃないですか」

私は、沢の言葉に、華子と金杉が握手をしている様子を思い浮かべようとしたが、今のところは無理な相談だった。

「だいたいホテル経営の概要はわかっていただいたと思いますが」

「ああ、もう少し具体例で教えてくれるかな?」

「たとえば、昔、白金ホテルというのがあったでしょう」

「ああ、覚えている。たしか私鉄の経営だったね」

「それが今はオンディーズになっているんです。フランチャイズです。ブランドだけ借りて、GMも何もかも元の白金ホテルなんです」

オンディーズは、シェラトンなどに並ぶ世界的ホテルグループだ。

「一番のメリットはなに？」

「オンディーズのフランチャイズに加盟すると、世界中のオンディーズの客が参加しているゲストプログラムに参加できるんです」

「ゲストプログラム？　なんなの、それは」

「例えばアメリカのビジネスマンが東京に行くのでホテルを探すとします。彼はオンディーズの会員なんですね」

沢の説明によると、ゲストプログラムとは、海外の客が検索すると、その国で提携しているホテルが表れ、自分の好みで選ぶシステムのようだ。客にはポイントが付与され、そのポイントを利用すれば格安で宿泊できるらしい。

海外客を集客するには絶対必要なシステムで、日本のホテルも多く参加している。大和ホテルは参加しているのだろうか。

「彼ら外国人にとっては、ポイントが溜まりますからオンディーズブランドのホテルであればどこでもいいのですが、日本人からすればオンディーズ白金に変わっても白金ホテルに泊まりたいと思うんですね。このように世界的なブランドと国内での知名度を上手く使い分けているんですね」

「なかなか上手いビジネスだな」

「彼らはビッグデータを持っていますから、世界的規模でレベニューマネージメントも可能なんです」

「なに、そのレベニューなんとかって」

「レベニューマネージメントです。ホテルの稼働率に従って客室単価を決めるんですね。これはどんなホテルでも行っています。例えば地方都市でマラソン大会があれば、その時だけ普段は七〇〇〇円程度のホテルが三〇〇〇〇円もするってことがありますね」

「あるある」

私は今もジョギングを欠かさない。マラソン大会にも以前ほどではないが、参加する。地方大会に行く際、一番困るのが宿泊だ。ビジネスホテルを予約しようとすると、いつもの何倍にも価格が跳ねあがっていて、腹が立つこと甚《はなは》だしい。

「あれは人の弱みに付け込むビジネスだね」

私はちょっと怒っていた。

「まあ、そんな気もしますが、需要と供給で価格が決まるという意味では、一番合理的で民主的です」

価格にまで民主主義が適用されるのか。

「要するにブランドにただ乗りとは言わないが、手数料を支払って乗っかるわけだね」

「パークハイトップなどは世界的ホテルグループのハイトップのブランド力、ワールドワイドな集客力を期待して、ブランドの活用ばかりじゃなくてGMも派遣してもらっています。

あのホテルグループは欧米に強いですから客も欧米のセレブが多い。その結果、ホテルのブランド価値が上がっているんですね」

「なるほどね。どこのゲストプログラムに参加するかでホテルが客を選んでいるような気がするね」

「さすが！　分かりが早い」

沢が楽し気に言う。言われる度にからかわれている気がする。

「そんな気がしただけだよ」

私は沢の笑顔から顔を背ける。

「日本のホテルは百貨店なんです」

「また面白いことを言うね」

「百貨店ビジネスは、今、調子が悪いですね。かつては高級で皆の憧れでした。ハレの日にしか行けなかったんです。しかし何でもありになって、誰でもウエルカムになってしまった」

「確かに幼い頃はデパートの食堂でご飯を食べるだけでなんだか浮き浮きした気分になったものだ」

「ところがほとんどのデパートが、誰でもウエルカムになって高級感が無くなってしまったんです。それでセレブ客は高級専門店へ流れるようになった……」

い訳です」

「なるほどね。高級ブランドショップが林立するようになったのはそういうわけなんだ」

「そこでは何でもありではなく、セレブ向けの特別対応をしてもらえますから、満足度が高

「ホテルも専門店化しているんだ」

「専門店化というのはどういう客をターゲットにするかということなんです」

「なるほどね。マーケティングの優劣が業績の要なんだね」

「世界的なチェーンはビッグデータを使ってですね。例えば私がフロントに行くと、私の好みを全て把握していますから部屋のグレードをアップしたり、食事のメニューからなにから完璧にサービスしてくれるんです。これは凄いですよ」

「大和ホテルはターゲティングが出来ていないんだね。これは多くの日本企業の課題だ。あっちの水は甘いぞと言われたら、あっちへ飛んでいき、結局、何をしているか分からなくなる会社が多い」

「喩えが面白いですね」沢は嬉しそうだ。「大和ホテルは、世界的ブランドを上手く使い、経営を安定させることが課題ですね」

沢の話を聞けば、聞くほどホテル経営が難しく思えてくる。

公私混同と橋本から批判されるような家業意識が強い大和ホテルの経営に世界的ブランドの力を借りることが出来るのだろうか。

「沢君のアドバイザー就任の件は、社長の了解を得ているから。ぜひ頼むよ」

私は、本当に頼みたいことを口に出した。

沢は、まるで子供のように素直な笑みを浮かべた。

「まかせてください。樫村さんをお助けします」

「あまり金がないんだよ。それだけは社長から釘《くぎ》をさされたんだ」

私は眉根を寄せた。

「まあ、報酬は気にしないで下さい。稼げる時がありますから。きっとね」

沢は、意味ありげに口角を引上げ、小さく頷いた。

「よろしく頼んだよ」

私は沢の手を握った。

「了解です」

沢は、明るく言った。

――稼げる時がありますから。案外、沢も抜け目がないのかもしれない。この大和ホテルを巡って、いったいどれだけの人間の思惑が蠢《うごめ》くのだろうか。私は、前途に不安を感じて、ふっとため息を漏らした。

「樫村さん、頑張りましょう」

私の手を握る沢の手に力がこもった。

# 第四章　過信

## 1

焦っても仕方がない。私は、黙ってとりあえずぶらぶらしてみようと思った。バタバタと動くと疲れてしまうだけになる気がしたのだ。何ものにも囚《とら》われず、自分の目だけを信じてホテル内を歩き回ろう。そのうち周囲から動き出すだろう。

私は1015号室に明子が用意してくれた当面の必要な生活用品、といっても下着やひげそりや読みかけの本などを持ち込んだ。

この部屋に住むようにと言うだけあって不自由がないようにしてある。スーツやワイシャツが汚れたらランドリーサービス、食事もルームサービスを利用すればいい。髪が伸びれば、理容院もある。こうやって考えると、ホテルとは一つの街のようなもので住民の生活ニーズを満たしていることに気付いた。このニーズをそれぞれの住民に対して心地よいものとし、満足度を高めることが経営の肝である。

　部屋の中を見渡してみる。初めてこの部屋に入った際は、妙な興奮があった。一泊十数万円は取るかもしれないスイートなんてめったに泊らない部屋を住居で使うのだから。

　しかし落ち着いて部屋を見渡してみると、なんとなく貧相な印象だ。部屋全体が湿っぽい。鼻が敏感なのかもしれないが、黴《かび》っぽい臭いもする。壁のクロスのところどころに染みがあり、かなりの期間、リニューアルしていないのが分かる。部屋の床に敷き詰められている絨毯も毛羽立っている。そのためか、細かいほこりが空気中に漂っていて喉《のど》がいがらっぽく感じるのかもしれない。

　洗面所のアメニティもなんとなくデザインなどに統一感が無く、雑然としている。はっきり言ってアメニティのブランドが古臭いのだ。

　極め付きはベッドだ。一番、清潔にしておいてほしいベッドのシーツの端に、ホンのわずかだが、染みがついていたのに気付いたのはショックだった。見えない人には見えないが、見える人には見えるくらいの些細《ささい》なものなので気にしないでもいいと言われるかもしれないが、その染み一つで「不潔」という言葉が脳裏に浮かんだ。

　個々にあげつらうと、ひどいボロな部屋じゃないかと思われるが、一言で言えば、古くなっているということだ。部屋を明るい現代的な印象にするなど、もう少し料金に見合ったように改装するべきではないかということだ。いくら伝統のあるホテルでも、伝統と古臭さとは違う。

そして私は、はたと気づいた。ホテルのGMがこんな高額の部屋に住んでいてはいけない。この部屋を私が使うことで一日十数万円以上の機会損失になっているのだ。すぐにでももっと低価格の部屋か事務所の隣にベッドを置くだけの簡易な宿舎に替えてもらおう。

GMらしさを保つために必要なことだと華子に言われるかもしれないが、私が自ら贅沢を諌《いさ》めることで、経営再建の姿勢を強くアピールできるだろう。

ひとつやるべきことが見つかってよかった。私は大和ホテルの経営再建に来ているのに贅沢は敵だ。

部屋のことはひとまず置き、ホテル内を歩き回る。ここでも部屋と同じ印象を受けた。初めて来たときは、クラシックで重厚感が溢れていると、その雰囲気に圧倒されたのだが、実際は壁のクロス、床の絨毯、壁の絵、置物、フロント周りの椅子などの家具……、どれをとってもとにかく古い、傷《いた》んでいる。

カネがないのか……。

沢がコントローラーと言った、一番要になる財務部長にも会えていない。いったいどのような財務内容なのかもはっきりとは知らない。社長の華子に聞くのも面倒な気がする。

財務部長を味方にしないといけない。私は密かに決意した。

ホテルのロビーを歩く。客にすれ違う。その都度、付け焼刃のようだが、笑顔で頭を下げる。

ボーイやフロント担当が、私を見ている気がする。視線を感じるのだ。気にし過ぎかもしれないが。

あれが新しいGMなんだってさ。いったい何者？　ホテルのことは素人なんだってさ。ひそひそ話の声が聞こえるようだ。誰もが警戒しているのか近付いてこない。なぜ警戒するのか。それは華子が私をスタッフに紹介しないからだ。挨拶の機会さえ設定しようとしない。これでは私に近付くきっかけが摑めない。自分で動くか、彼らの誰かが近付いて来るのを待つか、いずれかの方針を決めなければならないだろう。

ホテルの玄関にはホテルの顔と言うべき、ベテランのドアマンがいる。

初めてホテルに来た時、さすがに老舗ホテルだと感動した男だ。金モールのついた黒い重厚な衣装を着て、重々しく客を迎え入れる。自動ではない歴史を感じさせる彫刻を施したドアを彼が開けてくれる。

老舗ですよと言わんばかりだ。

私は、彼の横に立ってみた。おはようございます。私は彼に挨拶をした。彼は、おはようございますと挨拶を返してきた。柔らかなベテランらしい笑顔だ。心地よくなる。

しかし彼は私がいったい何者なのか、宿泊客なのか、通りすがりの者なのか分かっているのだろうか。ましてや新しいGMであると認識しているのだろうかと疑問を抱いた。

客をまっさきに迎えるドアマンに情報が提供され、その情報が共有されているのだろうか。これはホテル業というよりもあらゆる業種に共通する課題だ。

それに彼は客を迎え入れるだけでなく送り出し、ハイヤーやタクシーの手配、ホテルの案内など役割を果たしているのだろうか。そんなことを思うと、この重厚な姿で客を迎え入れることの是非も検討しなければならない。

「樫村徹夫です。このたびこちらのホテルのGMに就任いたしました。よろしくお願いします」

私はドアマンに挨拶した。

「存じ上げております。私はドアマンとしてこちらにお世話になっております山里彰《やまざとあきら》と申します。よろしくお願いします」

彼は丁寧に挨拶した。

私は、少し嬉しくなった。ちゃんと新GMだと認識してくれているではないか。

山里は見かけは五十歳を過ぎているようだが、いったいドアマンを何年やっているのだろうか。

「失礼ですが、どのくらいこのホテルに勤務されているのですか」

「私は大和ホテルに入社して三十年になります。その内、ドアマンをかれこれ二十年ほど務めさせていただいております」

「二十年ですか」

「はい」と山里はすましたように首を斜めに傾げた。「誇りを持って務めさせていただいております」

「それはいいですね」

樫村が言葉を返した際、客がやってきた。紺色のスーツを着た客だ。見事な銀髪である。年齢は六十代後半といったところだろうか。大企業の重役タイプだ。

「いらっしゃいませ。水上《みずかみ》様、いつもありがとうございます」

穏やかな笑みを浮かべて山里が挨拶をする。

名前を憶《おぼ》えているのは常連客なのだろう。

「水上様、こちらは新しく就任された総支配人の樫村です。よろしくお願いします」

山里は突然、私を水上に紹介した。

水上は「ああ、よろしく」と言い、軽く頭を下げてホテル内に入って行った。

樫村は少し動揺した。突然、水上の紹介を受けたからだ。名刺を出す間もない。

「名刺交換もできませんでしたね」

私は恨み事っぽく言った。

「大丈夫です。水上さんはホテルにお住まいですから。いずれお会いになられるでしょう」

「えっ、そうなんですか」

「何人かの方は大和ホテルをお住まいにされています。水上崇史《たかし》さんは、映画プロデューサーをされています。もう二十年ほどお住まいです」

「いろいろな方がホテルにはおられるのですね」

「おっしゃる通りです」

長年、ホテルで勤務する山里は優しい笑みを浮かべた。「ところで大和ホテルは如何ですか」

「さあ、まだGMに就任して三日目ですから、何もわかりません。それにどうも社長から敬遠されているためか誰も何も言ってきません」

私は表情を暗くした。

「こんや八時頃、お部屋をおたずねしてもいいですか」

山里が真面目な表情になる。

私は気持ちが華やいだ。

「どうぞ、お待ちしています。1015号室です」

「存じ上げています」

山里は静かに礼をした。

私は少しも気づいていないが、ホテルの従業員たちは私の行動をじっと見つめているのだろう。

## 2

私は、1015号室で、なんとなく落ち着かない気持ちで山里が来るのを待った。今日、玄関で山里と二人で客の迎え入れをやった後、フロントの外に立ち、客の荷物を部屋まで運ぶベルボーイを手伝った。

客と話しながら荷物を部屋に運ぶのは意外と楽しい。

なぜ大和ホテルを選ばれたのですかとドイツ人老夫婦に尋ねた。このホテルはベルリンのような重厚で荘厳な雰囲気が漂っていますからと答えてくれた。それは古めかしいということでしょうかとちょっと揶揄《やゆ》するように聞くと、そうかもしれませんが、落ち着きますと笑ってくれた。二人は旧東ドイツ出身。ベルリンの壁崩壊の後、西ドイツに渡り、苦労して事業を起こした。引退の身だが、今も旧東ドイツが懐かしくなる時があると言う。

アメリカから来たという老人は、若い頃、父の仕事で子供の頃日本に住んでいたと話した。その時、父が大和ホテルに連れて来てくれてガーデンレストラン欅《けやき》で食べたカレーライスの味が忘れられないらしい。父は事故で亡くなったが、その思い出はガーデンレストラン欅のカレーライス。だから時々、無性にそのカレーライスを食べたくなるので、わざわざ大和ホテルに泊まるのだと言う。昔と変わらぬ味がいいと老人は満足そうに笑った。

私は不覚にも涙ぐみそうになった。ホテルなどというものは、仕事でいやいや宿泊するものだというくらいの認識しかなかったが、それぞれの客のそれぞれの人生が背後にあるのだ。

　ホテルのスタッフは、私がベルボーイを申し出ると、怪訝《けげん》な顔をした。

笑ってしまったのは、ある女性スタッフは、私をGMと知らずに「何をするんですか」と目を吊り上げた。置き引きかなにかと間違ったのだろう。

　別のスタッフが、慌てて「この人は新しいGMだよ」と説明した。女性スタッフは、「申し訳ございません」と本当に泣きそうな顔になった。私は「こちらこそすみません」と頭を下げた。

　その後はガーデンレストラン欅に行った。客の注文を受け付けるのを手伝うためだ。

　金杉がそこのキッシュを食べたいと言ったのはラ・トランキルだが、それは二十九階にある本格フレンチレストランなので手伝うのは遠慮した。

　ガーデンレストラン欅はなかなか眺めがいい。もっと言うと姿がいい。一階に和風庭園の中に芝生の小山がある。その中心に一本の欅がすっくと立っている。高さは二十メートルはあるだろう。太い幹が逞《たくま》しい。今は緑の葉が風に揺れているが、秋になると色づくはずだ。

　今から楽しみだ。

　欅を眺めながら喫茶や朝食など軽い食事を楽しめるのがガーデンレストラン欅だ。

席は六十席ほどか。

朝食は六時からと早い。早朝出発する宿泊者も多いからだ。朝は、入り口のところに客が並んでいる。朝食はバイキングではない。メニューは決まっている。価格は二〇〇〇円。これが高いか安いかは判断が難しい。他の一流ホテルでは朝食が三〇〇〇円以上するところもある。

基本は、パン。トースト、フレンチトースト、デニッシュ系、クロワッサンなど種類があり、客が選ぶことが出来る。

メインは卵料理だ。オムレツ、スクランブル、目玉焼きから選択する。

後はハムやベーコンなどの肉類、そしてサラダだ。

それにコーヒー、紅茶など。

私は、テーブルを回り、注文を受け付ける。基本的に注文票を持っているのだが、ベテランスタッフになると、何も注文票に記入しないでも注文を間違えない。

私は、というと記入しても間違える。例えばコーヒーでもカフェイン抜きというのがある。どうしてもカフェインを避けているという外国人がいる。

ちゃんと確認すればいいものを、それを怠ってしまう。私の頭の中にはカフェイン抜きのコーヒーがないからだ。

コーヒーを運んで行き、客が一口飲んだ瞬間に、「オオ！」と雄たけびを上げられる。何かと思って振り返ると、客が血相を変えて睨んでいる。「ミステイク！ デカフェ！」

慌ててスタッフが私の代わりに謝り、カフェイン抜きのコーヒーに取り換える。

なんとか客の怒りが収まり、ベテランの女性スタッフから、「GMは私たちの仕事を手伝わなくても他にやるべきことがあるんじゃないですか」と叱られてしまった。

私の友人の銀行の元支店長が転職した会社が新規ビジネスでカフェを開くことなった。彼は、その責任者となるため、あるカフェチェーンで研修を受けた。彼は、私に「客の注文を受けるなんて簡単だろうと見くびっていたが、やってみると本当に大変だった。注文は聞き間違えるし、持たされたハンディ端末にはデータを打ち間違えるし……。元銀行員だからレジは出来るだろうと言われたが、これも間違いだらけ。どうしようもなかったね」と苦労を語った。私も同じだ。手伝うつもりが邪魔になっているだけだ。私は女性スタッフに「申し訳ない」と謝り、注文取りを止めた。

今は、イスラム圏の客にはハラルメニューの朝食も提供するようになっている。そのため慣れないと間違いから大きなトラブルに発展することもあるようだ。私の出る幕はない。

朝食は、和食レストランでは和食、中華レストランでは中華粥《がゆ》などが提供されている。ガーデンレストラン欅では失敗したが、和食、中華のレストランでもサービスの手伝いをしてみようと思う。私は少々のことでは懲《こ》りない男だ。しばらく客の様子を注意深く観察した上で、実行に移そう。今度は失敗しないようにしたい。

「ここはカレーライスが美味しいんですって？」

私はベテラン女性スタッフに聞いた。

「はい。朝は提供しておりませんが、ランチでは一番の人気メニューです」

「食べてみたいな」

「どうぞ。十一時からランチタイムですので、おこしください」

彼女は満面の笑みで嬉しそうに笑った。

ちょっと気になったのは、スタッフの制服が傷んでいるように思ったことだ。汚れて不潔というのではない。袖《そで》に糸のほつれが見えるのだ。指摘するのも失礼なのでにも言わなかったが、他のスタッフも同様だ。気にし過ぎかもしれないが、予備の制服が十分に支給されていないのかもしれない。

今日も一日が過ぎた。夕食は、ホテル内のコンビニでお握りを一個買って食べた。ランチに評判のカレーライスを食べたからこれで十分だ。カレーライスは確かに美味い。何と言えばいいのだろうか。いわゆる懐しい日本の家庭風カレーライスだ。街のレストランで食べるカレーのように気どってはいない。野菜や肉が塊で入っている。それらがスパイスの香り高いルーと絶妙にマッチしている。満足する味と食べごたえだった。本音ではラ・トランキルで夕食を食べてみたかったが、まだ遠慮があった。そのうちGMとしての食事の作法を誰かが教えてくれることを期待しよう。

それにしても前GMの渡良瀬は何も言ってこない。事務所に行っても顔を合わせない。いったい何をやっているのだろうか。財務内容の引継ぎくらいやってくれてもいいではないか。

この際、金杉の株主としての力を借りて、渡良瀬を解雇してしまおうか。邪魔する人間が一人でも減ったほうがいい……。

いやいや余計なことを考えてしまった。焦ってはいけない。会社を良くしていくのに一番駄目なのは焦りだ。じっくり進むこと。いずれ潮目が変わり、追い風に乗ることが出来るに違いない。

腕時計を見た。午後八時を少し過ぎた。山里は、八時にこの部屋を訪ねると言っていたが、来る気配がない。

都合が悪くなったのか。それともなにか邪魔がはいったのか。

ドアをノックする音がした。

やっと来たのか。私はまるで恋人を待ち焦がれた男のようにドアを開けた。

「お邪魔してよろしいですか」

山里が大柄な体を申し訳なさそうに曲げている。

「どうぞ、お待ちしていました」

私はドアを大きく開き、彼を招きいれるべく手招きした。

「もう一人、いるんですが……」

彼は真剣な表情で言った。

「もう一人？　ああ、いいですよ。ウエルカムです」

私は微笑した。

「いいそうです。一緒に入りましょう」

山里の背後から、小柄な男が現れた。顔は見たことがある。しかし言葉を交わしたことはない。事務所にいるのは知っているが、挨拶さえして来ない。その素振りが、どこかびくついているようで気になっていたのだ。

沢が経営の要であるというコントローラー、すなわち財務部長の小杉健一《こすぎけんいち》だ。

財務部長がなぜ？

「夜分、すみません」

小杉は、山里に促され、日中と同じようにびくびくした様子で部屋に入ってきた。

「どうぞ、こちらにお座りください」

リビングのソファを勧める。「コーヒーですか？　それともビールか何か、アルコールがいいですか」

「いえいえ、コーヒーで結構です。いいね、小杉さん」

山里が小杉に同意を求める。

「ええ、お願いします」

小杉は、山里の陰に隠れるように座っている。まるで悪いことをして叱られに来たようだ。

私は、コーヒーメーカーで淹《い》れたコーヒーをテーブルに運んだ。

「申し訳ございません。支配人にこんなことをしていただいて」

山里が体をすくませて、コーヒーを飲む。

「そんなことありません。私はお二人が来ていただいたのがとても嬉しいです。ＧＭに就任して三日になりますが、何をしていいかもわからずうろうろしているだけですので。なにせ渡良瀬さんは引継ぎもされませんし、社長も皆さんに挨拶しろともいわれませんからね。歓迎されていないんです」

私は苦笑した。

「本当に申し訳ありません」

山里と小杉が揃って頭を下げた。

「お二人が悪いんじゃないですよ。どうも私が大株主の金杉さんの推薦で突然、ＧＭなんて立場でやってきたのが気に喰わないようなのです」

私の笑みを浮かべての話にも二人の表情はこわばったままだ。二人は顔を見合わせた。何か決意したような雰囲気が漂い始めた。

「お話ししていいでしょうか？」

山里が言った。

「どうぞ、なんでもお聞きします」

私は言った。

「私と小杉さんとは、ほぼ同時にこのホテルにお世話になりました」

山里は自分たちの経歴から話し始めた。

彼らは高校を卒業後、山里はホテルの専門学校、小杉は経理の専門学校に入学し、それぞれいろいろな職場で働いた後、三十年前に大和ホテルに入社した。

今、二人とも五十五歳だという。山里はドアマンとして働き、小杉は経理の能力を生かして経理マンとなり、財務部長になった。

立場は違うが、二人は親友だという。共に大和ホテルを愛する気持ちは人後に落ちないほど強い。

「GMは大胆なリストラをご計画なのだと伺っています。もしそうであれば私どものようなロートルからクビにしてください。若い人は大事にしてください」

山里と小杉が、また同時に頭を下げた。

私は驚いた。リストラなんて考えたこともない。大和ホテルの再建を託されたものの、どこに問題があるのかもわかっていない。それでどうしてリストラができるというのか。

「そんな話になっているのですか」

私は驚きを隠さないで聞いた。

「そうではないんですか？　樫村さんは、再生請負人として評判の方です。こういう方は、まずリストラをされるものだと……」

小杉がおどおどした目つきで私を見つめている。

「私が元銀行員だからといってリストラを連想されたんですね。でも私、まだ大和ホテルのこと、何も知らないんですよ。だって小杉さんも何も教えて下さらないじゃないですか」

私は少し皮肉っぽい視線を小杉に投げかけた。

「本当にすみません」

小杉はテーブルに頭をこすりつけた。

「どうしたんですか。頭を上げてください」

私は困惑した。

「小杉さん、樫村さんに何もかも話したら。その方がすっきりするよ。私たちは大和ホテルを辞める覚悟でここに来たんだから」

山里が厳しい表情で言った。

「分かりました」

小杉が決意を込めた表情で私を見つめた。

いったいなにを話そうというのだろうか。私は緊張し、ソファに載せた尻を動かし、姿勢を正した。

3

「ウイスキーでも飲みますか」

私はため息とともに立ち上がり、冷蔵庫の中からミニボトルを取りだした。ホテルの酒だが、あとで清算すればいいだろう。

「いただきます」

山里が言った。

「それでは遠慮なく」

小杉が憑《つ》き物が落ちたようにすっきりとしている。腹に溜めに溜めていたもやもやを吐き出したからだ。

私は、テーブルにグラスを三つ置き、それぞれにミニボトルのウイスキーを一本ずつ空けた。

「まあ、乾杯しましょうか」

私はグラスを持ち上げた。

「何に乾杯しますか」

山里が聞いた。

「それは分かり切っています。大和ホテルを日本一のホテルにすることです」

私は強い口調で言った。

「できますか」

小杉が小さな目を思い切り瞠った。

「できますとも。皆さんのような社員の方が一人でも増えれば。では乾杯」

「乾杯」

それぞれがグラスを高く上げた。

私は、ぐいっとウイスキーを飲んだ。喉が焼ける程、熱くなった。

「ありがとうございます。いろいろお話をしていただいて」

「いつお話しすればいいのかと悩んでおりました。しかし渡良瀬さんから樫村さんに近づくなと強く釘を刺されていたものですから。近づいて余計なことを話すと、会社にいられなくするぞと言われたものですから」

小杉が言った。

「渡良瀬さんは、敬虔なキリスト教徒と聞きましたが……」

私は言った。

「どうですかね。キリスト教徒にもいろいろいるんじゃないですか。長くGMをやっていましたが、だんだんと悪くなっていきました。特に悪くなったのは華子様が社長に就任されてからです。華子様は、渡良瀬さんに頼り切っていますから」

山里は言い、ウイスキーをグラス半分ほど飲んだ。

「渡良瀬さんのことは別にして、大和ホテルがそんなに資金繰りで追い詰められているとは想像だにしていませんでした」

私は、小杉の話を聞いた衝撃にまだ気持ちがうろたえていた。

「新館のオフィス棟が上手くいかなかったのです」

大和ホテルは、二〇〇九年に約一五〇億円もの投資をした。

本館の背後にあった駐車場や庭園などの一部を潰して十八階建ての新館を建てたのだ。当時はリーマンショック後の不景気でかなり大胆な投資だと言われた。なにせ金額が当時の年間売り上げ高に近かったのだから。

華子の父である木佐貫恒《つね》雄《お》は、山里や小杉に言わせると、石橋を叩いても渡らないほど慎重な人だった。しかしこの投資は渡良瀬が強引に推し進めたという。

リーマンショックの後で、多くの企業が投資を控えていたため通常より安価に建築できる見込みになったのだろうか。

「銀行が相当に強力なセールスをしたんです」

小杉は言った。

小杉は当時は財務部の係長だったが、これほどの多額の投資に足が震えたようだ。

「これも噂ですが……」

何を言い出すかと思うと山里が「渡良瀬さんが建設業者や銀行からかなりの接待を受けていたと言われています」と声を潜めた。

「それは本当ですか」

私は耳を疑い、聞き返した。

山里は顔をしかめ、「あくまで噂です。でも渡良瀬さんの生活が派手になったことは事実です」と少し強い口調で言った。表情には憤りが浮かんでいた。

「小杉さんは財務を担当されていたわけですから、渡良瀬さんの噂は耳にされましたか」

私の質問に小杉は「そんなことを聞いた覚えはありますが……」と言葉を濁《にご》した。

「小杉さんも怒ってたじゃないですか」

山里が怒る。

「ええ、まあ……」

小杉の言葉が弱い。

「小杉さん、お話しされたことは絶対に口外しませんから、なんでもおっしゃってください」

私の言葉に背中を押されたのか、小杉が私を見つめる。

小杉は財務担当として長く渡良瀬の一番近くにいた。言いにくいことも多く知っているのだろう。

「実は、私は財務部長の重責を担わせていただいておりますが、重要なことは渡良瀬さんが全て決定し、私には事後報告であることが不満なんです。ですから山里さんが言った銀行や建設業者との癒着のことも確実な証拠は握っていません。ただ、新館建設の業者が全て銀行の関連会社などであり、相見積もりを取っていなかったことは事実です。ですから高くついたと思います」

私は深刻な気持ちになった。相見積もりを取らなければ、相手の言い値で建築したことになる。

「それは今更、問題にできませんが、私が許せないと考えているのは、この計画が渡良瀬の失敗を隠蔽《いんぺい》するために行われたものだということです」

小杉は、私以上に深刻な顔をして話を続ける。

「いったいどういうことですか」

私は、さらに深刻な表情で聞いた。もはや小杉は、渡良瀬を呼び捨てで言うようになった。

「渡良瀬は、銀行の言うままにデリバティブ投機をやって失敗したんです」

「なんですって。まさか……」

私の驚いた顔を見て、小杉はよくお判りでしょう、という顔をした。

「そのまさかです。多くの中小企業が役に立たない為替デリバティブを銀行に買わされ、大損して社会問題になりました。実は渡良瀬もそれに手を染めて大損したんです」

「銀行はどこですか？」

「デリバティブも建設資金も、全てＷＢＪ菱光です。今はＷＢＪが無くなって単に菱光となりましたが……。ＧＭの出身銀行ですよ」

小杉は皮肉を込めて言った。

情けない。今では私が元々勤務していたＷＢＪの名前は無くなり、菱光だけになってしまった。吸収合併だったから仕方がないとはいえ、悲しさ、寂しさが募ってくるのを止めることはできない。

どうして合併した名前を消してしまうのか。それは名前だけではない。企業の歴史、誇り、そんなものも同時に消してしまっている気がする。

ところで小杉が問題にしているのは、大手銀行が複雑な金融商品のことなど何も知らない中小企業に、危険極まりない為替投機をセールスしたデリバティブのことだ。

二〇〇〇年から二〇〇七年ころにかけて、大手銀行は景気の低迷で貸出金が伸びず、利息収入が減少していた。そこで手数料収入稼ぎにシフトした。強引なセールスを展開したのが為替デリバティブを販売することで大手銀行は多額の手数料を手にすることが出来るのだ。

ドル取引等全く関係ない中小企業に、取引銀行という優越的地位、すなわちメイン銀行の言うことを聞いていればいいことがありますよと思わせ、デリバティブの強引なセールスを展開した。

そもそもデリバティブは、為替変動に苦慮する企業が、ヘッジといって為替変動による損失を防ぐためのものだ。

しかし、大手銀行が為替デリバティブを販売したのは、為替など関係がない中小企業ばかりだ。その結果、どの中小企業も大損し、中には倒産に追い込まれたところも多かった。非常に罪作りな商品だったのだ。

大和ホテルは中小企業ではないが、国内でしか営業していない。外国人客はいるのだが、基本的に為替リスクに晒《さら》されているわけではない。それなのに為替デリバティブに投資したというのか！

「詳しく教えてください」

「二〇〇七年でした」小杉は記憶をたどるように話し始めた。「当時、一ドルは一二〇円近くしていました……」

小杉の話によると、当時ドル相場が一ドル一二〇円程度していた際、「これからどんどん円安が進むので一ドルが一一〇円という有利な価格でドルを買うデリバティブを契約しましよう」ともちかけた菱光銀行のセールスに乗せられた。「なぜあんなに銀行の言いなりになったのかわかりません」と小杉は言いつつも「当時、景気が低迷し、業績も良くなかったので……」と苦痛に満ちた表情をした。

大手銀行にありがちだ。会社は腐る間際が美味いという言葉が銀行では使われることがある。今、流行の熟成肉みたいなものだ。優良な企業は、四〇〇兆円とも五〇〇兆円とも言われる現金を蓄えている。銀行なんか不要なのだ。どんどん銀行から離れて行く。無借金になっていく。ところが業績が悪化した企業はそういうわけにはいかない。銀行に頼らざるを得ない。銀行は、業績悪化に苦しむ企業に、デリバティブ販売や法外な金利の徴求など、不当な営業を展開し、彼らを食い物にしたのだ。そこで生まれたのが腐る間際が美味いという言葉だ。

「銀行から一ドル一一〇円で毎月十万ドル購入する権利を契約しました。ドルのコール・オプションの買いです。期間は七年間です」

デリバティブの中にオプションというのがある。これには二種類がある。

商品をあらかじめ決められた価格で買う権利のコール・オプション。これは、商品価格が上がると予測して、将来、その決められた価格で買うと約束するものだ。

反対に、あらかじめ決められた価格で売る権利のプット・オプション。これは、商品価格が下がると予測して、その決められた価格で売りますと約束するものだ。

それにしても毎月十万ドル、邦貨換算一一〇〇万円を七年間も買うと約束したのか！

「これにはご存知の通りノックアウト条項が付いていました。一ドル一三〇円になれば、オプションの権利が消滅するというのです。銀行があまりにも不利になるからですね」

銀行は一ドル一三〇円になればコール・オプションが消滅する。銀行が一方的に損をしないためだ。

「ところが契約には一ドル一一〇円を切る円高になれば、大和ホテルは菱光銀行からその価格で毎月三倍の三十万ドルを買い続けなければならないという条項もつけられていたのです。最初、円安に向かいましたから大和ホテルは儲《もう》かりました。その頃、渡良瀬は上機嫌でした。一二〇円で買うのを一一〇円で買えるのですから十万ドルで毎月一〇〇万円の儲けです」

その頃の渡良瀬の得意そうな顔が思い浮かぶ。

「渡良瀬は、自分は出来るGMだと過信していたんでしょう。それに大和ホテルも過信していました。歴史があるんだから、客は黙っていても来ると思っていたのです。業績が徐々に悪化しているのにそれを直視していなかったのです。それでこんな博打《ばくち》に手を出してしまって……」

小杉は悔し涙を流した。山里が心配そうに小杉を見つめていた。

「リーマンショック、ですね」

私は確認した。

「ええ」小杉は力なく答えた。「リーマンショックで一気に一ドル八十円台にまで円高になりました。その結果、契約条項通り、一一〇円で毎月三十万ドル買わされることになりました。一ドル八十円とすると、三十円の損で毎月三十万ドル、邦貨換算で毎月九〇〇万円の損を被ることになりました。これが七年間ですから二〇一四年まで続くことになるんです」

「大変なことですね」私は呆れた。ドル相場はその都度変化するので、小杉の説明はざっくりとしたものだが、大筋で間違いはないだろう。毎月九〇〇万円の損なら一年で一億円以上の損だ。これが七年間も続く。「それでこの損失の隠蔽を画策したわけですね」

小杉は頷いた。

推測はつく。

菱光銀行と図って、このデリバティブを解消できる金額を含めた総額で、新館建設資金の融資を受けたのだろう。

「新館建設のために調達した一五〇億円にデリバティブの損失、約十億円近くを含めてしまったのです。この詳細を知っているのは銀行と渡良瀬だけです」

「十億円を銀行に支払ってデリバティブ契約を解約したってことですね」

私の質問に、小杉は頷いた。

「ひどいなぁ……」

この言葉は渡良瀬と銀行の両者への感想だ。

「大和ホテルは、渡良瀬がGMとして君臨してからやりたい放題で業績は悪化していきました。でもホテルマンというのはあまり経営に関心がないのと、基本的に上には忠実ですので渡良瀬の横暴が続いてきました。今回、華子社長の秘書に代わりましたが、みんな何も変わらないと思っています。それよりも樫村さんが経営が悪いのに気づき、徹底した人員整理をするんだろうと恐れているんです」

山里が、顔を伏せ、押し黙っている小杉に代わって話した。

「ところでねえ、小杉さん」私は小杉に話しかけた。小杉が顔を上げた。「新館建設資金は延滞しているわけではないですね。金利は何％ぐらいですか」

「それが……三％です」

「えっ」

私は絶句した。

今やゼロ金利、マイナス金利の時代に長期貸出金が三％とは。長期プライムレートは一％のはずだ。今後はそれももっと低下するだろう。

「高いですね」

小杉は私を上目遣いに見つめた。申し訳なさそうな表情だ。

「高いでしょうね。住宅ローンでも変動金利なら〇・五％程度、この低金利なら十年で〇・

六%程度ですからね。これなら住宅ローンに切り替えた方がいいですね」

小杉が自虐的に笑う。

「どうしてですか」

「これも渡良瀬が長期固定金利を選択したからです」

「引き下げ交渉は？」

「渡良瀬がやらせません。銀行に負い目があるからでしょう」

「こんなことをしていたら大和ホテルの業績は悪化するばかりです」私は、小杉と山里を交互に見つめた。「お二人は私と真剣に話し合ってくださった初めての方です。ぜひ私に力を貸してくださいませんか」

「はい。でも従業員を安心させてくださいますか？　それに言いにくいですが、渡良瀬は給料を一律一万円も下げると言っていました。ボーナスも含めると何十万円もの収入減になります。これも考え直していただけると嬉しいです。インバウンド需要が芳しくなくて、苦しいのは承知していますが」

山里が言った。大和ホテルに組合はないが、ベテランで大和ホテルの顔というべきドアマンの山里が委員長代わりなのだろう。

「大和ホテルには組合がありません。そこで従業員の協議会を作って下さいますか。山里さんが代表になっていただけると嬉しいですね。その組織を私や社長との窓口にしましょう。

如何ですか」

私の提案に小杉と山里の表情がほころんだ。

「組合のようなものを作れと言われる経営者に初めてお会いしました。普通は、あっても無くせと言う人が多いと思っていました。直ぐに実行に移します」

山里は決意を固めた顔になった。

「私は社員の皆さんのモチベーションをアップさせない限り、会社は良くならないと考えています」

私は言った。

小杉と山里は、笑顔で顔を見合わせた。

「小杉さん、財務部長として期待しています。大和ホテルの財務内容を包み隠さず教えてください」

私は強い口調で言った。

「はい」

小杉は答えた。その目には気力が戻っていた。

私は、沢の顔を思い浮かべていた。大和ホテルの財務状態を知るには、小杉からの情報が一番だ。しかし渡良瀬に対する怨念《おんねん》が、小杉の目を曇らせている可能性は否定できない。そこで渡良瀬にも事情を聞かねばならないが、彼が正直に私に話すとも思えない。そこで菱光銀行にもあたって小杉の話を補完しなければならない。また長期借入金の金利を下げてもらう交渉も必要だ。おそらく一筋縄ではいかないだろう。しかも私はいまや菱光銀行となってしまった銀行を退職して十年近く経《た》っている。あまり親しい行員もいない。旧ＷＢＪ銀行の同期行員たちの多くは、旧菱光銀行に排除され、転出させられている。残った数人が役員になってはいるが、皆旧菱光銀行に媚びる親しくない連中ばかりだ。でも沢ならまだ知り合いもいて、沢の力を借りれば金利引き下げ交渉が上手くいくのではないかと思ったのだ。

やらねばならない課題が見えてきた。まずは渡良瀬抜きで華子社長と話して、味方にしなければならない。

「さあてと」

私は自分に喝《かつ》を入れた。

## 4

私は華子に面会を求めるために社長室に向かった。従業員との協議会設置の件や財務内容について話したいと思っている。

できれば渡良瀬がいない時を見計らって会いたいのだが、そうもいかないかもしれない。

ＧＭの地位を追われた渡良瀬は以前にもまして華子にべったりとくっついているようだ。何かと私のことを讒言《ざんげん》しているのだろう。

社長室は事務所と同じフロアにあるが、別の部屋だ。私は廊下に出た。

「あれ?」

私は目を凝らした。今から向かおうとしている社長室の方に歩いていく男女が視界に入った。

あれは間違いなく宮内《みやうち》だ。

宮内亮《りょう》、私とWBJ銀行で同期だった男だ。彼はWBJが菱光と合併する時に、さっさと退職してしまった。

現在は経営コンサルタントとして事務所を経営している。私とも何度か仕事をしたが、このところあまり会っていない。

噂の域を出ないが、あまり経営が上手くいっていないと聞いたことがある。

経営コンサルタントも淘汰《とうた》の時代に入っている。多少、有名になったとか、元メガバンク出身だとかいっても、それだけで客が来る時代は終わったのだ。

紺色のビジネススーツの女性は宮内の部下だろうか。

私は声をかけずに二人が社長室に入るのを見届けた。

弱ったな……。

私はこのまま社長室に入ってもいいのだろうか。大いに迷う。

しかし宮内がなんのために華子に会いに来ているのか。非常に気になる。

私が大和ホテルのGMに就任したことを彼に伝えてはいない。

と、すると私に会うために来て、その前に華子に会ったわけではなさそうだ。いったい華子に何の用事があるのだろうか。気になる。

私は、意を決して社長室に入ることにした。

ドアをノックする。

中からは特に反応はないが、構やしない。ドアを開けた。

中にいた華子、渡良瀬そして女性が一斉に私に顔を向けた。彼らの表情には険しさと、なぜだか迷惑さがべっとりとした感じで張り付いている。

「失礼しました。社長に少し話がありまして」

私は、とっさに気まずさを取り繕うような顔で言った。

「来るんでしたら連絡をしてください。お客様ですから」

華子がつっけんどんに言う。

「いいじゃないですか、社長。樫村とは銀行の同期で、退行後も何かと一緒に仕事をした仲ですから。彼からは連絡はなかったですが、ここのGMに就任したことは私も承知しております。まだ挨拶もしていませんので丁度いい」

宮内は私を見上げて、口角を引き上げる、やや陰鬱な笑みを浮かべた。

宮内が、私のGM就任の情報を得ていたのには、いささか驚いた。

「宮内、どうしてここへ」

私は敬語を抜きに言った。

渡良瀬が立ち上がった。

「宮内さんは、私どもの経営の相談に乗ってくださっているんです」

「えっ、本当ですか」

私は驚いた。

「あなたにはお話ししていませんが、以前からのことです。いずれ本決まりになればお話ししようと考えていました」

渡良瀬が慇懃無礼な態度で言う。

経営相談？　それは私に期待されていることではないのか。

「それなら話が早いです。大和ホテルの経営状態と今後について宮内さんを交えて話し合いましょう」

私はあえて宮内を「さん」づけで呼んだ。経営コンサルタントとして宮内を私のアドバイザーに引き込むのもいいだろうと考えた。

「樫村、ちょっと待ってくれ」宮内がニヤニヤして言った。「実は、お前とは手を組めないんだ」

「どういう意味だ」

私は座れとも言われないので、立ったままだ。宮内を見下ろしている。言葉使いも乱暴になっている。

「お前、総会屋の手先になったんだって」

「どういう意味だ」

「金杉って総会屋だろう？　乗っ取り屋か」

「違うさ。純然たる投資家で、このホテルを愛している。まだ実態をつかんでいるとは言えないが、経営を良くしてほしいと頼まれたんだ。総会屋とは失礼だよ」

「俺はさ、金杉とやらがこのホテルの株を買い占めて四十%を持つようになってから社長に頼まれたんだ」

宮内が華子を見た。華子は私と目線を合わせない。

「何を頼まれたんだ」

宮内とは決して関係が悪い訳ではないのに、総会屋の手先呼ばわりされて気分が悪い。言葉がきつくなっていく。

「経営の立て直しだよ。もっと簡単に言えば金杉排除だ」

「なんだって」

私は驚いた。四十%もの株式を保有している金杉を排除しようというのか。そんなことをすれば金杉が怒って、華子は退陣せざるをえない。

「金杉さんは株の四十%を持っているんだぞ」

「分かっているさ。でもその他の株を集めて金杉を排除する」

宮内は得意そうに言う。

「社長が買って、金杉に対抗するのか」私は華子に向き直り、「株を集めるとなると、結構な資金が必要になります。そんな資金があれば、内装の修繕などに使った方がいいのではないですか」

私は華子に言った。

「華子さまは、金杉などという不倶戴天《ふぐたいてん》の敵に大和ホテルをいいようにされたくないです。それで私が知人を通じて宮内さんにご相談させていただきました。こちらにおられるのは、いろいろと有名な上村《かみむら》ファンドの創業者のお嬢様、上村理沙《りさ》様です。上村様から全面的に資金の協力をしていただき、株の買い集めをいたします」

渡良瀬は言った。

宮内の隣に座っていた女性が初めて私を見つめた。まだ二十代後半くらいだ。涼やかな目をした小顔のなかなかの美人だ。彼女が、有名な投資ファンドの上村ヒカルの娘なのか。

女性が軽く頭を下げた。私はそれに応じた。

「社長は、金杉排除のためならプロキシーファイトを辞さないとおっしゃっている。どっちが過半数を握るかだな」

宮内が不敵な笑みを浮かべた。

プロキシーファイトとは、株式の委任状争奪戦のことだ。普通は会社側提案に反対の株主が他の株主の委任状を集めて、会社側と敵対することを言う。

しかし今回は、会社側が五十一％を集めて四十％の大株主の金杉を排除するつもりらしい。

金杉が株を売却しなければ、依然として力を持ち続けられないことは無いが、華子が五十一％を持てば、金杉の意向は通りにくくなる。勿論、私の立場ももろく崩れ去る可能性がある。

「社長、なぜそんな無駄なことをされるのですか。金杉さんはなんとか大和ホテルを良くしたいと考えておられます。わざわざ敵対することなど無いではないですか。一緒に協力して、大和ホテルをさらに発展させましょう」

私は真摯な思いで華子に言った。

それまで顔を伏せていた華子はキッとした表情で、目を吊り上げて立ち上がった。

「許せないんです。父と母を死に追いやった金杉が。そしてその意向を受けてこられたあなたが」

華子は私に言い放った。

「悪いな、樫村。今度は敵にならせてもらうぜ」

宮内は薄く笑った。

最悪だ。これでは経営改革など夢のまた夢だ。

「うーん」

私は絶句した。

私は私自身の再生請負人としての力量を過信していたのかもしれない。暗澹《あんたん》たる気分になった。

# 第五章　排斥

## 1

「なにやってるんだ！　解散しろ」

渡良瀬が社員が集まった宴会場に駆け込んできた。

大和ホテルが本格的に稼働する前の早朝の時間に宴会場に社員たちが集まっていたからだ。

渡良瀬は、血相を変えて社員——大和ホテルには三〇〇名近い社員がいるが、今朝、集まったのは二〇〇人弱ぐらいか——に向かって「仕事に戻れ」と叫んだ。

何事かと不安そうな表情で社員たちがざわついている。外国人の顔も見える。彼らは自主的に集まったわけではない。ドアマンの山里彰、財務部長の小杉健一の呼び掛けで集まったのだ。

「私たちが集めたんです」

山里と小杉がやや緊張した顔つきで渡良瀬の前に進み出た。

今にも殴り掛からんばかりの形相で「何をするつもりだ。なんの権限があって集めたのか」と渡良瀬が二人に詰め寄った。

「ああ、どうもすみません。すみません」

私は、早足で渡良瀬の前に駆け付けた。集合時間よりずっと早く宴会場へ駆けつけるつもりだったのだが、やはり慣れないホテル内のことで数分、遅刻してしまった。

山里と小杉が、ほっとした表情で私を見た。

渡良瀬は、私の姿を認めると、困惑した表情を浮かべた。

「樫村さんの指示ですか」

「はい、そうです。山里さん、小杉さんにお願いしました」

私は、少しぎこちなかったが、笑顔を浮かべて渡良瀬を見つめた。

渡良瀬は、山里と小杉に素早く視線を送った。その表情には、なぜこの二人が私の指示に従っているのだという猜疑心が浮かんでいた。

「何をなさるおつもりですか？」

「新任のGMですからね、皆さんに挨拶しようと思いましてね。どうぞ渡良瀬さんも皆と一緒に、拙《つたな》い私の挨拶をお聞きください」

「私も？」

渡良瀬は、驚いた顔で言った。

「社員の方、全員にご挨拶したいものですから。時間もありませんので……」

私は山里に向かって小さく頷いた。

山里は、渡良瀬の腕を取ると、「さあ」と言って、強引に社員たちの中に連れて行き、最前列に並ばせた。

渡良瀬は、抵抗を試みたが、直ぐに観念し、大人しく最前列に並んだ。表情には、困惑、不安、不満などマイナス感情が満ちていた。

私が今から話すことを聞いて、あの表情がどのように変わるだろうかと思うと、ちょっとドキドキする。

「皆さん、おはようございます」

私は出来るだけ大きな声で挨拶した。

「おはようございます」

元気な返事が返ってきた。

「この大和ホテルの新しいGMとなりました樫村徹夫です。これから皆さんと大和ホテルの発展のために汗をかくつもりですので、ぜひよろしくお願いします。つきましては皆さん全員と日程を決めて面談をさせていただきたいと思います。忌憚《きたん》のないご意見を伺いたいと思います。ここに来られなかった社員の方にも樫村が面談すると言っていたとお伝えください」

反応を見る。

ざわざわと空気が乱れるのが分かる。渡良瀬が眉根を寄せて、いかにも渋い表情だ。

「私は、企業再生請負人として働いてきました。しかし大和ホテルは再生が必要なのか、はたまたどのように再生すべきなのか、全く情報を持ちえていません。皆さん、情報提供をよろしくおねがいします」

渡良瀬以外の社員たちの目つきが真剣になってきた。

渡良瀬は、ますます不愉快そうな顔つきになっていく。

社員の意見を聞くことなど、今までなかったのだろう。

何を話し出すのだろうかという注目が私に集まって来るのを感じる。

「私は」一呼吸置き、私は全員に分かるように微笑んだ。「皆さんのお給料を一万円一律でアップします。アルバイトなど臨時雇用の方々にも同様に毎月のお給料に一万円を増額して支給いたします」

目の前にいる渡良瀬の表情が凍りついたように強張った。驚きで目を瞠っている。

「えっ」という声が聞こえ、それはさざなみのように全員の間に広がっていく。

渡良瀬は、全員の給料を一万円下げると言っていたから、驚くのは当然だろう。

「給料は、皆さんの働きに応じてアップしていくようにします。また大和ホテルの収支を毎月皆さんに公開し、会社の内部留保や税金などを確保した残り、私の想定では利益の三十％ぐらいになるでしょうが、それを皆さんの働きに応じて配分いたします」

私は笑い出しそうになるのを必死で堪えた。渡良瀬の表情が、あまりにもおかしいのだ。目玉は飛び出さんばかりだし、頬は膨らみ、爆発しそうだ。

「本当ですか」

山里が息せき切って聞いた。

「本当です。私は、多くの会社を再生してきました。再生の方法はいたってシンプルです。私の考えは、社員の皆さんの向こうにお客様の笑顔があるということです。皆さんが本当の笑顔になれば、お客様は必ず笑顔になります。私は、GMとなりました。ホテルの経営全般に責任を持っています。これからも皆さんが笑顔になる施策を打ち出していきたいと思います。一部の方から、リストラが始まるのではないかという不安の声をいただきましたが、私はリストラはしません。皆さんが、働きたい、働き続けたいというホテルにしたいと思っています。皆さん、お力を貸してください」

社員の後方から拍手が聞こえた。渡良瀬が、怒った顔で後ろを振り返った。しかしそれを無視して、拍手がたちまち周囲に広がり、宴会場に響き渡った。

「それでは皆さん、今日も元気に働きましょう」

私は、隅々まで届くように大きな声で言った。

「オーッ」

社員の一人が拳《こぶし》を振り上げた。若い社員だ。満面の笑みだ。私も「オーッ」と拳を振り上げた。笑いが起こった。さあ、大和ホテルの改革を始めるぞ、私は腹に力を入れた。

## 2

「樫村さん、あなた、勝手な真似をされたら困る」

渡良瀬は、GM室で私に怒りをぶつけた。

今は、私がGMなのだが、まるで彼は今でもGMであるかのように私の椅子に座って、私を見上げている。

「何を勝手な真似とおっしゃっているのか分かりませんが」

私は穏やかに話した。立っているので、渡良瀬を見下ろす形になっている。

「社員やバイトの給料を一万円も上げるなんてどういうことですか。それに利益の三割を社員に配分する、どういうことですか？」

怒りが収まらないのか、汚い唾《つば》が飛んでくる。

「あの場で説明しましたが、社員の皆さんのモチベーションを上げるのが経営再建の第一歩です」

渡良瀬は渋い表情だ。

「社長に相談しましたか」

「してはいません。この程度のことは事後報告でしょう。私は再生するために来たのですから。お任せいただいていると承知しています。今からでもご報告に参ります。そのつもりでしたので」

「私にも相談するべきじゃないのですか」

目が吊り上がってきた。

「はて？」私は首を傾げた。「まったく経営について引継ぎもありませんので、全てお任せしていただいていると思っておりましたが」

「なんと言う勝手な……」渡良瀬は歯噛《はが》みしている。「私は経営を立て直すため、給料の一律一万円の引き下げを提案していたんだ。リストラもね。再建するなら、その方向でやるべきだろう」

言葉が荒くなってきた。まるで命令するような口調に、さすがの私も腹立たしくなってきた。

「お言葉を返すようですが、これからも私のやり方でやらせていただきます。つきましては設備資金調達など、負債に関する調査を終えましたら、渡良瀬さんにご相談させていただきます」

私は、山里や小杉から聴取した渡良瀬の菱光銀行との癒着を示唆した。

「総会屋の手先に、このホテルを乗っ取られてたまるか。今に見ていろ。宮内さんに頼んで、必ずお前を追い出してやる」

渡良瀬は、口を大きく開き、喚《わめ》くように言った。

言葉遣いは、ホテルのGMを長く務めたとは思えない。もはや我を忘れているのだろう。敬虔なキリスト教徒だと聞いていたが、私が悪魔に見えるのだろうか。十字架の力で、私を焼き尽くそうとするような勢いだ。

もはや渡良瀬との関係は修復不可能かもしれない。なんとか彼の不正か癒着の事実を見つけ出して、ぐうの音も出ないようにして再建のネックにならないようにしなければ……。憂鬱だ。それにしても宮内は何を考えているんだろうか。一度、話し合ってみることが必要かもしれない。

ドアが開いた。

振り向くと、華子が入ってきた。

「ああ、社長、今、お訪ねしようと思っていました」

私は、慌てて言った。華子は、相変わらず美しい。透明で透き通るような肌に視線が吸い寄せられていく。特に鬱々として晴れない表情、憂いというのだろうか、そのような空気が漂っていると、なおさら美しさが際立つ。

私は、自分では謹厳実直な男だと思っているのだが、それでも人並みに美しい女性には心を動かされる。昔、辻占い師に女難の相を指摘されたことがあるが、華子とならその占いが現実になってもいいという気になる。

「今、渡良瀬が血相を変えて、私のところに参りました。社員やアルバイトの給料を一律一万円も引き上げることをお約束なさったとか」

華子が私を見つめる。

私の体の芯から、なにやらむらむらもぞもぞとした虫のようなものが這《は》いあがって来る感じがする。このまま「お嬢様」とかしずきたい気分だ。しかし私はＧＭだ。しっかりしなくてはいけない。

「社員のモチベーションを第一に考えました」

「他の会社はいざ知らず、ホテルではそんなことでモチベーションが上がるでしょうか」

「上がると思います。会社の再生や経営改革はシンプルです。社員と経営陣が一体になって、頑張ろうという気になれば、八十％は成功です」

「渡良瀬は怒っていますよ。おっつけここに参ると思いますが、彼は一万円の引き下げを提案していたのですからね。それを相談なくひっくり返されたのですから」

「一万円の引き下げを社長は了承されたのですか」

「それは……」華子は言葉に詰まった。「経営のことは渡良瀬が一番よく知っていましたから」

「大和ホテルの経営を再生してくれと、金杉氏に言われました。しかしどのような問題があるのか私には十分な理解が出来ていません。なぜなら表面上は順調に見えるからです。もしかしたらじわじわと悪化していく、日本経済のようではないかと思いました。喩えは大げさですが、誰もがさほど問題だと思っていないのに徐々に体力が落ちている……」

華子が私の話に耳を傾けている。神妙な面持ちで聞いてくれているのだ。

「インフラである内装、外装なども古びています。何年も修繕をしていないからでしょう。最初大和ホテルに入館した際、薄暗い照明となんとなく重く湿ったような空気を感じます。最初は伝統と歴史を感じましたが、そのうち陰気で暗いというマイナス印象に転じていきました。空調や照明などの設備を改善していない結果でしょう。これではお客様の満足は得られません」

「何もしていないわけじゃありません」

華子は少し憤慨した。

「そうだとは思います。しかし抜本的に改善していかないといけないと思います。その証拠に他の同レベルのホテルはインバウンド需要に波がありながらも、業績を向上させていますが、大和ホテルだけはどういうわけかじり貧です。大変失礼なことを申し上げますが、株主総会における社長の経営方針は、若干、具体性に欠けていると思います。何をしたいか、何を為すべきかを明確にされた方がよろしいかと……」

華子の表情に不快感が表れている。私は、それに構わず、大和ホテルの経営の現状を話した。

「現在、旧館、新館合わせて二六〇室。売り上げは約三十億円、これにオフィスの賃貸料十億円を合計して、大和ホテルの売り上げは約四十億円です。以前は、全体で約五十億円はありました。それがここ数年で徐々に減少し、客室稼働率も七十％から八十％あったものが、六十％台に落ちています。こうした現状を改善しなければ大和ホテルの未来は暗いと申し上げざるを得ません」

「あなたに説明されないでもわかっています」

とうとう、怒った。

「平均客単価も落ち、今や二万円台になっています。競合のパレスや帝国に完全に見劣りしています」

それでも私は冷静に話を続ける。

「それは……他のホテルとの競争が激しくなっているからです。だから社員に危機感を持ってもらうためにも一律一万円の給料ダウンをするのです」

さらに怒った。

「それがだめなんです」

私は語気強く言った。

「なにが駄目なのですか。私が社長ですよ」

華子が詰め寄って来る。

その時、ドアが開き、渡良瀬が入ってきた。

「社長、ＧＭの権限をかさにきて勝手なことをしています。今すぐ私を再度、ＧＭに戻してください」

渡良瀬が華子に懇願した。

「それはできません」

華子が渡良瀬を睨んだ。冷たく厳しい目つきだ。

渡良瀬が、息を飲んで口を閉ざした。なんでと言いたい顔なのだが、言葉に出せなかったのだ。

嬉しくなった。華子が渡良瀬を黙らせたからだ。華子は、渡良瀬の言いなりだと思っていた。しかしそうでもないのかもしれない。これなら少しは見込みがある。

「どうするおつもりですか。業績を回復させるのに、社員のモチベーションを上げるだけでは、どうにもなりませんよ」

華子は、渡良瀬を無視して私に聞いた。

「社員との面談を進め、ホテルの問題点を探ります。一方で銀行からの融資利率の引き下げを図ります。またオフィス棟の空き室を埋めます。必要な箇所の改装を進め、組織を改編し、営業力を強化します。『捨てる』営業に注力します」

私は、華子を見つめた。

「『捨てる』営業とはどんなことですか」

私が、変わったことを言ったので予想通り食いついて来た。

「大和ホテルは、パレスや帝国と並んで歴史あるホテルです。立地もいい。しかしホテルの売り上げ規模は半分程度です。ですから同じ土俵で勝負をしないということです。独自路線を目指すためにいろいろな旧来からのものを捨てるつもりです」

華子は首を傾げた。

「具体的には?」

華子が聞いた。

「そんな気取ったことを言わなくても、今までもやっているさ」

渡良瀬が、口を尖《とが》らせた。

「具体的には、まだ何も決めていません。社員の意見を聞いてからです」

私は言った。

「社員、社員って、うちにはそんな優秀でロイヤリティの高い奴はいない。みんな給料泥棒だ」

渡良瀬が口汚く言う。

私は、思い切り渡良瀬を睨みつけた。

自分の会社の社員たちを給料泥棒とは！　いったい何を考えているんだ。こんな男がGMでいたのではホテルは良くならない。

「渡良瀬、黙りなさい」華子が叱った。「樫村さんがGMなのです。それは取締役会でも決めたことですから、今は、変えることはできません。それを理解しなさい」

「申し訳ございません」

渡良瀬は頭を下げた。

「樫村さん、ホテルの経営については、とりあえずあなたにお任せしますが、何か新しいことを実行する際には、私に相談してください」

「分かりました」

私は素直に頭を下げた。

「申し上げておきますが、私は心からあなたをGMとして認める気にならないのです。これはあなたの責任というより、あなたが金杉氏の推薦で大和ホテルに来られたからです。金杉氏は、私の父と母の仇《かたき》です。決して許しません。それだけはお分かりいただきたいのです」

華子は私を見つめた。純粋な漆黒《しっこく》の瞳に私の姿が映っている。

「分かりました。しかし私も申し上げることがあります。金杉氏と社長との関係がどのようなものであれ、大和ホテルの業績を向上させることにはご支援いただきたいのです。社長のご支援がなければ、何も進みませんから」

私は華子を見つめた。

華子は、両親が金杉に追い詰められて死んだことを恨みに思っているのだ。

「分かりました」

華子は厳しい視線を私に向けた。

「もう一つ、これは余計なことですが、現在の実質的なオーナーは金杉氏です。株式会社の論理からすれば、金杉氏は経営再建に重要な人物です。私は、可能なら社長と金杉氏の関係を良好にしたいと願っております」

「なんだと！」

渡良瀬がすぐに反応した。怒りで体を震わしている。

「それだけは余計なお世話です」

華子は言い捨てると、踵を返して、GM室から出て行った。

渡良瀬も慌てて飛び出した。

「参ったな」

私は頭をかいた。最後の一言が余計だったのだ。あの一言さえ我慢していたら、華子との関係が改善したかもしれない。これで再び、排斥されてしまった。

「仕方がない。私はやるべきことをやる」

自分自身に言い聞かせると、机に戻って計画づくりを開始した。

経営目標づくり、人事計画そして社員全員とのインタビュー計画だ。このインタビューが重要なのだ。

3

四月の早朝四時は、まだ暗い。似つかわしくはないが、私は、きちんとスーツを着用した上で箒《ほうき》と塵取《ちりと》りを持ち、ホテルの玄関に向かった。

この時間に山里が一人でホテルの玄関や駐車場へのスロープ、植え込みなどを掃除しているのを知っていたからだ。

人の影が動いている。大柄な体だ。山里に違いない。

「おはようございます」

私は声をかけた。

驚いたのか、ばね仕掛けのように大柄な体がこちらを向いた。やはり山里だ。

「GM……」

暗がりの中で山里は事態を掌握できない表情をしている。

「一緒に掃除をさせてください。その間に、いろいろインタビューをさせてください」

私は社員全員のインタビューを実施すると約束をしたが、自分の部屋に呼び込む考えはない。

悪く言う人は、パフォーマンスが過ぎると批判するが、私は銀行員の時代から、取引先企業の業況が悪化した場合、頻繁にその企業に出かけることにしていた。

銀行員の多くは、自分の城、すなわち銀行に業況が悪化した企業を呼び込む。しかし、そのようなことをしたら相手の心を開くことはできない。彼らの城、すなわち当該企業に足を運んでこそ、業況悪化の原因、再建策などを本音で語り合うことが出来るのだ。

他人が何を言おうが、それが私の信条だ。今まで再生してきた企業でも同じように社員の下へ自ら足を運んでインタビューをしてきた。

ドアマンのインタビューのためにはエントランスまで行き、キッチン担当のインタビューのためにはキッチンにまで足を運ぶ。

「そんなことはGMの仕事じゃないです」

山里が私の箒を取り上げようとする。

「でも山里さん、掃除はあなたの仕事ではないじゃないですか」

「私は、ドアマンです。お客様をただお迎えするだけではなく、気持ちよくお迎えしたいので掃除をしています」

「私も同じ気持ちです。山里さんが、どんな気持ちでお仕事に向き合っておられるかを、この生身に」私は胸を叩いた。「感じるためです。これが私のやり方です」

「分かりました。なんでもお聞きください」

「社員の方々に一万円の給料アップなどを約束しましたが、反応はどうですか？」

山里は信頼できると私は考えている。社員の多くからも尊敬をされていると感じられるからだ。山里に社員の反応を聞けば、実態が分かるだろう。

「早速、対応していただいたので驚きはしました。しかしまだ皆は、半信半疑でしたね。仕方ないです。樫村さんのことをよく知りませんから。でもいい人だとは思ったようです」

山里はあまり明るくない声で言った。

「そうですか？」

私は、がっかりした。最高でした、モチベーションがアップしましたとか、もっと良い回答が得られると思っていたからだ。

「がっかりさせましたか？」山里が笑みを浮かべた。「でも皆、頑張ろうという気になったのは事実ですから。その気持ちを盛り上げていきましょう」

「山里さんは協力していただけますね」

「勿論です」

私も山里も話しながらも掃除の手を休めない。

「従業員協議会の結成はどうなっていますか」

初めて山里に会った時に依頼したことを聞いた。

「今、小杉さんと相談しています。早急に進めます」

「幹部には信頼が出来る人を集めてください。若手も……」

「分かりました。社長や渡良瀬さんは反対するでしょうね」

「そこは私がなんとかします」

私は力を込めて頷いた。

「先日、支配人といろいろとお話をさせていただきました。私は長年、大和ホテルにお世話になっていますが、このままではじり貧だと考えています。昔の栄光に浸りすぎて新しく生まれ変わろうとする意欲が足らないと思います。それは私たちの責任でもありますが、何を提案しても、何をやろうとしても否定的な回答しか返って来ない渡良瀬の責任も大きいと思います。樫村さん、大いに期待しています」

山里は、私に握手を求めてきた。私は、彼の手を強く握った。

「GM、おはようございます」

薄暗がりの中に男が立っていた。

ドキリとした。

「誰ですか？」

私は聞いた。

「営業支配人の柿本仁志《かきもとひとし》さんですよ」

山里が言った。

太った体軀に、真ん丸に近い顔が載っている。下がり眉毛に気をつけろと言われるが、お盆ににこにこマークの絵を描いたような男だ。まだ彼とは話をしたことはない。

「柿本です。ＧＭ、昨日の給料引上げの件、みんな期待していますよ」

柿本は親し気に話しかけてきた。

「ありがとうございます。こんなに朝早く、どうされたのですか？」

私は聞いた。

「山里さんに呼ばれたのです。相談があると言うので」

柿本が言った。

「柿本さんは私たちの仲間です」

山里が答えた。

「そうなのですか」

私は柿本の顔を見つめた。営業のベテランらしく笑みを絶やさない。

「従業員協議会のことを相談しようと思っています」

山里が言った。

「分かりました。よろしくお願いします。そろそろ夜が明けますので、私は料飲部の方へ行きます。朝食の準備が始まっているでしょうから」

私はレストラン欅で朝食の準備をしている社員たちと話すつもりだった。

「営業部は、いつでも面接を受ける態勢になっていますから。みんな言いたいことがいっぱいですので」

柿本が言った。

「わかりました」

私は答えて、柿本に握手を求めた。柿本が手を差し出してきた。私は、その手を握った。

ほんの少しずつ、大和ホテルに変化が起きつつある予感がし始めていた。

4

私は精力的にインタビューを実施した。

ガーデンレストラン欅ではテーブルをセットしながら社員と話した。

「トイレを女性客向けに改善してください。狭くて、暗いんです。女性客は、まずトイレが気になるんです。私たちは美味しいワインをお客様にお勧めしています。それには自信がありますが、トイレが女性客に配慮されていないために恋人同士で利用しようという気にならないのです」

ソムリエの資格を持っている女性社員が切々と訴えた。

ワインで負けるなら仕方がないが、トイレで負けるのは悔しいのだろう。戦う前に敗れているわけだから。

レストランなどのトイレを女性客向けに広く、明るく、さらに言えば楽しく、寛《くつろ》げるようにすれば人気が出るに違いない。

「早急に検討しましょう」

私は約束した。

調理を担当している若手からは、意外な情報が提供された。

「提供される料理が古いんです」

彼は、周囲を気にしながら言った。告げ口をしていると思われたくないのだろう。

料飲支配人は、総料理長の須田《すだ》一郎《いちろう》だ。彼はフレンチのラ・トランキルの料理長でもあるが、日本料理、中華料理、ガーデンレストラン欅などホテル内のレストラン全部のトップである。

それぞれ専門の料理長がいるが、須田に従っている。料理帝国の王が、須田であると言えるだろう。須田は、ホテルの総料理長を二十年近くも務めている。

「古いと言うのは？」

私は聞いた。

「特にラ・トランキルを利用されるお客様が料理を残されるのです。日本人のお客さまも外国人のお客さまもです」

「どうして？」

「現在のフレンチは、素材を大切にします。ですが須田料理長のフレンチは、バターが濃いとでも言いますか、全体的に重いんです。勿論、伝統的でそれがいいとおっしゃるお客様もおられますが、ご年配のお客様にとってもやや重いかなと思われます。でも須田料理長は変えようとされません」

「どうしたらいいんですか」

「客層を明確にして、その客に好まれる料理にしたいと思います。日本料理も中華料理も、そうです。何年も何年も変わっていません。いっそのことラ・トランキル以外は、他の人気レストランに入ってもらうべきではないでしょうか？　焼き鳥も寿司も、その専門の料理人でないと美味しくありません」

若い調理担当は私を見つめた。その時、調理場に須田が入ってきた。彼は、急に口を噤《つぐ》んだ。須田が、私を睨んだように見えた。

フロント係、客室係、部屋を片付けるハウスキーパー、宴会係などなど若手を中心に面接した。多くの参考にすべき意見を聞くことが出来た。

残念だが、山里や小杉、そして柿本などを除いて、ベテランは現状維持派が多いということが分かった。

特に総料理長の須田は、「大和ホテルの料理は変えないことが大事なんです。伝統とはそういうもんでしょう」と若手調理人とは全く反対のことを言った。

ふてぶてしい態度で「渡良瀬さんは、全て私にお任せでしたからね」と敵意を抱くような目つきを私に向けた。GMが代わったことが気に食わないのかもしれない。

宴会支配人の菱山泰三《ひしやまたいぞう》も同様だ。一言一言にあまり意欲が感じられない。「だいたい営業部が悪いんですよ。ろくな宴会を取って来ない。単価は安いしね。それに私の部下もろくでもない連中ばかりだ」自分の部下を批判するとは呆れた人物だ。

「企業のパーティばかりではなく、個人の記念日などの需要の掘り起こしはしないのですか」

私は聞いた。

菱山は、憮然《ぶぜん》とした表情で「渡良瀬さんからは特に指示がでませんでしたからね。大和ホテルは一流企業のパーティは引き受けますが、個人の記念日なんてやりませんよ」と言い放った。

「渡良瀬さんはパーティ営業に力を入れなかったのですか」

「あんまりね。樫村さんになって宴会ノルマがきつくなるんじゃないかって噂ですが、本当ですか」

私を覗《のぞ》き見るように聞く。

「ノルマ云々《うんぬん》は分かりませんが、宴会は重要だと考えています。頑張ってください」

私は、うんざりした気持ちになった。

渡良瀬が、社員のことを給料泥棒とののしったが、それは一部では当たっているように思えてきた。

何も変えず、昨日が今日も明日も続くような倦《う》んだ経営を続けている間に、意欲が萎《な》えてしまった者もいるのだ。

意識改革は大変なことだ。どこから始めるか。

隗《かい》より始めよ。ぶつぶつ言っていてもなにも解決しない。具体的な行動を続けるしかない。

5

「樫村さん、あなた変なことを始めていますね」

突然、GM室に入って来るなり、渡良瀬が言った。怒っている。

「変なこととはなんでしょうか？」

私は聞いた。渡良瀬が言いたいことは分かっている。従業員協議会のことだろう。彼に情報が入ったのだ。仕方がない。時間の問題だったのだから。

「あなたは共産党員なのですか」

渡良瀬が怒ったような顔で聞く。あまりにも思いがけない言葉に、私は、一瞬、動揺した。いったいなんのことですかと聞きたいのだが、言葉にならない。

「組合を作ろうとしている。どうしてそんなことをするんですか。止めなさい」

渡良瀬は畳みかける。

「従業員協議会を作ることが、共産党ですか。共産党が怒りますよ。大和ホテルを改革するには、社員の皆さんが力を合わせることが必要です。そのために私たち経営側と色々な問題を協議する場が必要なのです」

「もめ事が増えるだけです」

渡良瀬は言い募る。

「社員と力を合わせるんです。それが改革の王道です。今まで何もしなかった膿《うみ》があちこちに溜まっています」

私も渡良瀬に負けじと言い返した。声が自《おの》ずと大きくなる。

「何もしなかった？　そんなことは無い。少しでも良くしようと頑張ってきたんです」

「そんなこと、信じられない。社員の中にも不満が渦巻いているし、設備も全く改善されていないじゃないですか。絨毯一つ、代えていないではないですか」

私は、腹立ちを隠さなかった。大和ホテルを良くするために来たのだ。ことごとく文句をつけるな。

「カネがないんです」

渡良瀬は言った。

「カネがない？　あなたが変なデリバティブで失敗したからでしょう。それを隠すために余計な融資を受けた？　そうじゃないですか」

私は、山里や小杉から聞いた情報をぶつけてしまった。この情報は、菱光銀行に確認してから渡良瀬にぶつけようと考えていたのだが……。

渡良瀬は、何を言われているのか分からないという戸惑いの表情になった。

「なにをおっしゃっているのですか？」

「分かりませんか？　あなたが菱光銀行との間のデリバティブ取引で大きな損失を被られた話ですよ。それを隠蔽するために新館の設備資金を余分に借り入れたことですよ」

「誰に聞いたのですか？　どうせ山里や小杉からの情報でしょう？　それを鵜呑みにしているのですか？　彼らを信用しては間違いを犯しますよ」

渡良瀬は、小鼻を膨らませて、皮肉っぽい顔をした。

私は動揺した。渡良瀬の言う通りデリバティブの話は山里と小杉から聞いただけで、裏付けがあるわけではない。早まったか。それにしても山里や小杉を信用するなとは、どういうことだろうか。渡良瀬に反感を抱いている二人だからだろうか。

「この情報の裏付けは取るつもりです。菱光銀行からの借入の金利も三％とは、高すぎます。引き下げを求めるつもりです」

私は引っ込みがつかなくなった。確たる裏付けもないにもかかわらず、早まって渡良瀬を責めたことを後悔した。

「樫村さん、あなたは何も知らずに金杉氏に乗せられて大和ホテルにやってきた。経営改革をするんだという意欲はよく分かりますが、それなりに実情を把握してから行動された方がいいと思います。私は、あなたが来られたおかげでGMという役職を外されました。私のことをあなたは敵だと思っているでしょうね。しかし本当の敵が誰かを見極めないと墓穴を掘りますよ」

渡良瀬は、くくくっと小さく笑った。

私は、気を失いそうになった。足元がぐらぐらと揺れる。貧血とめまいが一気に襲ってきた。いったいどういうことだ。渡良瀬は、本当の敵が誰か見極めるべきだと言う。本当の敵とは？　大和ホテルの改革を阻むのは華子であり、渡良瀬ではないのか。そして彼らに繫がる旧勢力ではないのか。それらが本当の敵ではないのか。

「まあ、せいぜい頑張ってください。山里や小杉には気をつけてくださいね。老婆心《ろうばしん》ながらご忠告させていただきます」

渡良瀬は、再び、気味の悪い含み笑いをした。

私は、体調を崩したかのように体の震えが止まらなくなった。今までこんなに恐ろしいと思ったことはない。仲間を信じないと企業の再建など出来るはずがない。しかし渡良瀬の言い分を、そのまま受け入れるなら私は誰も信じてはいけないことになる。あらゆる関係性から排斥されている状態だ。私は、這う這う《ほうほう》の体《てい》で、大和ホテルから逃げ出すべきなのか。

## 6

私は、金杉の屋敷の中の洋間でワイングラスを傾けていた。

目の前には、金杉、そして山本がいた。この二人が私を大和ホテルに送り込んだのだ。

「どうしようもありません」

私は、弱気な表情を金杉に向けた。

「どうされましたか。いつも前向きな樫村さんなのに」

笑みを浮かべながら、金杉がワインを傾ける。

「しばらく大学で教えたりしていたから勘が鈍ったのですか」

山本も気楽に言う。

「そういうわけじゃありません。なんだか伏魔殿《ふくまでん》のようなのです。地雷が、そこかしこに埋まっているような気がします」

「ほほう……。あれほど歴史があり、上品なホテルが伏魔殿ですか」

金杉は、珍しい物でも見るように私の顔を見つめた。

「今日、お訪ねしましたのは金杉さんに大和ホテルにこれほど執着される本当の理由をお聞きしたいと思いました。ラ・トランキルのキッシュを食べたいという理由だけではないでしょう」

私は、金杉を見つめた。太い眉がびくりと動いた。

山本が困惑した表情で金杉を見ている。金杉が大和ホテルに執着する理由を彼は知っているのか。

「無条件で引き受けて、大和ホテルを日本一にしてくださる約束ではなかったのですか？」

大きな目がギロッと私を捉える。金杉は病に侵されていると言っていたが、そんなことを微塵《みじん》も感じさせない獰猛《どうもう》な迫力がある。

「そのつもりでした。しかし大和ホテルに行ってみますと、社長の木佐貫華子、そしてその子飼いである前GMの渡良瀬聡を中心に、古参の幹部たちは私というよりあなたのことを徹底的に排除、排斥しようとしています。あなたは大株主です。もう少し尊重する態度であってもいい。それにあなたも大株主としてもっと強引でもいい。社長の華子の追い出しを画策しても、できないことはない。それなのにやらない。私を送り込んだだけです。そこのところがどうも解《げ》せないんです」

私は金杉から目を離さない。

「樫村さん、何も言わずに引き受けてくれたんじゃないんですか」

山本が少し焦っている。

「そう思いましたよ」私は山本を睨んだ。「金杉さんが名門ホテルのオーナーになることによって財界でしかるべき地位を占めたいと考えた。それを木佐貫一族や銀行などの既存勢力に阻まれてしまった。一方で大和ホテルはますます傲慢になり、名門ホテルという名前だけに執着し、他のホテルの後塵を拝するようになった。その姿を見て、金杉さんが、かつてやろうと思い、やり残したことを成し遂げたい……。純粋にそれだけだとおっしゃいました。私は、その姿に感動を覚えました。誰でも、そう、私でもやり残したことを果たすために企業再生請負人として果たしているような気がしているからです。銀行員時代に果たせなかった思いを再生請負人として果たしている……」

「それでいいじゃないですか。樫村さんの純粋さを見込んでお願いしたのですから」

金杉は言った。私は、むずむずと腹の虫が蠢くのを感じていた。

「それなら私が働きやすいように環境を整えていただきたいと思います。普通は、そうするでしょう」

私は、少し興奮していた。

「具体的には？」

金杉は冷静過ぎる程冷静な態度だ。

「大株主として金杉さんが社長なり、会長なりに就任され、華子社長を退陣させるべきなんではないですか。GMとして私を大和ホテルに送り込み、経営再建させるには、華子社長と私が一体でなければなりません。ところが華子社長は、銀行時代の同期であり、経営コンサルタントの宮内亮と組んであなたを排斥しようと画策しています。プロキシーファイトも辞さないという勢いです」

「宮内さんが……」

山本が驚愕《きょうがく》した。

「ええ、宮内が出てきました。彼とは幾つかの会社再生で共に汗をかきましたが、基本的にビジネスライクな男です。私に向かって、今回は敵だからと明言しました」

「参ったな」

山本が大仰《おおぎょう》に頭をかいた。

「宮内という男は実力があるのですね」

金杉が山本に聞く。

「ええ、なかなかの男です。彼を敵に回すと厄介かもしれません」

山本が眉根を寄せる。

「そうですか……」

金杉が大きな目を見開き、上目遣いに天井を見た。何か考え事をしているような気配だ。

私は、妙に落ち着かない気持ちになった。金杉は普通の人間ではない。どんなところに人脈があるか分からない。私は宮内の前途に危うさを感じた。彼の名前を出したことを後悔した。

「樫村さん、今回の件は、降りますか？」

金杉が言った。

ぞくぞくと背筋が冷たくなった。金杉の私を見つめる目が、妙に冷めているからだ。

明子の顔が浮かんだ。あなたは甘ちゃんなんだから、金杉なんて人に関わっていいの……。彼女の忠告を聞いていればよかった。本気で後悔する。

私は黙っている。

「降りてもいいですよ」

金杉が押し殺したように言った。目つきが鋭くなり、圧迫されそうになる。

「そうは申し上げていません。しかし、私にはどうにも分からないんです。金杉さんの真意が……。華子社長が、金杉さんを恨む理由は分かりました。林野ホスピタリティの橋本副社長にお聞きしましたから」

「橋本さんに……」

金杉の視線が強くなった。橋本のことを知っているのだろう。

「華子社長のご両親は、あなたの株買い占めに悩んで、首都高速のガードレールにぶつかって亡くなった……。そのことであなたのことを心底、恨んでいるようです。それで私の改革を阻止しようとするし、宮内を頼んで、あなたそのものを排斥しようと画策している。そうですよね」

「橋本さんが、そうおっしゃったならそうでしょうね」

金杉は悲し気な目をした。

「ではそこまで恨まれている華子社長を、あなたはどうして排斥しないのですか？　大株主としてのあなたの力をもってすれば、可能なはずだ。そうすれば私でなくても大和ホテルを好きなように変えることが可能です」

私は疑問をぶつけた。

山本が、焦った様子で金杉を見つめている。まさか私が金杉に反旗を翻《ひるがえ》すとは思ってもみなかったのだろう。あるいは、私が知らないだけで、私の疑問に対する答えを知っているのかもしれない。

「確かにおっしゃるとおりですね。ははは」

金杉は、力なく笑った。

「お考えをお聞かせいただきたい」

「言わなくてはだめですか」

「お願いします」

私は強く迫った。

「どうしましょうかね。何も言わずに大和ホテルの改革を引き受けてくださるという約束だったと思うのですが……。私は大和ホテルに謙虚さを取り戻してもらいたいだけなのです。名門意識に凝り固まり、改革を忘れています。これでは生き残れません。私はなんとしても大和ホテルに一流ホテルとして生き残ってもらいたいのです」

「華子社長を排斥しないということは、生き残ったとしても大和ホテルは木佐貫一族のホテルになります。それでもいいのですか？　あなたに恨みをもったままのホテルですよ」

「樫村さん、もういいでしょう？」

山本が仲裁に入る。

「なにがいいのですか？」

私は山本を睨んだ。

「樫村さんは、誰を信じていいのか分からなくなっておられるようだ。しかしあなたもプロなら、敵ばかりの中だったとしても改革を進めてはどうなのですか。それが出来ないなら再生請負人などと言うべきではない」金杉は厳しい目で私を見つめた。「もし私と木佐貫との関係を深く知りたければ、もう一度、橋本さんに聞いてください。私から話せることではない」

「橋本さんにもう一度聞けと？」

橋本は、既に知っている全てを話してくれたのではないのか。

「橋本さんは、私とは長い付き合いなのです。NALを買い占めようという無茶な野望を抱いたこともありましたからね」

金杉は笑った。

「NALの買い占めの話は聞いたことがあります。単なる噂だと思っていたのですが、本当だったのですか？」

八十年代後半にNALの株が暴騰したことがある。何者かに買い占められようとしていたのだ。

買い占めの表に立ったのが葛城利光《かつらぎとしみつ》だった。葛城は慶応大学出身のインテリ総会屋と言われていたが、多くの企業の買い占めに登場していた。しかし葛城が金主ではなく、本当の金主は背後にいると考えられていた。強面《こわもて》の葛城が表に出ることで買い占めた株を高値で相手企業に買い取らせていたのである。

NALの株買い占めでも葛城が登場したが、背後の金主は不明のままだった。しかし買い占め騒ぎはあっけなく収束した。葛城が、謎の自殺を遂げたからだ。一時期、謀殺の噂も立ったが、癌に冒されていた葛城が世をはかなんだ結果だということで落ち着いたのである。

金杉は、往事を思い出すかのように目を細めた。

「私は、頻繁にNAL系列のホテルを利用していましてね。それで橋本さんとも親しくなったのです。当時、NALは派閥争いばかりしていましてね。企画派と現場派が複雑に入り交じって……。それで業績が低迷していた。このままでは事故が起きかねないと憂いた橋本さんからの要請で、私は葛城を使って株を買い占めた。私が経営に参画することで派閥争いを終わらせたいという橋本さんの熱意に打たれたのです」

「そうだったのですか」

「しかし物事はそう簡単には進まなかった。NALというのは政治家の利権の巣だった。そのことは承知していたが、政府筋や政治家から、本当の金主である私に脅迫めいた圧力がかかった。そんなことで恐れる私ではないが、さすがに葛城が死んだのは堪えた」

なぜか金杉は笑みをこぼした。

「病気を悩んでの自殺ではなかったのですか？」

「そう思うかね」

金杉の目が、ぞっとするほど冷たくなった。

「さあ……」

私は寒気を覚えた。顔を引きつらせながら笑みともつかない表情をした。

「本当のところは分からない。しかし私はＮＡＬから手を引いた。橋本さんも、私との関係について口をつぐんだ。そして結局、ＮＡＬはそのまま浮上せず、破綻したのだよ。あれは政治の犠牲だ。橋本さんとは今も数少ない本当の親友というわけだ」

「分かりました。それではもう一度、木佐貫一族と金杉さんの関係を橋本さんに伺います。よろしいですね」

「ああ、いいとも。橋本さんが話してくれるならね。それから確かに樫村さんの言う通りもっと私が株主としての権利を行使すればいいのだがね。しかしそれはもう少し様子を見てからだ。樫村さんがやりたいと思うことにはカネを出す。銀行が貸し渋っても、私を頼ればいい。安心して改革を進めてくれたまえ」

金杉は言った。

「樫村さん、とにかく頑張ってくださいよ」

山本が眉根を寄せて、懇願した。

「分かりました」

私は頷いたものの、いったい誰を信頼し、誰を頼りにしていいのか分からなくなった。

ふと、自殺した葛城に思いがいった。確か、葛城は、どこかのホテルの浴室で手首を切って死んだのではなかったか。

「まさか……」

私は、葛城が死んだのは大和ホテルだったのではないかと想像した。途端に足元が小刻みに震え始めた。

目の前にいる金杉の底知れぬ闇の一端に触れた気がしたのだ。

# 第六章　空虚

## 1

大株主である金杉は、なぜだか大和ホテルに対して株主としての権限を行使しない。ひと思いに社長の華子を交代させてくれたら、どれだけやりやすいことだろうか。

加えて華子と渡良瀬は、宮内を使って金杉追い出し工作をしようとしているようだ。これについては、一度、宮内に事情を聴取する必要があるだろう。

そして従業員のリーダー格である山里と小杉を信頼して改革を進めようとしているのだが、二人を信用すると痛い目にあうなどと、渡良瀬は疑心暗鬼を呼び起こす意味深な忠告をする。

私は、いったいどうすればいいのか。ホテルのGMに勇んで就任したのはいいが、やはり経験のなさが響くのか。じり貧傾向にある大和ホテルをV字回復させることができるのか。

金杉は、資金は出すと約束してくれているが、大幅な改装や、いわんや建て替えなどは望むべくもない。現状をどのようにすれば良い方向に変えることができるのか。私に本気で協力してくれるのは、いったい誰なのか。

迷いに迷った時、考え過ぎるとさらに迷いが深くなり、迷路から脱出できなくなる。

私は原則という言葉が好きだ。迷路に入りこんだら、原則に立ち返ることしか解決の道はない。

GMとは何をなすべき役割なのか。短期、中期の経営計画を立案し、ホテルの業績を向上させることに尽きる。

大和ホテルは、独立系の中規模ホテルだが、宿泊のみならず結婚式などの宴会やレストラン事業もある、フルラインである。

これを踏まえて、まずはホテルのブランディングを構築しなければならない。これがGMの原則の第一だ。

ではブランディングとは何か。これはホテルだけではなく、どの業界にも共通することだが、いったい誰を相手に商売しているかということをはっきりさせることだろう。

なぜ業績が悪くなるのか。経営者が思い付きで、経営方針をちょこちょこと変えるからだ。隣の芝生が青く見えたら、自分の薔薇園《ばらえん》を壊して、芝生を植える。隣の薔薇が美しく咲いていたら、今度は芝生を掘り起こして薔薇を植える。

イタリアンがブームになれば、イタリアン。エスニックが評判を取ればエスニック。そこには一貫性がなく、単なる思い付き。これでは経営は良くならない。

誰もが思い付き経営をしようとは思わないのに、なぜ思い付き経営になってしまうのか。それは自分の会社の比較優位性に対する分析がないからだ。

比較優位性とは、他に比べてどの点に競争力があるかということだ。その競争力を把握して、適切なポジションに立たねばならない。

世の中の景気が良く、大した努力をしなくても自社の業績が向上している時は、ポジションなど考えなくても良い。

「大和ホテルの比較優位性はなんだろうか」

私は自分の部屋でビールを飲みながら考えていた。

今は深夜の十二時を過ぎた。ホテルの客たちは寝静まっていることだろう。

私は、今日もホテル内を歩き回って、従業員たちのインタビューを実施した。部屋に籠《こも》ってするのではない。一緒に働きながら話を聞く。

従業員は総じて真面目でいい人材がいる。中でも外国人の中にきらりと光る人材を見つけた。

ハウスキーパーの仕事をしているミャンマー出身の男性だ。客室の整理整頓、清掃を担当している早稲田大学に留学中のアウン・ミョー・ナインだ。アルバイトだが、日本語、英語が流暢《りゅうちょう》で、顔立ちも良く、聡明で、正社員に登用したい。

レストランで働く萩原咲希《はぎわらさき》も優秀だ。チャーミングで気働きもできる。正社員だが、入社して三年が経つのにレストランの配膳係だ。彼女もいろいろな部署を経験してもらいたい。

真面目な従業員は、十分な比較優位性だが、他社を知らないのでなんとも言えない。

他社に比べて大和ホテルの優位性が高い部分はなんだろうか。

客室はどうか。客室は全体として狭い。昔の造りだ。最近は客室が広くなる傾向にある。五十平米程度あるダブルルームも当たり前だ。しかし大和ホテルは広くても四十平米だ。狭いところでは二十五平米などもある。これは優位とは言えない。

レストランはどうか？

自前でラ・トランキルやガーデンレストラン欅、そして中華の太源《たいげん》、和食の雅《みやび》、焼き鳥の鶏栄《とりえい》を営業しているが、どれもたいして評判が良くない。

金杉はラ・トランキルのキッシュを食べたいと言った。私も食べてみたが、残念なことにその美味しさは分からなかった。

金杉には思い出と懐かしさがあるのだろうが、何もない私には平凡な味に思えた。

焼き鳥は酷《ひど》い。焼き手が、プロの料理人ではあるが、焼き鳥のプロではない。いくら材料が良くても焼き鳥は何と言っても焼き方が美味さの優劣を決める。

焼き鳥は外国人も好きなので、早期になんとかしたい。

和食、中華にも特色がない。そのためだろうか、夕食時に満席になったことがない。そもそもホテルで夕食を食べる人自体少ないようだが、和洋中、焼き鳥と、ここまでレストランを充実させているなら、ぜひとも評判を上げていきたい。このままでは宴会のための料理を作るだけになってしまう。

忘れてはいけないのが旧館最上階の四階に皇居のお濠を眺めながら酒を飲むことが出来るバー「グレース・ボアール」があることだ。店名の由来は、優雅な眺め。店は、さほど広くない。テーブルとカウンターに三十人も入れば満席だ。高沢季実子《たかざわきみこ》が女性バーテンダーとして働いているが、手持無沙汰の様子だ。もう少し客を呼び込まねばならない。

こうやって見てみるとどのレストラン、バーにも際立った特徴がない。特徴がないことが、一概に悪いということではない。しかし当初から何も変化させないで来たのは問題があるだろう。客の立場に立つというよりも伝統に胡坐をかいているのが実態ではないだろうか。

伝統……。大和ホテルというのは、帝国やパレスと並んで日本では独立系の歴史あるホテルとして名前が通っている。内容が伴っているかどうかは分からないが、伝統は、確かにある。多くの人が「高級」と考えてくれていることは確かだ。

しかし客室単価が二万円程度だ。客室を安売りしているのが実態だ。せめて客室単価を五万円ぐらいには引き上げたい。都内の高級ホテルといわれるところは十万円以上もするところがざらにある。

客室単価を引き上げるにはスィートを増やし、専属のサービスをこなすバトラーを配置するなど、大規模な改装や根本的な組織変更をしなくてはならない。今すぐには無理だ。次の段階の検討になる。

では、なぜ客室単価が他の高級ホテルに比べて低いのかと言えば、ターゲティングが出来ていないためだろう。

ターゲティングというのは、どういう客層を狙うのかということだ。これが明確ではないために客室単価が安い方へと流れてしまう。

大和ホテルともあろうものが、新興のビジネスホテルと客の奪い合いをしているようではどうしようもない。

ターゲティングを明確にし、客室の安売りを止めねばならない。しかし言うは易《やす》く行うは難《かた》し、だ。

「沢に相談してみよう」

ホテル投資のプロである沢秀彦は、私のアドバイザーになってもらっている。彼に大和ホテルのマーケティングを相談して、ターゲティングを含めて、強みをどのように生かすか考えよう。

「強みは、胡坐をかいている伝統だけなのか」

私は、虚《むな》しさを覚えた。それは華子が心を開いて、私に協力してくれないことが大きな原因だ。空虚な空間で籠を空回りさせているネズミの気分だ。

電話が鳴った。

こんな深夜にどうしたのだろうか。

私は受話器を取った。フロントからだった。

「GM、すみません。お休みのところお呼びだてしまして、佐々木《ささき》です」

フロント担当の若手社員の佐々木健司《けんじ》だ。声が沈んでいる。

「何かありましたか？」

声の様子からすると、トラブルが発生したのだろう。

「十七階の1715号室のお客様が、お腹が減ったのでハンバーガーを持ってこいとおっしゃって……」

「こんな時間に？　もうルームサービスも終わっているじゃないか」

「はい、ご説明したのですが、どうしても食べたい。食べないと寝られないとおっしゃるのです。どういたしましょうか？」

佐々木は困惑しきっている。電話でのやり取りに疲れたのだろう。

「1715号室のお客様はアメリカ人だったね」

「はい。ロバート・キングロード様です。私どものホテルのスィートを年間で予約していただいており、来日される際にご利用いただいております」

佐々木の情報に私は考えた。規則でダメだと断るのは誰でも出来る。ルームサービスを提供する時間がとっくに過ぎてしまっているのにハンバーガーを要求するのは常識に外れている。

しかしその常識というのは私たちの常識であって客の常識でないのかもしれない。

とりわけ相手はアメリカ人だ。時差があり、ちょうど日本の深夜が、向こうでの活動時間帯であり、空腹なのかもしれない。

「厨房《ちゅうぼう》は利用できるのかな?」

私は佐々木に聞いた。

「もう誰もいませんが……」

佐々木が戸惑っている。

「分かっています。でも材料とか何かありますか?」

「私は一時期、厨房にいましたので材料が保管してある場所は分かります」

「佐々木さんは、厨房にいたの?」

「はい、大学生の時、このホテルでアルバイトをしていました」

「それはなによりです。サンドイッチを作ることはできますか?」

「大丈夫だと思います」

「では私がロバートさんに会ってきますので、厨房でサンドイッチを作っておいてください」

「申し訳ありません」

佐々木が、心底悪いと思っている様子が、電話口から伝わってくる。

私は、受話器を置くと、もう一度、ネクタイを締め直して1715号室に向かった。

## 2

1715号室のドアフォンを押す。

ドアが開く。

「ミスター・ロバート。私は、当ホテルの総支配人の樫村と申します。何かご要望があるとかで参りました」

私は英語で言った。ネイティブとまではいかないが、銀行時代に証券や国際業務で培《つちか》った英語が生きている。

ロバートは、ドアを大きく開けた。シャワーでも浴びたのか、バスローブを羽織っていた。髪の毛は薄いが金髪で、膨らんだ腹がバスローブを盛り上げていた。

深夜にハンバーガーを食べたくなるような体形だ。この体格を見ただけで少し脅えてしまうが、顔はつぶらな瞳で優しげだ。

「おお、私、とてもお腹がすいています。ハンバーガーが食べたいのです」

ロバートは恐縮している。無理な要求をしていることは自覚している表情だ。

「ミスター・ロバート、申し訳ありませんが、厨房が終わっていてハンバーガーは作れないんです。サンドイッチは如何ですか？」

ロバートの表情が目まぐるしく変わる。ハンバーガーが無理と告げた際には、思い切りしかめ面、その次にサンドイッチと告げた時は、満面の笑み。

「サンドイッチ、大好きです。それで構いません。直ぐに持って来てくれますか？」

「承知しました。お飲み物はありますか？」

「大丈夫です。コーヒーがありますから」

ロバートは、相好《そうごう》を崩したまま部屋に入った。

私は、駆けだした。急いで厨房に行き、一分でも早くサンドイッチをロバートに手渡したい気持ちになった。

わけもわからず嬉しくなったのだ。あの心底からの笑顔を見た時、喜びが沸き上がってきた。

ロバートは余程、空腹だったのだ。いつもなら我慢をしたのだろうが、ホテルを自分の家にいるように感じたのではないだろうか。

彼は来日時には、大和ホテルを利用してくれるらしい。どんなきっかけで利用するようになったのかは知らないが、ヘビーユーザーの彼にとっては自宅も同然なのだ。

嬉しいじゃないか。１７１５号室は二六〇室ほどの客室の中で一割ほどしかない最高級スイートルームの一つだ。一泊二十万円から三十万円もする客室に泊まりながら、サンドイッチひとつで大喜びをしてくれる。

「これがホテルなんだな」

私は、浮き浮きとした気分に浸りながら、厨房に駆け付けた。

佐々木が心配そうな顔で私を見た。そこには皿にもられたサンドイッチが用意されていた。

「どうでしたか？」

「ばっちりだよ」

私は、指でＯＫサインを作った。

「やけに嬉しそうですね」

佐々木が不思議そうな表情をする。

「ああ、嬉しいね。ロバートさんはサンドイッチが大好きだと言ってくれたよ」私は、サンドイッチに視線を向けて「美味しそうに出来たね」と言った。

「好みは分かりませんが、深夜ですので野菜や卵など、胃にもたれにくい食材を使いました」

「グッド・チョイス」

私は、再び、ＯＫサインを作り、皿を持ち上げた。

「私が運びましょうか？」

「いや、私にやらせてください。こんないい仕事は佐々木君に取られたくないからね」

私は笑顔で言った。佐々木は、ますます不思議そうな顔をした。深夜に客にサンドイッチを届ける仕事が、ＧＭにとって「いい仕事」なのだろうか。疑問に答えが見つからない顔だ。

「では、行ってくるよ」

私は、皿を抱えるように持つと、急いでエレベーターホールに向かった。

一人で誰もいないエレベーターの中でサンドイッチを抱えている。階数を示すランプが次々と点灯していく。その都度、嬉しさ、楽しさが沸き上がる。大和ホテルに来て、初めての経験だ。

「これがホテルなんだな」

私はまた同じ言葉を呟いた。何かホテルの神髄を摑みかけている気がする。この気持ちを言葉にして、従業員のみんなと共有できれば再生は可能だ。そんな思いを強く抱いた。

1715号室に着いた。

ドアフォンを押す。胸がときめく。ロバートはどんな顔で現れるだろうか。

ドアが少し開いた。

「ミスター・ロバート。サンドイッチをお届けに参りました」

私の声に反応して、ドアが勢いよく開く。

「待っていました」

大柄な体が弾んでいる。視線は私の持つサンドイッチに釘付けだ。

「どうぞ」

私は皿を差し出した。

「ありがとう」ロバートは片手で皿を掴むと、もう一方の手でサンドイッチを覆《おお》ったカバーを外した。それを私に渡し、サンドイッチを一切れ摘まんで、そのまま口に入れた。

「美味しい！」

ロバートの顔が嬉しさに崩れた。

「ゆっくり召し上がってください」

「ご迷惑をおかけしました。無理だとは分かっていたのですが、今日はとてもハードな一日で何も口に出来なかったのです。こんな温かいおもてなしを受けたことに深く感謝します。まるで自宅にいるような寛いだ気分になりました。本当にありがとうございます」

ロバートは、私に軽く会釈をし、笑顔で部屋に消えた。私の手にはサンドイッチを覆っていたカバーが残されていた。

満たされた気持ちで厨房に戻ろうと振り返ると、廊下の先に佐々木が立っていた。

「わざわざ来たの？」

「どんな反応か気になりまして」

「大変な喜びようだったよ」

「そっと見ていました。安心しました」

「これがホテルなんだね」

私は佐々木に言った。

「そうかもしれません。いつもはフロントの中にいてお客様を見ていましたが、ちょっと外に出ただけで違う世界を見せてもらいました。ありがとうございます」

佐々木は頭を下げた。

「何を言っているの？ ド素人の私に……」

私は苦笑した。この時、佐々木を経営協議会のメンバーにして、一緒に大和ホテルを改革する同志になってもらおうと決めた。

3

夕方の七時に大和ホテルの会議室で従業員協議会を開催することにした。

オフィス棟にある会議室にはシフトを調整した従業員たちが集まって来ることになっている。

メンバーの人選は、各部署に任せるとともに山里と小杉にも責任を持ってもらった。

私が二人に提示したメンバー選出の条件は、出来るだけ若手であること、改革への意欲があることだ。

そして私が面接で見つけたハウスキーパーのミャンマー出身のアウン・ミョー・ナイン、レストランの萩原咲希、そしてフロントの佐々木健司をメンバーに加えて欲しいと言った。

山里も小杉も、彼らを選んだ理由を聞こうとはしなかった。関心がないというよりGMには従うものだと躾《しつけ》が効いているようだ。

そして私はもう一つ、重要なことを山里と小杉に言った。

それは渡良瀬が言ったことだ。二人を信用していると、痛い目にあう……。これを確認しておきたい。二人に確認しても、まさか渡良瀬の言う通りですとは答えないだろう。しかし共に改革を進めるに当たって疑心暗鬼になることは避けたい。言葉だけでも二人から、信用していいとの確認を取っておきたい。

私は、協議会が始まる前に山里と小杉に渡良瀬の言葉を告げた。

二人は、私を見つめ、怪訝な表情を浮かべた。

「渡良瀬さんがどうしてそんなことをおっしゃったのかわかりません」

二人は声を揃えた。

「ではお二人を改革の同志と考えていいですね」

私が二人を見つめると、二人は顔を見合わせ、頷きあった。

「私たちは、大和ホテルを良くしたいと考えています。渡良瀬さんが、私たちを非難したのは、私たちが改善要求などを突きつけたからだと思います。それ以外、思い当たる節はありません」

山里が真剣な表情で言った。

私は二人に握手を求めた。二人が手を差し出す。私は、その手を包むようにしっかりと握った。

「私、お客様に徹底して寄り添うホテルにしようと思っています。ホテルは、お客様にとって自宅同然なのです」私は、ロバートの笑顔を思い出した。「そんなホテルにしましょう」

「ご一緒させてください」

二人は声を揃えた。

従業員が集まってきた。アウンはどこか落ち着かない顔をしている。なぜアルバイトの自分が呼ばれたのか理解できないのだろう。咲希は緊張しているが、相変わらずの笑顔だ。佐々木は、私をじっと見つめている。

小杉と山里は、各部門の支配人は集めなかったようだ。私が若手と言ったのでそうしたのかもしれないが、支配人は改革に不熱心なのかもしれない。支配人だけを集めた協議会も必要だろう。

客室、料飲、宴会、営業、購買、人事総務、システムなどそれぞれの部門から一人から二人程度集まった。面接は実施しているから顔は覚えているが、印象の薄かった従業員もいる。これを機会によく知りたいものだ。

「おお、もう集まっていますね。やる気ですね」

沢が到着した。アドバイザーとして臨席してもらう。

「呼び出して悪かったね。沢さんから彼らにいろいろとアドバイスをお願いします」

私は言った。

「まかせてください」

沢は胸を張った。

私は、皆が席についたのを確認して、正面を向き、深呼吸をした。

「皆さん、今日もお仕事、お疲れさまでした。ここに集まっていただいたのは各部署の要望を私にぶつけていただくことは勿論ですが、それだけではなく大和ホテルの改革を共に行う同志になっていただきたいのです。我が、大和ホテルの業績はじり貧の状態です。このままではいけないと危機感を共有していただきたい。世の中の景気も、今ひとつです。オリンピック、パラリンピックなどの大型イベントが終わり、インバウンドに陰《かげ》りが見えてきました。ホテルでありさえすればお客様が来てくれる時代は終わったのです。私はGMではありますが、ホテルのことは素人です。みなさんと力を合わせ一緒にいいホテルにしたいと思います」

私の挨拶は月並みなのか。皆の反応が薄い。

「どんなホテルにしたいかって夢を語りましょう。リーダーは夢を与えなきゃ」

小声で沢が言う。

私は、唇を引き締め、頷く。

「昨夜、私はこんな素晴らしい経験をしました」

私は、昨夜のロバートにサンドイッチを届けた話をした。皆が声には出さないが、一様に驚いている。佐々木だけが、少し照れたような笑みを浮かべている。

「その時、ロバートさんは、まるで自宅にいるような寛いだ気分になりましたとおっしゃったのです。私はどんなお客さまにも深夜にサンドイッチを届けましょうと言っているのではありません」

この時、くすっと笑いがこぼれた。見ると咲希だった。どういう意味の笑いなのだろう。そんなことをされたら残業が増えてしかたないと迷惑な気持ちがこもった笑いなのか。それとも私が深夜にサンドイッチを抱えて廊下を走っている姿を想像して笑ったのか。どちらにしてもこの場の空気が少し和んだ。

「ロバートさんは、私にこう言われました。『自宅にいるような寛いだ気分になった』と。私は、この時、これがホテルなんだと思ったのです。自宅にいるような気分……。徹底的にお客様に寄り添うホテルにしたいと思います。大和ホテルは帝国やパレスと同様に歴史があるホテルです。ですが敷居が高くて、お客様に寄り添っていたでしょうか。私のような新参者が言うのは申し訳ないですが、もう一度、皆さんと考えていきたいと思います」

私は、話を終え、席についた。

山里が立ち上がった。

「皆さん、ここからは自由に意見を言ってください。みんなの考えを経営に反映してもらいましょう」

山里が呼び掛けると、早速手が上がった。咲希だ。

「GMが早速、レストランの化粧室を女性客のために広く、綺麗にしてくださったり、制服を新調していただいたことにまず感謝いたします」

咲希は紺の制服の袖を手で引っ張った。袖が傷んでいないことを示したのだ。

私は、インタビューで聴取した問題点の改善にすぐ着手した。化粧室の改善や新しい制服の支給などだ。絨毯の張替えなど、内装はこれから検討する。

「制服は、とりあえず在庫で対応しましたが、皆さんのご意見を聞き、新しいデザインも考えたいと思います」

私は言った。

咲希や女性のスタッフから歓声が起きた。

「今、GMはお客様に寄り添うホテルにしたいとおっしゃいましたが、私たちは一生懸命にサービスに努めています。寄り添っていると思っています。具体的にどうしたらいいのか分かり易く教えてください」

咲希の質問は、もっともだ。寄り添うというイメージだけで具体的にはなにも提示していない。咲希が私の答えを待ってじっと見つめている。

「いい質問です。実は私にもどうしていいか分かっていません。具体的な事例はこれから皆さんに考えてもらいたいと思います」

「ええっ、そうなんですか？」

咲希がまともに驚く。

「はい」私は平気な顔で答えた。「私はルームサービスの提供時間が終わっているのにロバートさんにサンドイッチを提供して、『お客様に徹底的に寄り添う』ということを、いわば感じたのです。それと同じことをしなさいと言っているわけではありません。今まで皆さんはお客様に寄り添ってこられました。でもこれをしたらもっと喜んでもらえるのに……と思っているのに、ホテルの規則や予算などで躊躇《ちゅうちょ》したことはありませんか」

私の問いかけに何人かが頷いた。思いあたることがあるのだろう。

「その躊躇を越えていただきたいと思うんです。それを応援します」

「お客様のためだったら何でもやれってことですか」

咲希が聞いた。

「まあ、そういうことですかね」

私は曖昧に答えた。今は、この程度でいいだろう。そのうち実践していけば私の考えが伝わるに違いない。

「私も発言していいですか？」

沢が私に聞いた。

「いいよ。なんでも言ってくれ」

私は答えた。

「GMはお客様のためになんでもやると言われましたが、今、ホテルはお客様を選ぶ時代に入っています」

沢が刺激的な表現を使った。

「お客様を選ぶ？」

佐々木が呟いた。フロント係として日々、多くの客と向き合っている彼からしてみれば当然の疑問だ。選ぶなどという意識はない。

「日本のホテルは、誰でもウエルカムなんです。デパートと一緒ですね。デパートのビジネスモデルが通用しなくなったのは皆さんもご承知の通りです。専門店に対抗できなくておおかたのデパートは構造不況に陥りました。それがホテルにも言えるのです。ホテルも誰でもウエルカムと言っていると、結果として特色がなく、価格競争に陥ってしまいます。客室単価を引き下げることで客の奪い合いになるんです」

「ということは専門店化するってことですか」

佐々木が聞く。

「その通りです。たとえば、あるホテルは高級路線に一気に舵《かじ》を切りました。特定の富裕層を相手にしようという戦略です。また別のホテルは富裕層のうちでも若い成功者を相手にします。このように富裕層相手か、それとも一般の大衆相手か、でホテルの雰囲気も変えねばなりません」

「富裕層相手だと、客室やレストランなども大幅な改装が必要になるんではないですか」

佐々木の質問が続く。

「その通りです。改装が先か、ぐっと客室単価を引き上げるのが先か、どちらとも言えませんが、いずれにしても富裕層の満足するホテルのサービスを目指す必要があります」

「お客様は、提供されたホテルのサービスの価値にお金を払うから、一方的に富裕層を相手にするといっても、それに見合う価値のあるサービスを提供できなければダメだってことになるね」

私は言った。

「その通りです。ですから私はなにも富裕層を相手にするホテルにしようといっているのではないんです。大和ホテルは誰でもウエルカムではなく、こういう客に来てもらいたいともっと明確なターゲットを決めて営業したらどうかと提案しているのです。ターゲットを決めることは、大和ホテルの魅力、他のホテルと差別化する魅力の再発見にもなります」

沢は発言を終え、従業員を見渡す。彼らの反応には戸惑いが見られる。

「なんとなく分かります」

小さく声をあげたのはフロント係の女性スタッフの木内《きうち》桃子《ももこ》だ。笑顔がとても可愛い女性だ。フロント係になって五年。

「分かってくれますか」

沢が嬉しそうに言う。美人から賛同を得られて嬉しいのだろう。

「ええ、うちのホテルは、常連の方が多いですが、新しいお客様が増えていない気がします。それにお客様が高齢化してきている気がするんです。失礼ですが、そうなると自然に活気がなくなるというか……」

「いい点に気付かれましたね。そうするとどういう客の獲得に力を入れたらいいでしょうか」

沢が畳みかける。

「よく分からないんですけど、ホテルの周辺は企業が多くなっています。それも外資系です。キャリアの女性がたくさん働いています。私、フロントをしていますが、泊まるのではなくて古いホテルの雰囲気を楽しんでいる方がいるのを見かけます」

桃子が考え、考えしながら答える。

これはいい傾向だ。従業員がどうしたらホテルが良くなるか、同じ方向で考えることは業績アップに非常に重要だ。

「私も同じように思います。彼女たちって歴史とか古いものとかが意外と好きなんです。お庭や絵や階段などいろいろな古いものをSNSに上げている人がいます」

咲希が同調する。

「古い、歴史あるものに憧れる女性をターゲットにするのもアイデアだね」

私は言った。

大幅な改装が望めない現状では、今の状態でホテルの印象を向上させねばならない。

「レストランやバーなどの食事や飲み物をSNS映えするとか、彼女たちが好むように変えていけばいいんじゃないでしょうか？」

佐々木が言う。

「なかなかいいですね」

沢が嬉しそうだ。

「あのう……」

桃子が申し訳なさそうに話し出す。

「木内さん、どんどん意見言ってください」

私は励ました。桃子の表情が和らぐ。

「サブスクリプションを採用したらどうかなと思うんです」

桃子の意見に私は少し動揺した。よく意味が分からなかったのだ。

「定額サービスですね」

沢が咄嗟《とっさ》に答えた。

「はい、どうでしょうか？」

桃子は、自信がなさそうだ。

「毎月定額を支払ってもらって、飲み放題などのサービスを提供する方法ですが、チェーンの格安ホテルで採用しているところもあります。大和ホテルのような二六〇室ほどの独立したホテルでは採用した例は聞きませんね」

沢は否定的に言った。

これは拙《まず》い。結論を先に言うと、自由な意見が出なくなる。証拠に桃子の表情が微妙に曇った。

「面白いね。サブスクリプションというのは定額サービスか？　大和ホテルでやるとすればどんな定額が考えられるの？」

私は、桃子を励ました。桃子に笑みが戻った。

「たとえば定額を払って、大和ホテルの会員になっていればホテルの部屋をグレードごとに自由にいつでも割安で利用できるとか、レストランのワインが飲めるとか……。サービスはいろいろあると思いますが、大和ホテルの会員であることのステイタスを提供したいと思います」

桃子は弾んで言う。

「誕生日に宿泊できるとかね、スィートルームに……」

咲希が嬉しそうに言う。

「クラシックな雰囲気が女性に受けるかもしれません」

佐々木も意見を言う。

「よしっ、至急検討チームを作って、実行できるか考えよう」私は言った。「検討チームは、佐々木君と木内さん、萩原さん、そしてアウン君、お願いします」

私は指示した。彼らの表情が華やいだ。特にアウンは目をきょろきょろさせ、動揺している。

「私も、ですか？」

アウンが指で自分を差した。今日、初めての発言だ。

「アウン君も検討チームで意見を言ってください」

私は言った。

「私、ミャンマーから来ました。早稲田大学で勉強していますが、アルバイトなんです」

「アルバイトでも構わないよ。大学卒業したら、大和ホテルに入っちゃえばいい」

咲希が満面の笑みで言う。

「ミャンマーは日本に比べれば貧しい国です。でも大和ホテルのようなクラシックな建物が多いです。私、大使館の職員らが大和ホテルに宿泊できるようにセールスしたいです」

「いいですねぇ」今度は、沢がすぐに賛成した。「大和ホテルの近辺は大使館なども多いですから、そうした人たちの定宿《じょうやど》になれるといいですね。どんなことを望まれているか調査すると面白いかもしれません」

「私、ミャンマーやインドネシアやカンボジアなど多くの大使館に友人がいますから、情報入手に務めます」

アウンがガッツポーズをする。

「営業は、秘書を狙えっていうのが沢さんの持論だよね」

私は言った。

「その通りです。トップの宿泊などは秘書が決めます。アプローチすべきは秘書です」

沢が力強く言う。

私は嬉しくなった。若い従業員からの意見が多かったからだ。小杉や山里はあまり発言せず、聞き役に回っていた。むしろ若い従業員たちが、こんなにも大和ホテルのことを考えているのかと驚いた様子だった。

沢も多くの意見が出たことに満足そうに笑みを浮かべている。

私はともすれば空虚な思いを抱いて、それに捉われてしまいそうになっていた。何をしていいのか分からず、何をしてもたいした反応がないのではないかと思っていたからだ。

しかし今日の協議会での若い従業員たちの積極的な意見を聞き、私の心は満たされた。私の持論である従業員のモチベーションを上げることで経営は再生する。次にやるべきは、この若い力を全社に横溢《おういつ》させて、古い考えにとり憑かれている各部門の支配人たちを刺激することだ。

会議が終わった。解散を告げようと思った。その時、会議室のドアが開き、社長の華子が入ってきた。

「社長」私が驚いて、「どうぞこちらへ」と正面に案内しようとした。一言、挨拶をしてもらえば嬉しいと思ったのだが……。

「いいえ、結構です」相変わらずの冷たい表情で答えた。「皆さん、仕事の合間を縫って熱心ですね。ありがとう」わずかに笑みを浮かべる。「樫村さん、ちょっと社長室まで来てくださいますか？」

それだけ告げると、くるりと振り返って会議室を出て行った。

こんな夜の時間まで華子がホテルに残っていること自体が珍しい。社長室に来て欲しいということは、またなにか苦情でもいわれるのではないだろうか。私は嫌な気がした。

「沢さん、今日はありがとう。一緒に飲みたいと思ったが、また次の機会にお願いします」

私は残念な表情をした。

「あれが噂の冷血美人社長ですね」

沢が華子のいなくなった会議室の隅を見つめた。

「美人は間違いないが、冷血かどうかはまだ分からない」

私は苦笑した。

「ははは」沢は笑った。「樫村さんは、相変わらず美人に甘い」

沢のところに咲希と桃子が近づいてきた。

「沢先生、私たち仕事が終わっていますので、どこかでお話を聞かせてくださいませんか」

咲希が言った。彼女たちの背後に佐々木とアウンが立っていた。

「OK!」沢は嬉しそうに微笑んだ。「僕も美人には甘いみたいです」沢は、樫村にウインクをして見せた。

「よろしく頼んだよ。飲み代は私に付けてくれていいから」

「さすが先輩、太っ腹」

沢は腹を叩いて喜んだ。

私は、沢に若い従業員たちの世話を任せて社長室に急いだ。

## 4

「相変わらず甘いな」

社長室に入ると、いきなり厳しい言葉を浴びせられた。先ほど沢から言われたと同じ言葉だ。しかし沢には温かさがあったが、今の言葉には冷たさしかない。

「宮内……」

私は唖然《あぜん》とした。社長室には宮内ともう一人スーツ姿の男がいた。

髪の毛に今時珍しくきちんと分け目をつけ、いかにも優等生らしい黒縁の眼鏡をかけている。身長も高いのか、ソファに座った足の膝が高く折り曲げられている。

「そちらにお座りください」

華子に言われるまま、私はソファに座った。正面には華子、右には宮内、左には見知らぬ男だ。

宮内も男も、やや顔が赤い。華子とどこかで酒を飲んでいたのだろう。

「宮内さんはご存知よね」

華子が言った。

「はい」

私は答えた。

「ではこちらは」華子は左隣に座る男を手で示した。「菱光銀行の岩陰幸雄《いわかげゆきお》さん。我が社の担当よ」

「岩陰です。先輩のお名前はよく存じております」

岩陰は座ったまま片手で名刺を渡した。失礼な男だと、わずかにむかっとしたが、顔には出さず、それを受け取ると、私も自分の名刺を差し出した。

「宮内、今日はなんの相談に来たのかしらないが、あいさつ代わりに『相変わらず甘い』とはとんだ言い草だな」

私は不愉快さをにじませた。

「社長から従業員協議会のことを聞いたからさ」

宮内は、鼻でせせら笑うように言った。

「今、終わったところだ。貴重な意見が多く出たよ」

私は華子の前だが、宮内には丁寧な言葉使いをしない。ため口とまではいかないが、友人に話す口調だ。

「それが甘い……。いや古臭いって言っているんだ」

「なにが甘い、古臭いんだ」

私は宮内の愚弄《ぐろう》するような言い方に腹立ちを覚えた。

「今時、従業員のモチベーションを上げて、再生する、あるいは業績を上げるっていう手法が甘くて古臭いと言っているんだ。そんな悠長な手法はもう何年も前に通用しなくなっている。再生にもスピードが要求される時代となったんだ。お前も現場を離れて、大学の先生になっている間に時代に取り残されたんだよ」

「何を言うんだ。従業員の意欲を高めてこそ、真の再生ができる。それはいつの時代も変わらぬ真理だ」

私は語気を強めた。

「お二人の企業再生の話は、後日、飲み屋ででもおやりください」

岩陰が皮肉っぽい薄ら笑みを浮かべて言った。

私は、その言い方のあまりの非礼さにむかむかと胸に嫌なものが込み上げてくる気がした。

「岩陰さんでしたね」

私は眉間に皺を寄せて言った。

「は、はい」

岩陰は、私の険悪な表情を読み取ったのか、言葉を詰まらせた。

「初めてお会いするのに、飲み屋ででもとは何事ですか？　銀行員なら言葉を慎みなさい」

私は怒りを込めて言った。

「はぁ、なにごとかと思ったらそういうことですか？　気に障ったら申し訳ありません。しかし時間も時間ですので要件を申し上げたいと思いましてね」

岩陰は、平然とした態度に戻った。

「要件とはなんですか？　私も銀行に伺おうと思っていたのです。いろいろと大和ホテルの財務について伺いたいと思っていましたのでね」

「それは意外ですね。ＧＭとはホテルの経営の責任を持っておられますが、あくまでそれはホテル運営のことであって大和ホテル全体の財務のことまで樫村先輩の範疇《はんちゅう》ではないと考えていましたが」

岩陰は淡々と言う。

「私は、社長から大和ホテルの経営全般を任されていますから、銀行取引に関心を持つのは当然のことです」

私は岩陰の鼻白《はなじら》むような物の言い方に苛立《いらだ》ち始めた。

「まあ、その辺にしろよ。話が前に進まない。要件とはな……」

宮内が言葉を挟む。

「私から話します」

華子が宮内を制止した。

宮内は、話を止め、華子を見つめた。

「以前、少しお話ししたかとも思いますが、この大和ホテルを売却することに決めました」

華子は無表情に言った。

「えっ」

私は言葉を失った。以前に話されたことなどあっただろうか。

そう言えば、宮内にこの社長室で会った際、大和ホテルの株を買い占め、プロキシーファイトも辞さないと言っていたが、そのことか。

「大和ホテルは私にとってかけがえのないホテルですが、現在のように景気が低迷し、インバウンド需要にも陰りが見えた今、大規模ホテルと競合する力がないと判断しました。それでお二人にお願いしたのです」

華子は宮内と岩陰を見た。

「いったいどこに売却するんですか?」

「安寧《あんねい》企業集団だよ。上村理沙さんが紹介してくれたんだ」

宮内が言った。上村ファンドの代表の娘だ。

「中国か？」

私は目を見開いた。

「はい、中国の大手企業集団です。二〇〇五年に設立され、銀行、保険、不動産を手広く扱い、今は、世界の格安ホテルチェーンとして世界第二の規模に成長しています。インドネシア、ベトナム、タイなどアジア各国で日本円にして数千円で宿泊できるホテルを展開し、今回、日本にも進出してきました。大和ホテルを皮切りに日本のホテルを買収していく計画で、私どもも取引を拡大するチャンスですので全面的に支援したいと考えています」

岩陰が淀みなく説明する。

「……ということだ。中国の巨大資本の手を借りて一挙に大和ホテルを再生させる、というより最高の価値の時に売却して蘇《よみがえ》らせるんだ。時間との勝負だ。樫村のように従業員のモチベーションを上げて、じわじわと再生するなどというのは、空虚な理想を追いかけているようなものだ。時間ばかりかかって売り時を失う、馬鹿なやり方だ」

宮内は言った。

「なにが空虚な理想を追う馬鹿なやり方だ……。お前、いつからそんな守銭奴《しゆせんど》になったんだ」

私は宮内に飛びかからんばかりになった。

私の中に広がりつつあった空虚さが若い従業員の熱意で埋められつつあったのに、今度は宮内に「空虚な理想」を追っていると非難された。どこまでも空虚さがついて回るのだ。

私は宮内を見つめた。以前の颯爽《さっそう》とした雰囲気が無くなり、どこか崩れている。宮内のコンサルティング会社の業績が振るわないとは聞いていたが、彼は、今、最も勢いのある中国資本の手先となってしまい、心まで貧しくなってしまったのか。

「社長」私は華子の方に身を乗り出した。「中国の格安ホテルに身売りして、本当にいいんですか？」

華子は、いつもの冷静な表情を曇らせてうつむいた。

「先ほどGMに大和ホテル全体の財務は責任の範疇ではないのではと失礼なことを申し上げましたが、実は大和ホテルは二〇〇億円ほどの借入金を抱えておりまして、それが収益を圧迫しております。業績もじり貧であり、この規模ではなかなか他のホテルに対抗して業績を上げ、回復するのも難しい。そこで中国の巨大資本の傘下に入って、そうした問題を一挙に解決しようというのです」

岩陰が事務的に説明する。

「それは銀行が渡良瀬さんと組んで、借りなくてもいいものを借りさせた結果だろう。それも高金利で。私は抗議する」

私は岩陰を睨んだ。

岩陰は、初めて困惑したように表情を歪め「言いがかりとは……。先輩とも思えません」と言った。

「君から、先輩などと言われたくない」

私は吐き捨てるように言った。そして宮内を見据えた。

「金杉氏が絶対に反対する」

私は強く言った。

「社長は、その金杉を排除したいために今回の決断をされたんだ」

宮内は私の反論を当然、予測したかのように言った。

「四十％の株主が売却を拒否すれば、たとえ中国の巨大資本でも手が出せない」

「だからお前は甘いんだ。樫村」

宮内は小馬鹿にしたように言った。

「なにが！」

私は興奮して、腰を上げそうになった。

「金杉の株は四十％もない。その内の半分は山本が持っている。山本は、我々の話に乗り気だ。彼は、純粋な投資家だからな。儲かる方につく。金杉は実質、二十％しか株を持っていない」

宮内は冷笑した。

「まさか……」

私はこの衝撃をどのように表現していいか分からない。金杉の株の半分は山本が持っている？　聞いてないよと飛び上がりたい気持ちだ。

「菱光銀行は五％の株しか持っていませんが、関係会社を合わせると十五％くらいになります。それも安寧企業集団に売却します。その他の株主も同意されるでしょう。なにせこんな古いホテルの株を、いつまで持っていてもなんの価値も生みませんからね」

岩陰が冷たく言い放った。

「岩陰さん、少し言いすぎではありませんか」

岩陰の言葉に華子が目を細め、目じりに剣呑《けんのん》な皺が浮かんだ。

「ああ、すみません」

岩陰が慌てて謝った。

私は、この場で「GMを降りた」と言えばいいのだろうか。しかし先ほど若い従業員たちと一緒にアイデアを出し合って頑張ろうと誓ったばかりだ。金杉も山本も私の味方ではないのか。最初から裏切られているのか。

私は、あらたな空虚が心の中に広がっていくのを感じていた。

寒々しい風が砂を巻き上げる渺々《びょうびょう》とした砂漠に立っているようだ。私は今からどの方向に向かって歩くべきなのか。空虚な砂漠で立ちすくむ私自身の衰えた姿が見えた。

# 第七章　鈍感

## 1

私が宮内に何をしたというのだろうか。

彼は銀行時代の同期であり、親しくしていた。ライバル同士、いろいろなことがあったが、決して憎みあっていたわけじゃない。退行してからは仕事を一緒にやったこともある。苦労した案件が成功すると、祝杯を挙げたものだ。それなのに、どうして今回は私の敵に回るのだ。カネのためか。カネのためなら友情も、懐かしき思い出も踏みにじっていいのか。

山本も同じだ。彼とも長く仕事をしてきた。私が再生請負人になれたのも彼がそのきっかけを作ってくれたからだ。彼の姿勢ははっきりしている。全てがビジネスだ。カネだ。合理的に儲かるか否かで立ち位置を決める。その意味では分かりやすい。それでも私が長く一緒に仕事をすることができたのは、信頼があるからだ。彼の話には嘘はなく、一度立ち位置を決めたらぶれることがない。だから安心して最後まで仕事をやりきることができる。

しかし今回の大和ホテル再建だけは、どうも今までと違う。宮内の話が本当なら金杉が大和ホテルの株を四十％保有しているという話は嘘だということになる。二十％は山本が保有していて、その山本は宮内の買収話に乗り気だという。

信頼していたのに……。裏切られてしまったのか。

信頼していたのに、それなのにと「のに」ばかりが頭の中でリフレインする。

「あなた『のに病』に罹《かか》ったわね」

夕食の場で愚痴ると明子が冷静に言った。

「のに病？」

「そう、のに病。なになにしたのにって人間って思うでしょう。例えば、こんなに努力したのにうまくいかない、こんなに愛しているのに振り向いてくれないとか。こんな時、人間って悔しくて、腹が立って、イライラしてどうしようもなくなるのよ。それで病んでしまうのよね」

明子の言う通りだ。頭の中に「のに」が飛び回っている。イライラとして落ち着かない。

「どうすればいいんだ。そういうときは」

私の質問に明子はすぐに答えなかった。しばらく考えている様子を見せていたが、何かが閃《ひらめ》いたのか明るさを取り戻した顔で私を見た。

「あなたはたまに鈍感になる方がいいんじゃないのかな」

「鈍感？　鈍くなれってことか」

意外な答えに驚いた。企業経営において鈍感は極めてマイナスだ。例えば不祥事が起きたとしよう。経営者は、その不祥事を世間に知られたくない。するとどのような思考回路になるかと言えば、それを気づかない振りをする。鈍感になるのだ。それで放置する。その結果、不祥事は拡大して、会社の命取りになる。

また、全く会社の異変に気付かない鈍感さもある。例えば経理担当者の生活が派手だという情報が耳に入ったとしよう。しかし普段の彼の仕事ぶりは真面目そのものだ。それに余人をもって代えがたい能力がある。こうなると経営者は、その情報に反応せず、鈍感になる。気づいた時には、巨額の横領事件になっているというわけだ。

経営においては敏感であることは称賛されるが、鈍感であることが称賛されることはない。

「確かに宮内さんのことも山本さんのことも由々しきことだって思うわよ。しかし人にはそれぞれ事情があるじゃないの。だからあなたが責めても虚しくなるだけじゃないかな」

「じゃあこの事態に気づかない振りをして、鈍感でございますってスルーするのか」

私はむかついた。

「ほら、あなた、そんな怖い顔をする。それが『のに病』の典型的症状よ」

「むかつくさ。鈍感にはなれないよ。早く手を打たないと手遅れになってしまうよ」

「何もしないでいいとは言っていないわ。そういう焦った態度は止めなさいと言っているのよ。相手には相手の事情があるでしょう。それを確かめるのはいいことよ。でもそうするのに今のあなたみたいに焦って、追及する姿勢だったら上手くいかないんじゃないかな。鈍感って言ったのが悪かったけど、あなたが余裕をもってさ」

明子が言葉に窮している。

「自然体ってことかな」

私が助け船を出す。

明子の表情が晴れる。

「そうよ、自然体。自然体でいくのよ。幸太郎が小学生の時かな」明子は何かを思い出したのか、遠くを眺めるような表情になる。「苛《いじ》めに加担しているんじゃないかって耳にしたのよ」

「ふーん、そんなことがあったのか」

私は知らない。

「あなたは仕事、仕事で家のことなんかほったらかしでしょう。まあ、そのことはいいわ。それでね。私、こんなに幸太郎をしつけているのに……と悔しくて腹が立ったの。相談したくてもあなたは仕事」

明子が睨む。

「今、謝るよ。でもそのことはいいって言ったばかりだよ」

私は苦笑する。

「そうね」明子は納得し「それでね、幸太郎を激しく問い詰めてやろうと思ったのよ。腹立ちをそのままぶつけそうになったのね。でもね、考えなおしたの。もし幸太郎が苛めに加担しているのが事実なら、その時、対処すればいい。もしそれが虚偽の情報なら、またそれにも対処すればいい。頭から苛めを止めなさいって怒鳴りつけても解決しないって」

「自然体で対処したのか」

「幸太郎に、淡々と向き合ったらそれは事実じゃなかったわ。幸太郎は苛めを止めさせようと、苛めっ子と話し合ったのね。それを見ていた誰かが幸太郎も苛めの仲間と勘違いしたみたい。頭ごなしに怒鳴りつけなくてよかったと、その時、思ったのよ」

「自然体ね……」

私は宮内に、山本に、自然体で臨めるほど人間が円熟しているだろうか。心配になる。明子は、焦るなと忠告してくれているのだろう。

「分かったよ、明子の気持ちが。性急に事を進めるなってことだね。宮内、山本と自然体で話してみるよ。大和ホテルのためにね」

「それがいいわ。あなたはすぐに前向きになるところがいいわね」

明子が笑った。

「よしてくれよ。本当に鈍感な男みたいじゃないか」

私は笑った。

その時、私の記憶に、宮内と岩陰と話した時の華子のやや憂鬱そうに見える表情が呼び起された。中国の安寧企業集団に売却を決めたのであれば、もっと安堵した表情でもいいはずなのに……。

## 2

私は、思い切った人事異動を実行した。社員のモチベーションを上げるためだが、一方で下がる可能性も考えておかねばならない。

まずは営業力の強化を目的にしたものだ。

大和ホテルの業績を引き上げるには、ホテルの宿泊客を増やすとともに新館のオフィス棟の入居者を増やすのも喫緊《きっきん》の課題だ。

このため、柿本仁志に替え、営業支配人にドアマンの山里彰を任命した。天地がひっくり返ったように二人とも驚き、おろおろとしていた。山里は、「やれません」と言い、柿本は「なぜ」と聞いた。

私はやる気のある人を登用していきたいと思っているし、人事によって経営のメッセージが社員のすべてに伝わればいいと思っている。

柿本には、バーテンダーの高沢季実子と組んでバー・グレース・ボアールの売り上げを大いに増やしてほしいとお願いした。

予想通りだが、茫洋《ぼうよう》とした雰囲気の丸顔で太った柿本が、耳まで赤くして怒りを前面に出してきた。

「なぜ、私がバーの責任者なのか。今までそんなポストはなかったじゃないか。左遷するなら辞めさせてもらう」

強い調子だった。

柿本は、私に対して好意的であった。そのため人事上も私に期待することがあったのだろう。それなのに、なぜ？　という気持ちが強いに違いない。

しかし私は好意的であるからこそ、私のやり方に理解を示してくれるに違いないと確信している。個別に話し合いを持ってもかまわない。

確かに刺激の強い人事だったかとは思ったが、私のやり方に積極的に賛同しない態度の各部門のリーダーたちと話し合った結果だ。話し合いの際、彼らが、あまりにも現状に甘んじているため「刺激があった方が面白いでしょう」と私は言った。彼らはそれに対して「それは、そうですね」と答えた。しかし実際に人事をいじると、柿本は見かけの穏やかさを振り払ったのだ。

「バーは、とても魅力のあるところです。売り上げ増加に直結します。営業で培った人脈を駆使して、パーティなど多様なシーンに利用してもらい、忙しくしてほしい。バーテンダーの高沢さんはあなたと一緒に働けることを非常に喜んでいます。私も手伝いますから」

私は柿本に言った。実際、高沢は喜んでいる。今まで経営が無関心だったバーに注目が集まるからだ。高沢は、「頑張ります」と意欲を見せてくれた。

高沢が喜んでいると伝えると、柿本は、不愉快な表情ではあったが、わずかだが機嫌を直した。高沢が魅力的な女性だからだろうと推測するのは邪推だろうか。

一方の山里は顔を青ざめさせた。なにせ二十年もドアマン一筋だ。それが営業の最前線に立たねばならないのかということで不安が先に立っている。一言でいえば、いい年齢《とし》こいてなにやるの？　ということだろう。新手のリストラ策と考えたかもしれない。

営業部には十数人の部員もいる。彼らの人事管理もしなくてはいけない。それに加えてミャンマー出身のアウンを営業部員に加えたのだ。彼は、まだ早稲田大学の学生でアルバイトの立場だが、正社員並みに扱うことにした。卒業後に入社してもらえると嬉しいが、そのことを期待して個別に業務委託契約を結ぶことにしたのだ。

アウンはものすごく喜んだ。私が彼に期待したのは、近在の大使館の職員たちの利用を開拓することだ。また、留学生仲間の人脈を通じたアジアの富裕層の開拓だ。

「あなたはドアマンとして多くの企業幹部と人脈を築いてこられました。ぜひそれを営業に活用してほしい」

私の誠意を込めた依頼に山里は緊張した表情で「やるだけやってみます」と答えた。緊張で、顔が白くなったのは私を驚かせた。

フロントの木内桃子や佐々木健司を営業企画に配転し、レストラン欅の萩原咲希など若手を担当部署のチーフに任命し、権限を委譲し、責任を重くした。要するに彼らには予算を与え、客のためになると思うことなら私に相談なく進行してよいことにしたのだ。

私は、若手のモチベーションを上げるのはカネではないと思っている。権限を委譲し、経営に参画している実感を持ってもらうことが一番の策なのだ。

彼らは「がんばります」と意欲的に答えてくれた。

インタビューした結果を可能な限り反映した人事を行ったつもりだが、変化を望まない社員たちからは、総じてなぜ人事異動するんだ、俺たちは専門職だ、という不満が聞こえてきた。

いろいろな不満には敏感に反応することは大切だが、改革をしようとするときには、鈍感であることも必要だ。これにには明子の助言が良い効果を及ぼしている。

私は、総料理長の須田一郎にも料理の改革をしてもらいたいのだが、それはなかなか難しい。すぐに代わりの人材を見つけられるわけではない。じっくりと進めよう。しかしこれに関しても営業企画に配属した桃子や佐々木に期待している。彼らは、食に関しても斬新なアイデアをきっと出してくれるだろう。

人事異動は、社内に大きな刺激となった。緊張感も漂い始めた。圧力ではなく、運動をした後の筋肉のようにすがすがしい緊張感だ。今まで何も変わらない、何も変えないとある種の倦怠《けんたい》ムードが漂っていたことを考えると、まずまずの成果ではないか。実際は、数字が上がってきてから言えることではあるけれど……。

人事異動に関しては華子も渡良瀬も何も言ってこない。不思議な気がしたが、もはや安寧企業集団との間の買収話が進んでいて、経営に意欲を無くしているのかもしれない。

実は、私はめらめらと意欲を燃やしている。絶対に中国企業なんかに買収されないと固く誓った。ましてや格安ホテルチェーンに入るなんてどうかしている。日本で最も歴史あるホテルが格安チェーンの傘下に入るなんてありえない。許してはならない。日本の財産を毀損するようなものだ。

私は、ようやく山本と金杉に会う気持ちになった。

宮内が画策して安寧企業集団に大和ホテルを買収させようとしていること、そして金杉氏は四十％の株主ではなく、二十％は山本が持っており、安寧企業集団に売却する可能性があること、この二点だ。最初のは対策協議、もう一つは私の糾弾になるかもしれない。

私は、金杉邸で二人と会うことになりタクシーを急がせた。

私の前に金杉と山本がいる。私は明子の忠告に従って可能な限り鈍感な対応を心がけることにした。

# 3

いつもの茶室ではない。金杉邸の応接室だ。しかし豪華の一言。天井は五人の天女が三保の松原のような浜辺で遊んでいる姿を白い漆喰で浮き出たせている。一人の天女は太股があらわになって肌が見え、なんとも色っぽい。眺めているうちに首が痛くなる。

絨毯は足が埋まるほど毛足が長く、調度品もアンティークでそろっている。ソファもテーブルも猫足で、金属部分が金色に光っているが、まさか本物の金ではないだろう。独特の雰囲気だ。あの茶室の簡素な空気を覆す、悪い表現をすればやや成金的な印象がある。簡素さと華美さ。どちらが本当の金杉なのか。

「ワインでもお飲みになりますか」

紅茶を口にしていると、金杉が聞いた。

「いえ、結構です」

私は遠慮した。

「山本さんは」

金杉は隣に座る山本に聞いた。山本は、ここに何度も来ているのか、すっかり寛いでいる。

「いただきます」

山本の答えを聞き、金杉は笑みを浮かべた。そして執事に赤ワインを持ってくるように命じた。

「すごい部屋で落ち着きません」

私は言った。

「この天井の天女たちはいいでしょう。私はそれぞれの天女を見るたびに昔の女を思い出してにやりとしています」

金杉は天井を見上げて言った。

「このひじ掛けの金は本物ですか」

私はソファのひじ掛けを見つめた。

「メッキと思われましたか」金杉は笑った。「間違いなく18金ですよ。何なら少し削って差し上げましょうか」

「結構です」

私は、両手を上げて拒否の態度を示した。

山本が笑っている。

「ところで先ほどお電話でお話しされた、大和ホテルが買収の危機にあるとの件ですが……」

金杉がようやく本題に入った。

私は、ここに来るまでに電話で金杉に大和ホテル買収の話を伝えていた。

宮内が画策して、中国の格安ホテルチェーンの安寧企業集団に売り払おうという計画が進行しているとの内容だ。金杉、山本の株の話はまだしていない。

「宮内は、自信たっぷりに金杉さん、あなたを排除するためにやっているんだと言いました。そこには菱光銀行の岩陰という担当が同席していました。彼は銀行と関係会社の持ち株を合わせれば十五%はある。これを梃子《てこ》に株を買い集めると自信を持っていました。山本さんはお聞きになっていませんでしたか」

まだ金杉と山本の株の話は出さない。

「初めて聞きましたね。安寧企業集団とはね。今、世界に展開していますからね。でも格安ホテルチェーンは大和ホテルとは合わないんじゃないかな」

「私もそう思います。しかし華子社長が事業意欲を無くされているようにも見えますし、あの渡良瀬が相当に関係しているんではないでしょうか」

「厄介ですね」

金杉が顔をしかめた。

「株を買い集める資金は？」

山本が聞いた。

「上村理沙という女性と会いました。これは別の機会でしたが、上村ファンドの創設者の娘だと宮内は言っていました」

私の話に山本の表情がわずかにこわばった。上村理沙を知っているのだろうか。

「上村ファンドとはどういうものですか」

金杉が山本に振り向く。

山本は深刻な表情で「狙った相手は必ずものにするという名うての剛腕ファンドです。中東や中国との人脈を活用して、動かす資金は十兆円規模と言われます。ここに狙われたら最後、逃げることはできません」と答えた。

この答えにはさすがに金杉も表情を曇らせた。

「大変な相手に狙われたものですね」

「その通りですが、こちらには金杉さんの持ち株四十％があるわけですから、それを放さなければ買収は成立しないでしょう。四十％の絶対的な反対勢力があるのに買収をどこまで進めますかね」

私は絶対的に力を入れた。

金杉が苦笑いを浮かべた。

「さあ、どうでしょうかね。カネを青天井で積まれれば心は動くものですから」

　金杉は山本を見た。

　山本も苦笑している。

「それでは困ります。私はGMとしてようやくホテルの改革に一歩踏み出したところですよ。株主の力を駆使して華子社長以下、反対勢力を追い出してもくれない、ただ私がどうするのか見守っているだけで、気が付いたらあなた方の株を売却していたってことにならないか心配なんです」

「資本の論理ってことですね」

　金杉は再び山本を見た。

　何かある……、そう気づいた。

「山本さん、正直に行きましょうよ」

　私は微笑みながら言った。焦らず、苛立ちもせず、鈍感に対処するという明子の教訓を思い浮かべていた。

　山本が動揺する。

「正直って、なに？　意味深ですね」

「宮内とは知らない仲じゃないでしょう。この話、山本さんに事前に接触があったんじゃないですか。彼、あなたの名前を出していましたよ」

「ば、ばかな。あるわけないじゃないですか」

山本は表情ばかりでなく声まで動揺し始めた。

「山本さん、どうしました？　随分、慌てていますね」

金杉は楽しそうだ。

実は私は、事前に金杉に株の話を質《ただ》していた。山本が二十％を保有しているのかということだ。

金杉は、あっさりとそれを肯定した。山本は、金杉に二十％の株を欲しいと持ち掛けたそうだ。それを大和ホテル再建という命題を、金杉と二人でやり抜くという決意の表れと考え、金杉は山本に二十％を渡した。

どうして私にその事実を教えてくれなかったのかと聞くと、山本が裏切るはずがないからだと金杉は答えた。二十％を保有しているといっても、それは名義だけのことで形式だけだという。金銭の授受が伴ってはいない、また誓約書もあるという。

生き馬の目だけでは物足りなくて舌まで抜く、山本は無償で株を手に入れ、それを売りさばく機会を探っているのではないか。

金杉にそのあたりの懸念を質すと、私を裏切ったら生きていけないでしょう、と当たり前のように言った。

私は、寒々と震えが来たが、素直に納得したのだ。

「一昨日だったかな……宮内さんから連絡がありました。大和ホテルの私名義の株を売れというのです。中国の安寧企業集団と組んだ方が大きい仕事ができるぞとね」

苦しそうに山本が言った。

「山本さんが株を保有しているのは、ホテルからの情報ですね」

私は自分の迂闊《うかつ》さを情けないと思った。金杉が四十％の株を持っていると聞いただけで、それを頭から信用してしまっていたからだ。

名義を変えているなら、大和ホテルの総務部にでも確認すれば山本が株主であることは容易にわかるはずだ。

「それで……」

金杉は山本をいたぶるように薄く笑みを浮かべて聞いた。

猫が捕まえたネズミを殺さずに、いつまでも弄《もてあそ》んでいるような雰囲気になってきた。

「もちろん断りましたよ。当然でしょう。実質的な株主は金杉さんなんですから」山本は額に汗をにじませた。「いやだな。預かっているだけの名義株を売るはずがないじゃないですか」

「でも山本さん、心が動いたんじゃないのか。たとえ預かっているにしてもものすごい高額で売れるとなるとね」

金杉がにやりと薄く笑う。

「勘弁してください」山本の額の汗が光る。「もしもそうするときは必ず相談しますから」

「分かりました。私の方針に従ってくださいね。もし反旗を翻したら、これですからね」

金杉は右手の拳を握りしめた。これが何を意味するのか明確には分からないが、山本には十分な威力があったようだ。山本の表情が強張った。

「金杉さんが四十%の株を握っておられて買収にも応じなければ、宮内の計画も順調には進まないということですね」

私は言った。

「しかし大半の株を握られたら安寧企業集団に乗っ取られる可能性はある。私も撤退せざるを得ない判断もありえる」

金杉が真面目な顔で言う。

「それは困ります」

私は表情を曇らせた。

「ところで、その上村ファンドや安寧企業集団というのは何者なんですか」

金杉は山本に聞いた。

「安寧企業集団は最近、一気に成長した中国資本の格安ホテルチェーンです。上村ファンドについては謎も多いんです」

山本は神妙な表情をした。

「謎というのは？」

私は聞いた。

「ファンドの創設者は上村ヒカルというのですが、東大卒、元経済産業省官僚という以外は顔写真もなにもないんです。資金の出資者も中国や中東などと言われていますね」

山本は答える。

「上村理沙に会ったことはあるんですか」

私は聞いた。

「会ったことはないですねぇ」山本は思い出すような顔をした。「上村ヒカルは、なにせ秘密の多い人物ですから、家族関係も明らかになっていません」

先ほど、上村理沙の名前が出た際、山本の表情が変わったのは、上村ヒカルの家族関係の一端が明らかになった驚きだったのか。

「上村理沙については何もわからないんですね」

私は眉根を寄せた。

「理沙の件も含めて、上村ファンドを調べてみます。派手な動きをしているのですが、ちょっと気になるんです」

山本が訳ありの表情をした。

「気になるって？」

「宮内さんの会社は調子が悪いっていう噂です。そういう時って焦りが出ますからね」

「この買収話は怪しいってことですか？」

「まあ、この手の話はどれもこれも怪しいんですよ。菱光銀行も低金利が続き、収益的には厳しいんでM&Aが稼ぎ頭ですからね。安寧企業集団との取引を獲得したいんでしょう。これも焦りです」

「菱光銀行は安寧企業集団と大連支店で取引をしたいと言っていました」

「とにかく焦りは禁物なんです」

なんだか山本の顔が明子に見えてきた。鈍感であれと言われているようだ。

会社では不祥事やリスクに鈍感になってしまい、問題が大きくなるまで気づかないことが多い。

日常生活でも、たとえば台風に慣れてしまった地域では大したことはないだろうと思いがちで警戒を怠ってしまうことがある。すると台風に襲来され、思いがけなく被害が甚大になることがある。

このように何事も小さな事象に鈍感になってしまうと大きな災いを招いてしまう。だから敏感でなくてはならない。

しかし敏感になることと焦りは別物だ。焦るくらいなら鈍感力を発揮して、いきなり成果に飛びつかない方がいい。

宮内は今、焦っているのだろうか。機会を見つけて彼ともこの件で話し合ってみよう。

「ではその買収の件は、山本さん、ちょっと調べてください。不審なところがないかどうか。でもミイラ取りがミイラにならないようにしてくださいよ」

金杉の目が鋭くなった。

「私としてはお二人の力で宮内の計画を打ち砕いていただきたい。もしＴＯＢをかけてくるなら、こちらからも逆ＴＯＢを仕掛けてください。ゆめゆめ宮内の買収話に乗らないように」

私は山本を見つめた。

「分かりました。なんだか疑われているようで気分が滅入ります」

山本は肩を落とした。

「ところで金杉さん」私は金杉に向き直る。「どうしても聞いておきたいんです」

「なんでしょうか？」

「あなたと華子社長の関係です」

「特に……なにもありません。私は大和ホテルを一流にしたいだけです。そういいましたよね」

「はい、伺いました。しかしそれならあなたの力で華子社長を排斥すればいいでしょう。あの人は現状維持派であり、今回は中国資本に売却しようとさえしている。このような人を社長にしてはおけないというのが株主としての考えではないですか。それなのにあなたは何もしない。私を送り込んだだけです。その理由は何かあるはずでしょう。それを話していただけなければ、私は残念ですが、大和ホテルの経営から退かせていただきます。誰も支援してくれない中で戦うのは負け戦に突撃するようなものですから」

私は金杉を強く見つめた。気持ちは不退転だ。

「樫村さん、そんな……」

山本が嘆く。

金杉は、目を閉じ、しばらく無言で考えていた。

そして目を開けると「分かりました」と答えた。

## 4

「GM、顔色が悪いですね。大丈夫ですか」

支配人室に入ると、待っていた財務部長の小杉と営業支配人の山里に声をかけられた。

私は、ここ数日、ずっと考え続けていた。それは金杉から聞いた話だった。あまりにも思いがけない。今まで聞いていた話とは全く違う。これをどう考え、どう処理をしたらいいのか、よく考えてみなければならない。もしうまく華子に説明できれば、宮内の計画を阻止できるかもしれない。

私は、小杉と山里を見た。

「あっ、大丈夫ですよ。それじゃ話を聞きましょうか。私はこの後、バーで柿本さん、高沢さんと打ち合わせをしますのでスピーディにお願いします」

「まず営業部から報告です」山里は固い表情だ。営業支配人になってから夜も十分に眠れないほど疲れると言う。「営業部では手分けして近隣の企業にオフィス棟の利用、並びに客室の年間契約を依頼して回っています」

「反応はどうですか?」

「大和ホテルからセールスにきたことで驚かれます。今までになかったことですから」

「それはよかったです。人脈は活かせてますか」

山里はようやく表情をやわらげ「はい」と答えた。「会社さんに訪問しますと、皆さん、あれ? という顔をされましてね。山里さん、ドアマンじゃなかったの? って聞かれるんです。はい、私、営業マンになりました。ドアからセールスですって答えますと、皆さんにっこりされまして」

「ドアからセールスですか」

「慣れない仕事ですが、がんばれと言っていただくので励みになります」

今度は涙ぐむ。感情の起伏がある、疲れているのかもしれない。

「まあ、あまり無理しないでいいですからね」

「はい、皆さん、検討するとおっしゃってくださるので、繰り返し見込みのある先には営業をかけたいと思います」

山里が力強く答えたとき、「GM」と言いながらアウンが来た。

「アウン君、どうした」

アウンの顔が笑顔で崩れ、高揚した気分が現れている。

「とれたんです。とれました」

「おお、やったな」

山里が大きく両手を広げた。アウンがそこに飛び込んだ。まるでサッカーでゴール、ラグビーでトライを決めたときのようだ。

「GM」アウンは山里との抱擁が終わると、私に向き直り、気をつけをした。「発表します」

私も姿勢を正し、「拝聴します」と言った。

「ミャンマー大使館員の認定宿泊ホテルに決まりました」

アウンは拳を振り上げた。

「やったな、アウン君」

私は大きく両手を広げた。そこにアウンが飛び込んできた。

こんなに早く人事異動の成果が表れるとは信じられなかった。

アウンが勢い込んで説明したことによると、彼は従業員協議会で検討したように周辺の大使館などの職員や来日する大使館関係者の宿泊施設として大和ホテルを利用してもらおうと営業活動を行った。

誰でも来てもらえばいいのではなく、大和ホテルの立地マーケットを分析し、どういう客を取り込めばいいかを検討したのだ。

客に選ばれるホテルであることは当然のことだが、客を選ぶことでホテルのブランド価値を引き上げ、客単価向上に結び付けるのだ。今までのように誰でも来てください、他のホテルより安いですよ、では価格競争になってしまう。

すなわち価格しか競争力を持ちえない。これでは安くした方が勝利を収めるが、それは出血多量で死に至る勝利だ。

一方、客を選ぶことができれば、それに応じてサービスも向上させることができ、それが付加価値になれば好循環が期待できる。

考え方を変えるだけだが、今まで流れるままに身を任せていた大和ホテルにとっては大きな変化だった。

「人脈を駆使して大使に面談ができたのです」

アウンが胸を張った。

「すごいじゃないか」

私は言った。

「祖父が東大に留学して工業大臣をしていたことがありました。その人脈を使わせてもらいました」

アウンの祖父はミャンマーの工業大臣だったのか。見込んだ通りだ。

ミャンマーは、昔はビルマと呼ばれた。『ビルマの竪琴』の小説で有名だ。日本は第二次世界大戦で、中国の蔣介石の国民党軍と戦うためにビルマに進軍した。当時ビルマはイギリスの植民地だった。日本軍は、英雄アウンサン将軍のイギリスからの独立戦争を支援するなどもした。

しかし、インパール作戦と名付けられた蔣介石支援ルートを断絶する作戦は、あまりにも無謀であったため多くの日本兵が野たれ死んだ。その進軍ルートは白骨街道とよばれているほどだ。

戦後、ビルマは独立し、ミャンマーとなったが、日本は留学生の受け入れなど支援を惜しまなかった。多くのミャンマーの若者が日本に留学し、学び、母国の再建に従事したのだ。

アウンの祖父もその一人なのだろう。

「すごい人脈だね」

「でも人脈だけで契約が取れたわけではありません。大和ホテルがどれほど素晴らしい伝統を持っているかを強調しました。そうしましたらものすごく関心を持っていただきまして契約に至ったわけです」

「大使は、大和ホテルに宿泊されたことがあるのかな」

「ないと思います。スタッフの中には泊まったことがある方もおられましたが……」

「それなら一度、ご家族を招待して、お食事と宿泊を体験してもらおうじゃないか」

私は提案した。

「分かりました。絶対に喜んでもらえると思います」

アウンは相好を崩し、「それでは次の成果を目指して頑張ってまいります」と勇んで出て行った。

「山里さん、すごいじゃないですか」

私は山里に笑顔を向けた。

「みんな頑張ってくれています。アウンばかりじゃないです。やることが明確化されたこと、そして予算面でも権限を委譲されたことが大きいですね」

権限移譲は、私が考える社員のモチベーションを上げる最大の方法の一つだ。

私は、ある一定の価格ラインを決め、ディスカウント幅などの決定権限を若手に委譲した。今までは全て営業支配人、あるいはGMの権限だったのだ。そして営業にかかわる交際や不測の事態に対処する費用を十万円、彼らに支給した。それは自分の裁量で使っていいことにしたのだ。こうした権限移譲が社員の意欲を高めているのだろう。

「山里さんの人間的魅力も大きいですよ」

私は言った。

「ありがとうございます。私はオフィス棟の営業を頑張ります。まだ成果をご報告できませんが、よい感触は得ています」

山里は自信のある顔をした。

「さて小杉さん、銀行の方はどうですか？」

私は小杉に菱光銀行との取引見直しを交渉させていた。

二〇〇億円の返済を迫られているため、宮内の計画する安寧企業集団による買収が行われようとしている。

この状況を変えるためにも、三％という高い借入金利率を引き下げる交渉を小杉に依頼したのだ。

それに加えて、渡良瀬がデリバティブの失敗を銀行と組んで融資に組み入れるという方法でごまかしたのかを調べなくてはならない。

この事実がはっきりすれば、渡良瀬を辞めさせることができるかもしれないと考えている。

渡良瀬を華子から引き離すことが経営改革の一歩とは、なんだか情けない気もするが、それも現実だ。

私は、この間、華子は渡良瀬の言いなりになっている気がしている。その理由ははっきりとわからない。華子が不安な中で社長に就任し、渡良瀬を頼りにせざるを得なかったこともあるだろう。渡良瀬も献身的に華子を支えたのだろう。これを否定するものではないが、どうも渡良瀬は経営を壟断《ろうだん》している可能性がある。

宮内に相談し、安寧企業集団を連れてきたのも渡良瀬に違いないと思われる。まさか華子がそんなことをしたとは思えない。父母が残したホテルを他人、それも中国資本に渡すなどという判断になるはずがない。

「向こうは渋っています。この低金利下ですから三%を引き下げるのは当然と思いつつも、収益を減らしたくないんでしょう」

小杉は渋い顔をした。

「他の銀行に乗り換えると強く出るのはどうでしょうか?」

私は言った。

「それも考えられますが、なにせ大きな金額ですのでちゃんと他の銀行と根回しが必要です」

大和ホテルが菱光銀行の取引を解消するとなると、他行はその理由を知りたがる。業績が好調であれば、触手を伸ばす銀行もあるだろうが、そうではないとなかなか難しいということだろう。

「もう一つの問題はどうですか？」

「それは間違いありません。調べるまでもありません」

小杉は強く言った。

この反応は当然だ。私に渡良瀬の不正を訴えたのは小杉本人だからだ。しかし渡良瀬も菱光銀行も否定している。私としては証拠が欲しい。大和ホテル社内には、融資の契約書があるだけで、当時の交渉の記録は残っていない。

「証拠は入手できませんか？」

私の問いに小杉は表情を曇らせた。

「銀行内部の人間からそうした証拠を入手することは、非常に困難です」

「渡良瀬さんは、その事実を全否定されていますからね。証拠が得られれば、銀行にも強く出ることができます」

「方法を探ってみます」

「お願いします」

渡良瀬は小杉や山里を嫌っている。二人を信用しすぎるなと私に警告した。私はその言葉を信じない。そうでないと経営はできない。部下を信用しない経営はありえないからだ。

私と小杉、山里を離反させようと渡良瀬がつぶやいたに違いないが、その言葉が、体に巣食った初期のがん細胞のように増殖する機会を狙っているような気がする。いずれはっきりさせねばならないかも知れない。

「菱光銀行はGMに何か言ってきていますか?」

小杉が聞いた。

私は、一瞬、表情が固まった。安寧企業集団による買収の話は小杉の耳に入っていないのだろう。

「今のところは何もないね」

私は、何も答えなかった。

小杉がわずかに首を傾げた。

「そうですか? 数日前、菱光銀行の岩陰さんとコンサルタントの宮内さんが社長を訪ねて来られたようなので……気になっていたんです」

「社長からは、小杉さんに何も話はないのですか」

「ありません」小杉は哀しそうな表情をした。「私は財務部長ですが、社長からしてみれば日々の資金繰りをしていなさいという態度です」

「そんなことはないです。小杉さんを呼び出すほどのことでもなかったのですよ」

「そうでしょうか」

小杉が疑い深そうに私を見つめた。私は、話を切り上げることにした。

「では私は、バーの営業の打ち合わせに行ってきます。引き続きよろしくお願いします」

私は、二人を残してGM室を出た。多少の後味の悪さを感じていた。二人は、大和ホテルでは心強い味方のはずだ。それならば宮内の計画を相談し、それを阻止する計画を一緒に練ってもいいではないか。しかしそうしなかったのは、私が渡良瀬の呟きに惑わされているせいだろうか。二人が私に反旗を翻すことがあるのだろうか。

私は、旧館の最上階の四階にあるバー・グレース・ボアールに着いた。

ここは決して大きくないバーだが、カウンターとテーブル越しに皇居が眺められる。夜は暗闇に沈んだ皇居の緑の背後に、東京のネオンを眺めながら寛ぐことができるのだが、その魅力が十分に客に伝わっているとは言えない。

宿泊客でさえバーでゆっくりする人はいない。当然、外部からも客は来ない。いつも所在なさげにバーテンダーの高沢季実子がカウンターの中でグラスを磨いている。なんとかしないといけないと以前から考えていたのだ。

「柿本さん、高沢さん、お待たせしました」

私は、まだオープンしてないバーに足を踏み入れた。

「お待ちしていました」

季実子がうれしさに表情を緩めている。

柿本も人事発令の時の不機嫌さは見えない。

「早速、アイデアを伺いましょうか」

私は柿本に言った。

「GM、いろいろ考えました」

柿本が言った。少しやせた印象がある。

「バーの売り上げに直結することですか」

「なぜ私がバーの責任者になったかですよ」

苦笑いを浮かべる。

「決して左遷とかなんとかいうわけではありません」

「分かっていますけど、最初はそう考えましたね。でもこのバーに来てみて私は反省しました。ホテルの魅力を何も発見しないで何の営業をしていたんだろうかと」

「そうですか。バーには魅力がありますか」

「ありますねぇ」柿本は満足そうな表情になった。「カウンターでカクテルを味わいながら、ぼんやりと東京の夜を眺めていると、イライラや恨み、辛《つら》みが消えていくんです。これを売らない手はないと思いましたね」

「私の作るカクテルのお陰ですよ。疲れたサラリーマンを癒す、季実子カクテル」

季実子がOKサインをする。

「よかったです。柿本さんが力を落としていないかと思いましてね」

「大丈夫です。このバーを利用してもらおうと営業で培った人脈に攻勢をかけていますから」

柿本は勢い込んだ。たっぷりとしたお腹がぷるると揺れた。

「私、柿本さんと相談して、もっと軽食を充実させようと考えました。おじさんたちが一人になる場所としてもいいですが、軽食があればちょっとしたパーティにも利用してもらえるからです」

「それはいいね」

「それで提供しようと思うのは、これです」

季実子が私の前に運んできたのが、驚くほどボリュームのあるパストラミサンドイッチだ。

「これはすごいね」

「ニューヨークのカッツデリカのパストラミサンドを参考にしました。これを名物にしたいと思います。私、ニューヨークで食べたカッツデリカのこのサンドイッチが忘れらないんです」

パストラミサンドイッチは、塩漬けの牛肉の燻製《くんせい》を胡椒《こしょう》やマスタードなどで味付けしたシンプルなサンドイッチだ。これを提供するカッツデリカは十九世紀から続く老舗で行列が絶えない人気店だ。

「これはいけるよ」

私は大きな口を開けてサンドイッチにかぶりついた。燻製だが、肉汁が口に広がり、胡椒やマスタードの刺激がたまらない。

「これをメインに、いろいろなサンドイッチとそれに合うカクテルで女性客を増やそうと思います」

「いいねぇ。思い通りやってください」私は季実子に言った。そして柿本を見た。「柿本さん、あまりおいしいからと言って食べ過ぎないようにね」

「分かっています。営業マンは減量しないと動けませんから」

柿本は照れ笑いを浮かべた。

「なにやら楽しそうですね」

女性の声がした。私はその方向に振り向いた。そこには華子が立っていた。

「社長……」

私は言った。華子が現場に足を運んでくるのは珍しい。

「ここからの景色を見たくなったの」

華子が微笑んだ。しかし、たまらなく寂しそうにも思える。

私は、その瞬間に決意した。ここにはいつも華子の傍《かたわら》を離れない渡良瀬がいない。じっくりと華子と話す絶好の機会だ。

金杉が私に話してくれたことも、今なら伝えられるかもしれない。鈍感になりなさいと明子に言われていたが、華子の悲しげな微笑みに私は敏感に反応した。鈍感では経営はできない。あらゆることに敏感に反応し、それに対処しなければならない。

「社長、季実子さんがこのバーの名物にしようとしているパストラミサンドです」

私は皿の上で存在感を漂わすサンドイッチを見せた。

「おいしそうね。ニューヨークのカッツデリカね」

「よくご存じですね」

季実子がうれしさに微笑んだ。

「向こうにいるとき、よく食べたのよ」

華子も楽しそうに答える。

「社長、あちらの席で一緒にこのサンドイッチをシェアしましょう」

私は眺めの良いテーブル席を指さした。

「そうね。樫村さんとはじっくりと話していないわね」

華子は指定されたテーブルに歩き出した。

私は緊張した。

——さあ、金杉の話をどう切りだすか？

# 第八章　執着

## 1

私と華子の前には、季実子が作ったパストラミサンドイッチが置かれている。飲み物はカクテルではなくカフェオレだ。

幸いなことに他に客はいない。目の前に広がる皇居の緑豊かな森の景色は、私たちが占有している。

いずれこのパストラミサンドイッチが評判となり、昼間でも軽食を求めてくる女性客で、バーのテーブルもスツールも埋め尽くされることを期待したい。

「いただきましょうか」

私は華子にサンドイッチを食べるように促した。

「ええ、そうしましょう」

華子は器用にナイフとフォークを使った。

私は、サンドイッチを手づかみにしてがぶりとかじった。

肉汁が口から溢れ出そうだ。美味いの一言だ。これ以上の言葉はない。胡椒の刺激、ピクルスの酸味が絶妙だ。これならニューヨークの本家に引けを取らない。

私は、バーの奥に心配そうに立っている季実子に親指を立て、グッドのサインを送った。

柿本はいない。聞くところによると自主的にカクテル教室に通っているらしい。おそらくそこに行ったのだろう。

「うまいですね。これは人気が出ますよ」

「そうね。とてもおいしい。若い女性にインスタグラムに上げてもらいましょう」

華子もサンドイッチを頬張りながら笑みを浮かべている。

「こうしてお話しするのは初めてですね」

「私はあまり口を出さないようにしていますから。樫村さんには自由にやっていただいた方がいいと思って……」

華子が言う自由とはどういう意味なのだろうか。華子の子飼いである渡良瀬には、随分と邪魔されているのだが。

「まあ、なんとか自由にやらせてもらっています」

私は皮肉に取られないように注意した。早く本題に入りたいのだが、なかなか決断がつかない。

「樫村さんのお陰で、徐々に社員の意欲が出てきたように思えます。どうしてもホテルの社員って控えめですからね」

「ところで社長は本気でホテルを安寧企業集団に売却するおつもりですか」

ようやく本題に入った。

華子が表情を緊張させた。少しの間、目を閉じ、考えをまとめているようだった。そして目を開けると、カフェオレを一口飲んだ。

「そのつもりだけど……」

「でも相手は格安ホテルですよ。いいんですか?」

「借入金が多すぎるでしょう。なんとかしなきゃね。格安ホテルのチェーン店に参加しても、大和ホテルの格調は守るって言ってくれているわ。ラグジュアリーホテルとして舵を切ろうと思ったこともあったけど、大和ホテルって中途半端だから。超セレブは相手にできないと思うの」

以前、華子の経営方針に具体性がないと批判したが、今、皮肉にも消極的な意味での具体策を聞いた気がした。これまで華子なりに、いろいろと模索してきた歴史があるのだ。

「そうですか……。まだ再検討の余地を残しておいていただけると社員たちも喜びます」

「まだ正式じゃないし……。社員に発表するときはモチベーションが下がらないようにお願いしますね」

華子が私を見つめた。

「お願いしますって……。安寧企業集団に買収されたら、私は当然、退きますよ」

まさか残れるわけがないだろう。買収に反対しているGMが、運営を担うわけにはいかない。

華子は困惑した表情になった。

「そのことはよく考えてください。私は樫村さんに残ってもらいたいと思っていますから。私は責任を取って当然社長を辞任しますが……」

華子は寂しそうな表情をした。

「社長は辞任してはだめですよ。私は金杉氏の紹介でここに来たんです。辞めるなら私です」

私は華子の変化を見逃さなかった。金杉の名前を出した途端に眉をひそめた。

「そのことと樫村さんに残って欲しいのとは違います」

華子が怒ったような表情になった。

金杉の話題が出たので、私は思い切って話すことにした。

「金杉さんとお会いになったことはありますか」

「いいえ、社長に就任してからは会っていません。昔、両親が生きていた頃に会った記憶がありますが……」

「なぜお会いにならないのですか。大株主ですし、お会いになるのが当然かと思いますが」

金杉は大和ホテルを一流にすることに執着している。

そのことがなぜなのか。私は、名門ホテルへの経営参画を拒否された経験がトラウマになり、金杉を大和ホテルに執着させているのではないかと思っていた。そのようなことを金杉が口にしていたからである。

しかし私をGMとして送り出してからの金杉の行動には理解しがたいものがある。

私に任せるだけで何もしない。大株主として社長の交代を迫ることもない。むしろ静かに見守っているという態度だ。

おかしい。私が経営をやりやすくしようとするなら、もっと強引な姿勢を見せてもいいはずだ。

私は、金杉に聞いた。大和ホテルへの執着は、とりもなおさず華子への執着ではないかと……。

金杉から聞いた話に私は衝撃を受けた。この話は華子が金杉の口から直接真相を聞くべきだ。というより私自身が金杉の思いを正確に伝える自信がない。

「あの人は、父と母の仇ですよ。そんな人に会えというのですか。会って助けを乞えというのですか」

華子の表情が厳しくなった。

「でもあなたは社長ですからね」

私は言った。華子の表情の厳しさに声が小さくなる。

「あの人に買収されるくらいなら中国企業にホテルを売却する方がましです」

華子が言い切る。

「……どうして仇だと？」

「えっ」華子は私の質問に戸惑った。「金杉氏に買い占められて、それに悩んで父と母は事故を起こしたのですよ」

「それは誰からお聞きになったことですか。金杉さんに確認されたのですか」

「何をいまさらそんなことをおっしゃるのですか。やはりあなたは……失礼ですが、金杉氏の回し者なのですね。私はあなたの仕事ぶりを拝見していて、そうではない中立の方だと思っていましたのに」

華子が怒りをにじませている。

「私は、確かに金杉さんに依頼されて大和ホテルに参りましたが、あくまで経営を改善するためです。回し者ではありません。私が申し上げたいのは、大株主である金杉さんと敵対したままでは大和ホテルの経営はよくならないということです。それに社長が仇だと思いこんでおられるのも誤解かもしれないですから」

私の言葉に華子の視線が強くなった。

「誤解？　どういうことですか」

「仇の情報を信じこんでおられるだけで、仇ではないかも……」

私は華子の視線に圧倒されて言い淀む。それにしても華子のきりりとした顔立ちは、震えが来るほど美しい。明子には悪いが心が揺れてしまう。

「私は、両親の死で大和ホテルの経営に携わるようになりましたが、その間、ずっと金杉氏を仇と思ってきました」

「それは渡良瀬さんからの情報ですね。疑ったことはないのですか」

華子の表情が変化した。動揺しているのがありありだ。

「疑うだなんて……。金杉氏に買い占められているときに亡くなったのですよ。父の頼みを聞かず、金杉氏は買い占めを進めたんです。その事実が全てを物語っています。そうではないんですか？」

華子は私の意図を探るような目つきをした。

抑えていた言葉が口元まで出かかった。

「私が金杉さんから聞いた話はかなり違います。しかしこれは金杉さんからの一方的な情報ですから、社長に話しても信じていただけないでしょう。ですから私は金杉さんにお会いになって本人の口から直接お聞きになるべきだと思うのです。その仲介の労を取ることは厭《いと》いません」

私は華子を見つめた。華子も私を見つめ返した。その視線の強さに私は思わず目を背けそうになったのだが、耐え抜いた。

「どういうことでしょうか？」

「どういうこともこういうこともありません。そのままです。お会いになって金杉さんの口から当時のことをお聞きになったらいい」

「聞いたらどうなるのですか？　仇ではなくなるとでも」

華子は皮肉交じりに言い、小首を傾げた。

「それはお聞きになってからでしょうね」

「樫村さんは何かご存じなのですか」

華子が迫る。

「私には何が真実かは、量りかねます。社長がご判断されることです。ただ言えることは大株主である金杉さんの全面的支援を受ければ、大和ホテルの一流ホテルへの改善が一挙に進行すると思います。宮内や菱光銀行の斡旋で、安寧企業集団の傘下に入ることもないでしょう。社員たちは社長のリーダーシップの下で働きたいと願っていますから」

私は微笑んだ。硬さは取れなかったが……。

「なにをお聞きになったのですか？　金杉氏から」

華子の視線が再び強くなった。

「私が申し上げたいのは、お父様と金杉さんは親友だったということです。そのように金杉さんからお聞きしました。そんな写真や資料がご自宅に残っているのではありませんか？」

「親友？　そんなはずはありません。父の遺品にはそんなものはありませんでした」

華子がきっぱり否定する。

「そうですか……。私の話を信用するもしないも社長次第です」

私は言った。

「親友であること以外に何かおっしゃっていましたか？」

華子は追及する。

私は黙った。

金杉が話したことは華子には衝撃がありすぎる。直接聞いて欲しい。

「私はこれ以上話せません。とにかくお会いになっていただきたい。それが大和ホテルのためであり、頑張っている社員に報いるためでもあります」

私は頭を下げた。

華子は、しばらく無言になった。そして「わかりました。金杉氏とお目にかかります。予定を調整してください」と言った。覚悟が決まったのだろう。決然とした態度だ。

「すぐに調整します」

私は弾んだ声で言った。

華子と金杉が分かりあえば、大和ホテルは経営が飛躍的に改善される。

おそらく金杉は、真実を伝え、経営改善をするためにしがらみのない私をここに送りこんだのだろう。そう思えて仕方がない。

## 2

「皆さん、GMの樫村徹夫です」

レストラン・ラ・トランキルの個室には五人の女性客と営業企画に抜擢《ばってき》した木内桃子、佐々木健司がいる。

桃子に紹介されて、私は立ちあがった。

五人の女性客は、派手なメイクでモデルと言ってもいい印象の美女たちばかりだ。

桃子に言わせると彼女たちはSNSのインフルエンサーだという。ユーチューブは勿論、インスタグラムなどのインターネットの交流サイトであるSNSを駆使して、流行に敏感な女性たちを虜《とりこ》にしているらしい。

「特にホテルや飲食に影響のある人を集めるのに苦労したんですよ」

桃子は自慢げに言った。

「桃子さんの人脈には驚きました」

佐々木がにこやかに言った。

二人が、大和ホテルを多くの働く女性に知ってもらおうと、インフルエンサーたちを宿泊と食事の体験会に招待したのだ。

大和ホテルの魅力を、彼女たちにネットで配信してもらおうというのだ。

どれほど効果があるかはわからないが、とにかくなんでもやってみなさいと指示した以上は口を出さない事だ。

「GMの樫村です。本日は、お忙しい中を大和ホテルにお出ましいただき、感謝いたします。本日は、こちらに控えていますシェフの須田一郎のフレンチを楽しんでいただきたいと思います」

私が須田を紹介すると、白衣の須田が恭《うやうや》しく一礼した。

「その後は、歴史ある大和ホテルの宿泊を楽しんでいただきたいと思います。バーでは素敵な夜景を眺めながら、カクテルを味わってください。そして忌憚ないご意見をいただきつつも、できれば好意的な情報を発信してください。よろしくお願いします」

私が挨拶をすると、彼女たちから拍手が起きた。

「本日はお招きいただきありがとうございます。私たちの楽しさが多くの人に伝わるように頑張ります」

彼女たちの一人が立ちあがって挨拶をした。

笑顔が素敵だ。派手な外見に似合わず、性格は素直なのだろう。

「よろしくお願いします。ここは木内さんと佐々木さんにお任せして、私は失礼します」

私は軽く会釈をして部屋を出た。足取りが軽い。嬉しくてたまらない。社員たちがそれぞれ自分たちで考えて動き始めたからだ。

私は大和ホテルの経営改善のためには社員のモチベーションを高めることが重要だと考えている。

ノルマや設備投資よりもモチベーションアップだ。

かつてモチベーション経営という手法がもてはやされたことがあったが、いつしか省みられなくなった。

グローバル化の進展で企業間の競争が秒単位で激しくなり、少しでも気を抜くと業績格差が大幅に拡大するようになった。そんな時代に、モチベーションアップなどという悠長な手法を採用していられないのだ。

しかし、私は社員が幸福ややりがいを感じることが業績向上や経営効率化に資すると考えている。最も迂遠《うえん》な道が最も近道なのだ。孫子における「迂直の計」だ。

環境（environment）、社会（social）、企業統治（governance）を重視するＥＳＧ経営がもてはやされている。しかし私はその前にＥＳ経営を標榜《ひょうぼう》したい。ＥＳとは従業員満足（employee satisfaction）の意味だ。ＥＳなくしてＥＳＧ経営も成り立たない。

自然と速足になった。喜びはさておき、私には会わねばならない男がいた。渡良瀬だ。

3

渡良瀬はレストラン欅にいた。一人でコーヒーを飲んでいる。

「渡良瀬さん、同席させていただいていいですか」

渡良瀬は、カップをテーブルに置き、「どうぞ」と言った。特に嬉しそうでも嫌そうでもない。

「GM、ご注文は？」

すぐに咲希がテーブルにやってきた。

咲希は、今回の人事でレストラン欅の接待チーフに抜擢した。

「ありがとう。コーヒーをもらうかな。ところでチーフの仕事は順調かな」

私は聞いた。

「みんなと力を合わせて頑張っています」咲希は喜びの溢れる表情で言った。「今日、インフルエンサーの方々が来られていますね。これをインスタグラムにアップしてもらうんです。試食してください」

別のウエイトレスがテーブルに運んできたものを見て、私は目を見張った。

「スゴイね」

思わず感嘆の声を上げた。渡良瀬も「あああ」と言葉にならない声を発している。

テーブルに置かれたのは、高さ三十センチはあろうかと思われるパンケーキだ。その上に真っ白な生クリームがたっぷりかかっている。雪山のイメージだ。さらに雪山の頂上には真っ赤なイチゴや濃紺のブルーベリー、濃い紫のラズベリーなどが溢れんばかりに飾られている。

「最高でしょう？」咲希は得意げだ。「インパクトのある名物を提供しようって考えたんです。このほかにも都内の人気パン屋さんと提携して『ランチパン食べ放題』も企画していま す」

「いいね」私は渡良瀬と顔を見合わせ、親指を立てて「いいね！」サインを作った。「これ、私と渡良瀬さんで食べるの？」

「どうぞシェアして食べてください。感想をお願いします」

私は、渡良瀬を見て「どうされますか？」と聞いた。

「いただきます」

渡良瀬は神妙な顔で答えた。私はおかしくなってふっと笑った。

私は添えられたナイフとフォークを使ってパンケーキを切り分けた。まるでシフォンケーキのようにふわふわだ。

私は、渡良瀬の皿に切り分けたパンケーキを載せた。そこに生クリームやイチゴなどを添えた。

「申し訳ありません。GMにこんなことをさせて……」

「カロリーが高そうだから私たちは注意して食べましょう」

私は、パンケーキを一口大に切り、口に入れた。ふわっふわっとろっという感覚が舌に伝わる。こんなに柔らかいと噛む必要がない。

「美味しいですね」

渡良瀬が顔をしかめたまま呟くように言う。顎の近くに白い生クリームがついている。まるで髭剃《ひげそ》りの泡だ。

「渡良瀬さん、ここ」

私は、自分の顎のところを指さした。

「あっ、失礼」

渡良瀬は慌ててナプキンで生クリームをふき取った。

私は笑った。渡良瀬もいつもの苦虫を噛み潰した表情をわずかに緩めた。

私は自分の感情を不思議に思った。今の今まで敵だと思っていた渡良瀬の気難しそうな顔が愉快に思えるのだ。

その理由は単純だ。金杉が、「渡良瀬は味方だよ」と一言呟いたからだ。理由は詳しく教えてもらえない。渡良瀬に聞くのが良いと言う。味方だと思うだけでこれほど印象が変わるものか。

「社員が元気になりましたね」

渡良瀬がぼそっと言った。

「そうですね。失敗するかもしれませんが、自分たちで考え、自由にやってもらいたいと思っています」

「働き方改革なんて騒いでいますが、残業を減らすことよりも社員のやる気を引き出すことを考えるべきですね」

「おっしゃる通りですね」

私は渡良瀬と初めて穏やかに話をしている。今までのささくれだった気持ちが雲散霧消していた。

「何か話があるんですか」

渡良瀬が私を見た。

「渡良瀬さん、あなたはなかなかの役者ですね」

「どういう意味ですか？」

「今まであなたは私のGM就任を喜ばず、邪魔ばかりされていました。少なくともそう思っていました。しかしあなたは、亡くなった先代社長の木佐貫氏と金杉さんとの約束を守っておられる忠実な方なのですね」

私は言った。

渡良瀬は何も言わずに胸のポケットから十字架のペンダントを取り出した。金色に光る美しいキリスト像が刻まれている。

「私はクリスチャンです。嘘は神様に逆らう行為ですから許されません。今日は私の本当の思いを申し上げます。なんでもお聞きください」

「詳しいことは教えてもらえませんでしたが、金杉さんに、渡良瀬さんは味方だよと言われたのです」

「そうでしたか」渡良瀬は私をじっと見つめた。静かな視線だ。「他になにかおっしゃっていましたか」

「私が驚いたのは、木佐貫元社長と金杉さんは無二の親友だったと聞かされたことです」

「華子社長のことはなにかお聞きになりましたか？」

渡良瀬は私を窺うような目で見つめた。

「お話ししてもいいですか」

私は許しを乞う。

「どうぞ。私が知っていることはお答えします。華子社長にもいずれ申し上げないといけないとは思っておりました」

渡良瀬は落ち着いた口調で言った。

「華子社長は、金杉さんの娘だと伺いました」

私は金杉から聞いたことをついに口にした。

この話を聞いた時の私の衝撃は理解できるだろうか。事実なのか、虚偽なのか。私は判断できない。それほどの衝撃だった。

あまりにも驚きを隠さない私に金杉は笑ったほどだ。私は笑える話ではありませんと金杉をなじった。金杉と華子は親子なのだ。

「本当ですか」

念を押す私に金杉は「本当だ」と言い切った。

私は金杉をじっと見つめた。八十九歳という高齢にもかかわらず精悍で鋭さを感じさせる顔立ち、雰囲気は華子に似ている——。否、華子の方が似ている気がしないでもない。

金杉と華子が親子であると考えると、金杉の大和ホテルへのこだわりと華子を決して排除しようとしない態度にも納得がいく。

金杉の話によると——。

金杉は生涯独身を貫くつもりでいた。二十代のころ激しい恋に身も心も焦がした女性が急死したためだ。この悲しみを忘れるために仕事に没頭した。

ところが新たな恋が芽生えたのは、五十歳を過ぎて還暦になろうかという頃だった。

金杉は自分の会社に秘書として応募してきた女性が、かつての恋人にそっくりであることに運命を感じ、恋に墜ちた。そして女性は妊娠した。子供が生まれたら正式に結婚しようと考えていた。

女児が産まれた。しかし彼女は女児を産むと急死してしまったのだ。金杉にとって二度目の悲恋である。

彼女は、まるでその子を産むためにこの世に生を受けたかのように、あっけなく逝《い》ってしまった。

金杉は部屋のサイドボードに飾ってある写真立てを手に取った。彼がゴルフで優勝した時の写真が入っている。にこやかな笑顔だ。

金杉は写真立てを分解した。そしてその中から写真を一枚取り出し、私に見せた。

写真には病院のベッドに横たわる若く美しい女性と彼女に抱かれた子供、そしてその傍に寄り添う金杉の姿が写っていた。笑顔だった。フィクサーなどと恐れられた姿はなく、ただの優しい夫であり父の顔だった。

「この女の子が華子だ」

金杉は写真に写った子供が華子であると言った。金杉はいとおし気に写真を見つめた。

華子が産まれた一九九一年は、バブルが本格的に崩壊し始めたころで金杉の経営するノンバンクは経営的に苦境に陥り、立て直しを迫られていた。

「私はね、自分の手でこの子を育てようと思った。愛する人の忘れ形見だからね。ところが……」

華子が生まれたことを知った木佐貫夫妻がこの女児を育てたいと申し出たのだ。二人の間には子供がいなかった。

金杉は、悩みぬいた末に、木佐貫の申し出を受けることにした。その方が華子のためだろうと考えたのである。女児は、養子ではなく実子として届け出られた。

「問題はあるが、代理出産などではよくあるケースだと金杉さんはおっしゃっていました。渡良瀬さんはこのことをご存じでしたね」

私は渡良瀬に聞いた。

「金杉氏から伺ったわけではありませんが……」渡良瀬はそう断った上で「先代からお聞きしました。決して口外しないようにとも命じられました」と答えた。

「それで今日までその秘密は守られているというわけですね。華子社長も当然、ご存じない……」

「はい」

「その秘密を守る手段の一つとして、金杉さんを徹底的に悪者にするということが木佐貫さんと金杉さんの間で取り決められたわけですね」

私の質問に、渡良瀬は覚悟を決めたかのようにさっぱりとした表情になった。

「お二人は、華子様に絶対にこの事実を知られないために、何を為すべきかとお考えになりました。そして木佐貫社長と金杉氏が憎み合うことにすればいいという合意が為されたのです。事故で亡くなられる直前に、虫の知らせでしょうか、木佐貫社長は、私に対して念を押すかのように『私と金杉との約束は守り続けてほしい』と仰《おつしや》りました」

「株の買い占めの件はどういう風に理解したらいいんでしょうか。私は金杉さんから名門ホテルの大株主になれば財界活動の表舞台に出ることが可能になる、そのために大和ホテルの株を買い占めたのだ、しかし木佐貫一族の反対で頓挫《とんざ》した、その恨みがあると聞かされましたが」

「金杉氏が大和ホテルの株を買い占めた理由は、樫村さんがお聞きになった通りです。金杉さんは、どうしても表に出たかったのです。フィクサーと言われて恐れられるより、人々の尊敬を得たいという思いが強かったのです。ひとつ違うのは、株を斡旋したのは木佐貫社長ご本人です」

「それは本当ですか」

私は驚いた。

「木佐貫社長は、友人として金杉氏の思いを叶えてやろうとお思いになったのです。同時に新館建設資金などの調達にご苦労をされていましたので、金杉マネーに魅力があったことも事実です」

「では誰が反対したのですか」

「それは木佐貫社長以外の一族とＷＢＪ銀行と合併する前の旧菱光銀行です」

「菱光銀行ですか」

私はあり得ると思った。銀行は、金杉のように闇世界につながりがあるとされるだけでも取引を排除するからだ。

「それで木佐貫社長は、金杉氏の希望を叶えてあげることはできませんでした。そのことを非常に悔やんでおられました。いつになるかわかりませんが、華子社長に金杉氏が父親であると話したいと考えておられた木佐貫社長は非常に残念がって……。実の父が大株主で、娘が社長であるのは素晴らしいことですからね」

「私が金杉さんの推薦でＧＭに就任した際、渡良瀬さんは徹底して拒否されましたね」

私は抗議の思いを込めて言った。

渡良瀬はうつむき、恐縮している様子だ。

「申し訳ありませんでした。本当は、どのような態度を取ったらいいか迷ったのですが、従来と同じ態度を取りました。私は金杉氏とはあまり接触したことがありませんので、どのような意図で樫村さんがＧＭに送り込まれたのかもわからなかったのです」

「私は金杉さんから大和ホテルを一流にするようにと言われました。名門意識に染まり、傲慢になっている状況を打破しろということでした。金杉さんは真剣に大和ホテルの業績回復を願っておられます。それは実の父として華子社長を助けたいという思いからでしょう。それともう一つは、私がGMとして来ることで、金杉さんの思い通りにさせるものかと、憎しみを倍加させた華子社長が発奮されることを期待されたのかもしれません」

私は自分の推測を言った。

「その通りでしょう。華子社長は、最近、ホテル経営に熱意を失いつつありましたので」

渡良瀬は言った。

「私もそのような気がしていました。どうしてでしょうか。リーダーが熱意を失えば組織は崩れます。ビッグになろうという経営者の執着が、会社を発展させるのですから」

私は、ある成功した流通業のトップから成功の秘訣《ひけつ》を聞いたことがある。彼は一言、「大きくしたい」という気持ちが他の人より強いかどうかだけだと言った。企業の成功には何か特別なマジックがあるわけではない。彼が言う通り経営者の欲望の大きさだけなのだ。

「理由が見いだせなくて苦しんでおられるのではないのでしょうか。木佐貫社長がお亡くなりになった後、金杉氏への憎しみを駆り立てることで経営に意欲を燃やされましたが、憎しみは変わらずとも、ご両親を亡くされている今、いったい誰のためにホテルを経営しているのかという大きな目標が見えなくなってしまった。そんなお気持ちではないでしょうか」

渡良瀬は悲し気な表情を見せた。

私は、バーで久しぶりにじっくりと話した華子の姿を思い出した。彼女は、大和ホテルを安寧企業集団に売却したら、当然に社長を退くと言った。そこには社長職への執着はなかった。

多くの企業経営者の失敗の要因に、執着しすぎるということがある。過去の成功体験、社長という地位に恋々と執着し、経営を悪化させてしまうのだ。しかし一方で、全く執着を無くすというのも問題であることには違いない。

「もう一度、華子社長に経営への執着を取り戻してもらわねばなりませんね」

私は言った。

「そう思いますが、そのためには金杉氏への恨みを再燃させることが必要でしょうか」

渡良瀬は私を見つめて、問いかけた。

真実を伝えるべきか、まだその時期ではないのかを問いかけている。

「どうするべきか。華子社長に真実を伝えれば、実父である金杉さんと一緒に経営を盛り上げようと意欲を取り戻されるのか、それともショックを受けられるだけなのか……。それよりは従来以上に金杉氏への恨み、怒りを燃やすのがいいのか……」

逆に私は渡良瀬に問いかける素振りを見せた。

渡良瀬は、一層、悲し気な表情で「私にはどちらとも分かりかねます」と答えた。

「ところで」私は話題を変えた。「もう一つ伺いたいことがあります」

「なんでしょうか？」

渡良瀬は警戒した。

「以前、小杉さんや山里さんに気をつけろと私に警告されましたね」

「……はい」

渡良瀬の声が小さくなった。

「渡良瀬さんが私の味方だとすると、あの警告の意味はどのように理解すればいいのでしょうか？」

「それは……」

渡良瀬は困惑し、口ごもった。まだまだ大和ホテルには問題が隠れているようだ。

私はいったいどうすればいいのか迷いに迷い、深い霧の中を歩いているような気になってきた。

今、私がすぐにやらねばならないことはなんだろうか。

## 4

沢が私の自宅マンションにやってきた。

明子の料理を味わいながら、明子を交えて三人でワインを飲む。

沢を自宅に呼んで大和ホテルの経営を考えるためだったのだが、いつの間にかワイン会になってしまった。

「今はテロワールっていうのが重要視されるんですよ」

沢が言った。

「フランスワインの味を決める考え方ね」

明子が即答した。

私は驚いた。明子がそんな言葉を知っているとは思わなかったからだ。

「さすが明子さん、よくご存じですね。フランス語で土地を意味する『テレ』に由来する言葉です。特にフランスワインの製造過程において土地、気候など、その土地ならではの生育条件を大事にすることです。今はテロワールがワインの品質を決める最大の要素になっていると言えるでしょうね」

「地産地消や、センス・オブ・プレイスなんかと同じなのか？」

私は聞いた。

今、飲んでいる赤ワインはそれほど高級なものではない。近くのスーパーで売っていたものだから、テロワールの深みがそれほど感じられることはないけれど、不味くはない。沢も美味そうに飲んでいる。

「似たところもあるけれどもっと強いこだわりかな。ワインは、それぞれの畑で味が違うともいわれていますからね。その畑の土、日当たりなどにもこだわることでしょうか。そんなワインやお茶、コーヒーなんかもホテルのウリになると思いますよ」

沢はワインで頬を赤く染めながら言った。

「社員が意欲を燃やしているから提案してみようかな。バーやレストランでテロワールにこだわったワインフェスを開催するのも面白いね」

私は言った。

「それ、いい」明子が即座に賛成した。明子もほろ酔いだ。「ワインには全く関心がなかったあなたがそんなことを言い出すとは隔世の感があるわね」

「それはちょっと大げさだろう」

私は苦笑した。

「ただいま」

大きな声が玄関から聞こえてきた。幸太郎が帰ってきたのだ。

明子が玄関に向かう。

「おお、やっていますね」

その声に驚き、私は振り向いた。なんとそこには山本が笑みを浮かべて立っているではないか。その傍には幸太郎だ。

明子も山本の登場にはちょっと慌てている。それほど広くないリビングにどのようにこの男たちを配置しようかと悩んでいる。

「山本さん、驚いたな」

私は言った。

「マンションの入り口で幸太郎君と会ったからそのまま入ってきました」山本は悪びれずに言い、「はい、これ」と明子に紙袋を渡した。

「あら、ちょうどいい」

明子が喜んだ。

「赤ワインの美味いのをエノテカで買ってきました。飲みましょう」

山本は空いていた椅子に座った。

「僕もいいかな」

幸太郎も言った。

「いいわよ。幸太郎は、そこにあるスツールを持ってきて座りなさい。ちょっと待ってね。私、ワインに合うものを作るから。皆さん先にやってて」

明子がキッチンに向かう。

私たちは山本持参の赤ワインを開け、それぞれのグラスに注ぎ、「乾杯」をする。

さすがに近所のスーパーで買ったワインよりは味わいが深い。

数分もしないうちに明子が、オリーブのピクルス、各種キノコのバターソテー、ペペロンチーノ・パスタ、バゲットベースのカナッペなどをテーブルに並べた。

そして自らも山本持参のワインをグラスに注ぎ、「乾杯」と言った。

沢が、山本を見て戸惑っている。沢は、山本と初対面なのだ。

「沢さんに山本さんを紹介していなかったね」私は、山本を見て「こちらは僕の銀行の後輩でホテル投資会社の役員をやっている沢秀彦さんです。大和ホテルのアドバイザーになってもらっています」と紹介した。

「それはそれは、山本知也です。投資ファンドを経営しています」

「山本さんがいつも僕を面倒な世界に引き入れるのさ」

私は笑って言った。

「面倒な世界って……。それはひどいな。興味ある世界でしょう？」

山本は苦笑した。

「投資ファンドにホテルの投資家、そして企業再生人、なんだかすごいね」

幸太郎が興奮気味に言った。一人前にワイングラスを傾けている。

「すごいわよ。大和ホテルの最高の再生案を検討してほしいわね」

明子がグラスを掲げて言った。

「そのことなんですけど……。ここに来たのは」

山本が神妙な顔になり、テーブルにワイングラスを置いた。飲むより相談したいという姿勢だ。

「何か問題でも？」

私は聞いた。

「宮内が安寧企業集団にかなり入れ込んでいるんだ。彼の経営するコンサルティング会社の経営が厳しいらしい。それで最近急増している、中国資本による日本企業買収に力を入れているんだが、今回の案件はその中でも大型で重要なんだ」

山本がやや身を乗り出すようにして言った。

東京オリンピック・パラリンピック後、予想されていた通り日本経済は不況に落ち込んだ。それまでも日銀が超低金利政策で景気の底割れを防いでいたが、限界となった。

特に、景気の悪化の影響を受けた中小企業の多くは身売りを決意した。そこに目を付けたのが中国企業だ。宮内などのM&Aコンサルティング会社を通じて日本企業の買収を次々進めていた。

一方で、中国の習近平政権は腐敗撲滅をさらに強力に進めていた。二〇一九年の香港暴動が大陸にまで影響し、各地で反習近平運動の火の手が上がっていた。それをもぐらたたきのように潰しているが、潰しきれないでいた。

「今、中国で何が起きているか……」

山本が深刻な顔をした。

「説明してください」

私は言った。

「習近平政権に逆らったり、海外にカネを貯めこんだりしている企業経営者が、次々と逮捕されているんだ」

「まさか……」

私は安寧企業集団を思い浮かべた。

「そうなんです」突然、幸太郎が口をはさんだ。「安寧企業集団のトップである安禄川《あんろくせん》も逮捕対象の一人だと言われています。それで彼は日本や他の国の企業を積極的に買収し、資産を海外に持ち出そうとしているんです」

「それ、本当なのか」

沢が目を剝《む》いた。ワインをぐっと一気に飲み、グラスを空けた。

リビング内は、急に国際情勢の不穏さで満たされてしまった。ワインの酔いも影響し、話題は盛り上がっていく。

「では宮内が、その安禄山《あんろくざん》の海外資産隠しにひと役買っているってことか」

私は幸太郎に聞いた。

「父さん、安禄山は中国歴史の唐時代の反逆者だよ。安禄川だよ。山ではなく川」

幸太郎が笑いながら訂正する。

「山でも川でもいいさ。私の質問に答えてくれよ」

「樫村さんの考えている通りで、宮内は安寧企業集団の海外資産隠しの役割を担っているんだと思われます。そのために大和ホテルの買収を仕掛けているんだと……」

「それじゃ宮内さん自身がやばくないですか。習近平政権に狙われたりするんじゃ……」

沢が上気した顔で言う。国際情勢に興奮したというよりワインに酔ったのだろう。

「その可能性があります。中国政府に逆らう者は日本人でも逮捕される可能性があります」

幸太郎が深刻な表情で言う。

「ねえ、それっておかしくないかなぁ」明子が言葉をはさんだ。彼女のワイングラスにはワインが半分も入っていたが、それをぐいっと飲んだ。「やっぱり山本さんのワインは美味しいわね。近所のスーパーで買ったのと段違いね」

「明子、何がおかしいんだ。酔ってないで話してくれ」

私は言った。

「最大の疑問は、そんな重大な情報をなぜ幸太郎ごときが知っているのかってこと」

明子が酔った顔で幸太郎を指さす。

「幸太郎ごときはないよ。僕はこれでも産業ビジネスの記者だよ。アルバイトだけど」

幸太郎が苦笑いする。

「私ごときも知っていますからね」

山本が苦笑しながら答える。

「山本さんはねぇ、国際情勢の裏を読んで投資をする人だからさぁ、知っていてもいいけどねぇ。うぃっ」

明子の呂律《ろれつ》がやや怪しい。

「明子さんの疑問はその通りです。私たちホテル投資の世界でも妙な噂が広がることがあります。例えば、ある大使館の土地が売却される予定だ、そこに外資系のホテルが建つなどと言うんです。その噂に乗せられて有象無象《うぞうむぞう》の詐欺師が集まってきます。たいていは嘘なんです。広くと言っても専門家の間ですが、噂になるのは怪しいというのが定説です」

沢が言った。

「それは地面師って連中でしょう。数年前も大手の不動産会社が五反田の古い旅館の土地で何十億円も騙《だま》されたわね。だから、この安禄山の話もかなり怪しいってことじゃないの。詐欺じゃない」

明子も「山」と「川」を間違えた。あえて指摘はしないことにするが、彼女は妙なことに関心があるようだ。私は少し見直した。

「整理しますよ。安寧企業集団が習近平政権に狙われて、中国から資産を海外に移そうとしている。そのために大和ホテルの買収を企てている。これらの情報が虚偽だという可能性がある。一方、宮内の会社は経営難である。これらを結びつけると、経営難に焦った宮内が詐欺話に騙されて動いているということになる……。あくまで可能性としてね」

私はそれぞれの顔を試すように見た。

「樫村さんのストーリーに出てこない、もう一人がいる」

山本が言った。

「誰ですか？」

私は聞いた。

「菱光銀行の岩陰幸雄です。ＷＢＪ菱光銀行から、樫村さんの出身銀行であるＷＢＪを消しさった憎き旧菱光銀行出身者です」

山本がやや大げさに答えた。

私はその名前を聞いた瞬間に、陰気な顔が目の前に浮かんだ。

今更、ＷＢＪ銀行の名前が消えたことを恨んではいないが、岩陰という人物には好感を持っていない。

「彼も詐欺話に乗せられているってわけか」

私は言った。

「あらら、話がおかしな方向に行っちゃったけど、詐欺と決まったわけじゃないわよ」

明子が困惑した笑いを浮かべた。

「私たちの業界でもおかしな話を持ち歩く人がいるんですよ。安寧企業集団の話を宮内さんにつないだ人がいるはずです。それは誰ですか」

沢が私を見つめた。

私は、山本を見つめた。

「上村ファンド。上村理沙」

山本が言った。

「正体不明のファンド。創業者上村ヒカル。その娘の理沙……」

私は山本の言葉を繰り返した。そして暗澹たる気持ちになった。宮内がとんでもないことに巻き込まれているのではないかと心配になった。

先日、社長室であった宮内は以前の宮内ではなかったような気がしたのを思い出した。何か得体の知れない物に取り憑かれたような顔だった。

「僕も調べてみるよ。その上村ファンドを」

幸太郎が言った。

「頼むよ。大丈夫か」

私は言った。

「任せてよ」

幸太郎は胸を叩いた。

私は頼もしく幸太郎を見つめた。

「ところで山本さん、もう一度、念のために聞くけど宮内の誘いに乗せられて株を売らないですよね」

私はやや皮肉っぽく言った。

「売るわけないですよ」

山本は動揺した。

山本の持っている大和ホテルの株の真の所有者は金杉だ。もし勝手に売ったら金杉の怒りを買うのは間違いない。しかし山本は利に敏《さと》い。どんな儲け話も逃さない。

今日、なぜ山本が安寧企業集団の話題を出したのかも考えてみる必要がある。山本は宮内と接触をしているのだろう。だからこの話題を出したのだ。秘密にしていることができないのだろう。その意味で正直なところもある。

私は山本の依頼で大和ホテルの再生に関わった。それなのに山本に裏切られたらどうしていいかわからない。それだけは絶対に許してはならない。

渡良瀬と話した際、安寧企業集団による買収を持ちかけたのはあなたかと尋ねた。渡良瀬は強く否定した。ではいったい誰が？　渡良瀬は今のところは分からないと答えた。しかし推測はついているとも。そしてもう少ししたら全てが明らかになるので、それまで待って欲しいと答えた。

渡良瀬は「私の樫村さんに対する社内での態度は変えません。それを承知してください。大和ホテルの経営を悪化させているガンは誰なのかがはっきりした際にはお互い仲直りをいたしましょう。樫村さんは経営改善に今まで以上に全力を尽くしてください」と言った。

私は、渡良瀬の表情にある種の覚悟を見た。いったい大和ホテルの深部で何が進行しているのか。私は悩ましい気持ちになった。

「樫村さん、どうしたのですか？　急にぼんやりして」

沢が心配そうに言った。

「少し飲みすぎたみたいだ」

私は答えた。

いつの間にか明子が作った料理は、ソーセージを一本残すだけになっていた。

# 第九章　混乱

## 1

私は、何をさておいても大和ホテルの経営を改善しなくてはならない。

人事を変え、サントリーじゃないが、従業員たちにやってみなはれとトライ＆エラーを推奨した。お陰で重かった空気がなんとなく軽くなった気がする。私の自己満足の感想ではないだろう。従業員が私を見る目も明るい。

いい成果も出つつある。

山里の下でアウンがものすごい頑張りを見せている。出身国であるミャンマーの在日大使館の指定ホテルを獲得したが、それだけでなくインドネシア大使館、タイ大使館など東南アジア各国の大使館の指定ホテルの獲得に奔走している。

「GM、近く、いい報告をすることができると思います」とアウンは誇らしげに言ってくれたのが、うきうきとした気持ちにさせてくれた。彼をアルバイトから社員並みにしたのはよかったと思う。

そのほかにもインフルエンサーの女性たちが頑張ってくれた効果が現れてきた。大手町、丸の内などで働く女性客が、食事や宿泊に利用してくれるようになったのだ。

女性客は、大和ホテルの古さを、「陰気で暗い」というマイナスから「シックで優雅」だというプラスに変えてくれた。

大和ホテルの強みだと思っていた歴史がいつの間にか、古い、遅れ、陰気などのマイナスイメージに転じていた。

面白いものだ。強みの上に胡坐をかいていると、それがいつの間にか弱みになってしまう。

企業を活性化するためには自分を良く知らねばならない。強み、弱みを把握し、強みはより強固に、弱みは強みに転じるようにしなければならない。

バー・グレース・ボアールを任せた柿本と高沢季実子も頑張っている。柿本は営業支配人の経験を生かして、簡単な打ち合わせなどにバーを利用してもらえるように、企業訪問をしている。まだ成果が十分に上がっているとは言えないが、感触はいいようだ。

一番のハイライトは、季実子が売りだしたパストラミサンドイッチだ。これが丸の内のキャリアOL向けのタウン誌に採り上げられてブレイクしたのだ。昼食時には、これを食べたいという女性客が列をなす賑わいだ。

こんなに客が来ても、たくさん作れないんですと季実子が悲鳴を上げる始末だ。材料費がかかっているからどれほど採算に乗るかわからないが、バーが一気に賑やかになったことでホテル全体に活気が戻ってきたことは事実だ。

私は、今、思い切ったことをやろうと考えている。

それは従業員たちの集まりである従業員協議会に、安寧企業集団の大和ホテル買収計画について話すことだ。

私は、ホテル経営を改善していくにあたって、カネを投資して設備や内装を変えることだけでいいのかと思っている。

大和ホテルは借入金が多く、あまり借入余力がないことも事実だが、カネの問題だけなら金杉に頼めばなんとかなる。

しかし会社をよくするのはカネではない。従業員たちだ。それを私は信じている。そのためにも情報開示は重要だ。私は、彼らに経営情報を包み隠さず公表すると約束した。従業員のモチベーションを高めるには、経営情報の正直な公表は絶対に欠かせない要素だ。買収計画くらいで動揺するような従業員なら経営の改善など望むべくもない。

小杉に、従業員協議会の委員を集めてくれるように言った。

小杉については、疑問が拭えない。渡良瀬が味方であるとわかり、小杉や山里に警戒するようにと警告されたことが、にわかに真実味を帯びてきた。

渡良瀬に警告の意味を尋ねたが、まだその時ではないと何も答えてくれなかった。

彼は、何を待っているのだろうか。

人間とはおかしな動物だ。同じ二つの目で対象を見ているはずなのに、意識で見方が変わってしまう。

今の今まで小杉を全面的に信頼していた。そのため彼の一挙手一投足が好ましく見えていた。

ところが、渡良瀬の警告が真実かもしれないと思った途端に彼が疑わしく見える。

小杉の小さな目は今まで正直そうに思えた。それが小賢《こざか》しく動き回る鼠《ねずみ》の目に見えてくる。彼は味方なのか、それとも裏切り者なのか。早くはっきりさせたい。

「委員が会議室に集まりました」

小杉が神妙な顔で報告に来た。彼は、私の全幅の信頼を得ていると思っている。そのため、私の忠実な下僕のような態度を取る。私はそれを好ましいと思っていたが、今や訝《いぶか》しく思えている。

「参りましょう」

私は、意を決して小杉の後ろを歩く。

——君は、渡良瀬のことをなぜ問題の人物だと言ったのか。

疑問の言葉が喉から飛び出しそうになるのを我慢するのに必死だった。

会議室に入ると、山里や柿本、須田たち幹部とアウン、咲希、季実子、桃子、佐々木ら若手が一斉に私に視線を送ってきた。

定例の会議以外に臨時招集したので、誰もが何事かと多少とも不安げなのだ。

私は彼らの前に立った。目の前には小杉が忠臣らしく座っている。

「皆さん、お忙しい中を集まってもらってすみません」私はすぐに話に入った。「皆さんのお陰で客足は伸びています。いろいろな場面で努力していただき、ありがたく感謝しています。空きのあったオフィス棟も多くの企業から引き合いが来ています」

私は山里を見た。彼はオフィス棟の空室を埋めるべくドアマン時代に培った人脈を生かして奔走してくれている。

最近は大企業が自社内スタートアップ企業を設立するのがブームになっている。社内からイノベーションを起こそうというのだ。それに目を付けた山里は、懇意にしていたある大手家電メーカーの社長を口説き落として、オフィス棟にその会社の映像系ベンチャーを入居させたのだ。

決め手になったのは、なんと、ホテルを自宅代わりに使っている常駐客の水上崇史だ。私が、最初に挨拶をした客だ。彼は著名な映画プロデューサーである。彼が、そのベンチャー企業のアドバイザーに就任することが条件で、入居を獲得したのだ。

水上は、山里の依頼を即座に承知し、そのベンチャー企業の社外取締役に就任した。

山里は自分の人脈を生かすことができて、大いに自信になったようだ。それ以来、社内を歩く姿が堂々とし始めたように思える。

こんなに頑張ってくれている山里も裏切り者？

渡良瀬が警戒しろと言った二人のうちの一人だ。私には信じられない。金杉が、渡良瀬は味方だと言ったことからおかしな展開になったが、いったい何を信じていいか分からなくなった。

——いけない。もっと自分の信念に忠実になるんだ。大和ホテルの再建に力を惜しまない人材は、皆、味方だ。おい、樫村よ、もっとシンプルに考えるのだ！

「業績は目に見えて上がってきていますし、大いに期待しています。そこで今日は、皆さんに重要な情報を提供させていただきます。私は、GM就任時に経営情報の開示をお約束しましたので、その実践です」

私は、皆を見つめた。誰もがいったい何を話し出すのだろうと真剣な表情だ。

「実は、大和ホテルが売却されようとしています」

私の一言で、ウォーというどよめきが起きた。最初に声を上げたのは誰だかわからないが、どよめきはウォーからエエッに変わり、ついには「どうしてですか」という桃子の怒りの声に変った。

「いったいどこに売却されるのですか」

佐々木の目も吊り上がっている。

「決まったわけじゃないんです。社長を中心に検討されています。売却先は中国の安寧企業集団という世界的に格安ホテルを展開している企業です」

「なぜそこなのですか？」

「それについては私も詳しく存じ上げません。大和ホテルは多額の借金をしていますので、取引銀行筋からの話ではないでしょうか？」

「絶対に反対です」

桃子が大きく目を見開いて声を上げた。

「その企業の名前は聞いたことがあります。格安チェーンでしょう？　大和ホテルのコンセプトに合いません。GMは賛成なのですか？」

良い意見が出たぞ、と私はほくそ笑んだ。

「私の賛否については保留しておきましょう。今、木内さんが大和ホテルのコンセプトに合わないとおっしゃいました。では大和ホテルのコンセプトとは何か、あるいはこれからどういうコンセプトを作り上げていくべきか、これを皆さんで考えてくれませんか」

会議室の隅に置かれていたホワイトボードを私の近くまで運んできた。そしてそこに大和ホテルのコンセプトとは？　と書いた。

「格安ホテルチェーンに売却されるのに賛成、反対問わず自由に意見を言ってください。どんなホテルにしたいのですか？」

私は言った。

「少なくとも格安チェーンではないと思います。私たちのホテルはビジネスホテルではありません」

佐々木も桃子に同調した。

私は、格安ホテルではない、とホワイトボードに書く。

「バーにキャリア女性たちが来てくれるようになりました。彼女たちは、自分の価値にふさわしい場所、体験にはおカネを惜しみません。そういう人を相手にすべきです」

季実子が言う。

私はキャリア女性と書く。

「じゃぁ格安ホテルではないんだね」

私は確認する。

「超高級というわけにはいかないです。でもビジネスホテルや格安ホテルではないと思います」

季実子が答える。

「泊まったことはないんですが、シンガポールにラッフルズホテル、インドネシアのスラバヤにホテルマジャパヒ、ハワイにモアナサーフライダーがあります」

　アウンが言う。

「どれもこれも歴史のあるコロニアル風のホテルだね。特にスラバヤのホテルマジャパヒは戦前、日本軍が接収してホテルヤマトと名付けられていた」

　私は言った。

「これらのホテルは歴史です。私たちは歴史のあるホテルに泊まると、その歴史の一員になったような気になります。これは他にない付加価値です。大和ホテルは大型ホテルという訳ではありませんので歴史を生かすべきです」

　アウンの意見をホワイトボードに書く。

「歴史は、それぞれのホテルの唯一無比なものです。大和ホテルが他と差別化できるのは歴史だというんですね」

　私はアウンに言った。

「そうです。欧米人もアジア人もひょっとしたら日本人以上に歴史を大事にします。歴史を感じるホテルになりましょう」

　アウンがみんなに語り掛けた。

　皆が大和ホテルとはなにかを考えてくれる。強み、弱み。その強みは本当の強みか。その弱みはどうしたら強みに変わるのか。こうした議論を通じて「大和ホテルマン」としてのアイデンティティが形作られて行くのだ。

多くの意見が出た。アンティークな雰囲気が癒しになる。料理は東京を主張する。江戸野菜などを使う。可能な限り東京やそれぞれの土地が育《はぐく》んだワインや酒を提供する。産地を売りにするテロワールと歴史とが一体化したサービスを提供しよう。センス・オブ・プレイスで部屋に江戸切子のグラスや千代紙の折り鶴を置こうなど……。

幹部の柿本や須田も若手に煽《あお》られて意見を言った。彼らも格安ホテルではなく、他にない大和ホテルの特色を出していきたいと言う。

「皆さんの意見をまとめるとどんな客層にアピールするべきか、大和ホテルのコンセプトが見えてきましたね」

私はホワイトボードに書かれた彼らの意見の数々を見つめた。

格安ホテルのビジネス・ファーストではなく、東京や歴史にこだわった癒し系ホテル、価格帯は超高級ではないが、中の上から上、キャリアビジネスマン・ウーマンを客に取り込むなどなど。目指すべき何かが見えてきた。それは私だけでなく、ここに参加している従業員たちにも……。

ふとあることに気付いた。小杉と山里が全く意見を言わないのだ。いったいどうしたことなのだろう。

「小杉さん、山里さん、意見はありませんか」

私は聞いた。二人に意見がないのは偶然だろうか。

小杉と山里が顔を見合わせている。

「意見ですか？」

山里が聞く。

「どうぞ、なんでもおっしゃってください」

「若い人は自分の意見があって素晴らしいと思います。私は従業員ですから基本的に会社の方針に従いますが、ドアマンを長く務めさせていただいた経験から申し上げますと、やはり格安ホテルはちょっとなぁと思います」

山里は表情を歪めた。

「ちょっとなぁというのはダメだということですか？」

私は聞いた。

山里は、ちらっと小杉に視線を送った。

「そうですね。格安ホテルにドアマンは不要ですからね。私は自分の職業が不要か、不要でないか悩んだことがあります。だってドアなんて誰でも開けることができるわけですから。でもドアマンがいることで何が違うのか。一見、無用と思われる存在が、実は有用ではないのかということです」

私は、山里の話に聞き入った。

「格安ホテルだと何でもかんでも効率化と省力化になるでしょう。それではお客様はどんなお気持ちになるんでしょうか。ゆとり、くつろぎなどのお気持ちにはなれないでしょうね。ドアマンの心遣い、笑顔、名前でお呼びして『ここはあなたのお家ですよ』と語りかける。これがお客様の心を癒すのだと思います。部屋にお花の一本でも飾ってあるのと同じです。無用に見えるドアマンのような存在が生きるホテルが私の希望です」

私は山里の言葉に、大和ホテルのコンセプトが盛り込まれているように思えた。

「いいですね。その無用に見えるものが、実は有用であるというのが」

「老子の思想に『無用の用』があります。無の以て用をなせばなり。器は、その空虚なところにこそ働きがあるというのです」

アウンが言った。

私は驚いた。アウンの口から老子の名前を聞くとは思わなかった。

「アウン君、すごい」

季実子が驚く。

「それほどでも」

アウンが照れた。

「確かにすべて効率化、省力化すれば工場のようですからね。山里さんやアウン君の言うように無用なものこそ有用かもしれません」私はホワイトボードに無用の用と記入しつつ、小杉に「何か意見はありませんか」と言った。

「GM、どうしてこんな重要な、かつ機微のある買収情報をみんなに話されたのですか？」

小杉は珍しく苛立ちを込めた視線で私を見た。

「私の方針です。基本的に経営情報は公開するつもりだから」

私は再度、同じことを話した。

「GMは格安ホテルチェーンへの売却に反対なのですね」

小杉は言った。

「私は皆さんの意見を聞きたい気持ちから自分の考えは差し控えさせていただいていますが、本音から言うと反対ですね。大和ホテルの魅力を百二十％引き出せば、再生は可能だと思っています。小杉さんはどうですか？」

「私もGMと同じです。格安ホテルチェーンになるのはどうかと思いますが、安寧企業集団が大和ホテルの個性を生かすことを許してくれるなら、膨大な借り入れ負担から逃れる手段として買収もありかなと思います。ニューヨークの、歴代大統領御用達ホテルであるウォルドーフ・アストリアは中国の安保保険グループに買収されましたが、一〇〇〇億円もかけて改修したそうです。もし大きなスポンサーがつけば大和ホテルも大改修が可能です」

小杉の目が輝いた。財務担当者らしい意見だ。

「小杉さんは売却に賛成なのですね」

私は聞いた。

「……賛成というわけではないのですが、それでも資本の充実は大事です」

小杉は周囲の顔色を見ながら慎重に答えた。

「でも」山里が小杉を見た。「その結果、ウォルドーフ・アストリアはホテル部門を縮小してコンドミニアムとして売り出されたそうですし、アメリカ政府は中国との関係悪化で利用しないそうですから、ホテルとしてのブランド価値は落ちたのではないですか？　いくらヒルトンホテルグループが運用しているとはいえ、ですが」

「それは違うでしょう。今でもヒルトンホテルグループの旗艦ホテルですから」

小杉が反論した。

二人が議論を戦わせるのは珍しい。

「GM、本当はどうなるんですか？　私たちが今、取り組んでいることが無駄にならないか心配です」

咲希が言った。咲希はレストラン欅の接待チーフに任命して張り切っているから経営の主体が変わる可能性が心配なのだろう。

「大丈夫です。無駄にはなりません。思いきって改革を進めてください」

私は言った。

しかしもし本当に安寧企業集団に売却されることになれば、咲希の努力が無駄になるかもしれない。それは私としても同じだ。

「皆さんの意見はよくわかりました。大和ホテルが目指すべきホテル像のイメージが少しずつ見えた気がします。それはどんなお客様に選ばれたいかということでもあり、唯一無二のホテルにしたいという皆さんの希望でもあると分かりました。一緒に頑張りましょう。今、皆さんに進めてもらっていることをやり遂げましょう」

私は言った。小杉を見た。やや不満そうに見えたのは、彼らの中で彼だけが資本の力について話したからだろうか。

ドアが開いた。華子だ。

「ちょっといいですか」

華子が私を呼んでいる。従業員たちは、突然社長が現れたため、一斉に姿勢を正した。

華子の表情が険しい。

「ではこれで解散します」

私は華子を横目で見ながら言った。

## 2

「樫村さん、なんてことを皆に話したのですか？」

華子が社長室へ同行しなさいと命じながら、私を責めた。

「なんのことでしょうか？」

私は聞いた。

華子が責めている理由は分かっている。私が従業員に安寧企業集団への大和ホテル売却話を話したからだ。

「とぼけないでください。どうして、まだ決定でもないホテル売却の話を従業員に話したのでしょう。先ほどの集まりで」

「もうお耳に入りましたか」

私は意外なほど早い華子の情報収集に驚き、苦笑交じりに言った。

「お耳に入りましたかじゃありません。どうしてあんな重要なこと、それもまだ決まってもいないことをお話しになったのですか？」

興奮が収まらない様子だ。

「経営情報は出来るだけ公開すべきだと思っているものですから」

「マスコミに知れたら大騒ぎになります」

「非上場ですから株式市場には影響しません」

「お客様が動揺されます」

華子が私を睨む。

「そうでしょうか？　お客様は別にそれほど関心がないと思います。それより従業員です。その方が重要です。自分たちの働くホテルをどうしたいのか、真剣に考える機会になります」

私は冷静に答えた。

華子が言った。

「樫村さんが、安寧企業集団への売却話に反対なのはよく知っています。それだからと言って従業員を巻き込むことはないでしょう？」

「私は確かにこの話には賛成していません。しかし従業員を巻き込んで反対運動をしようというのではありません。会社は何と言っても従業員あってのものです。従業員のやる気が充満してこそ経営が順調になるんです」

「そんなことは言われなくても分かっています」

華子は怒っている。足取りが速くなる。

「分かっていたら、先ほどのみんなの意見がどのようなものかご存じですか」

私の問いに華子が立ち止まった。そして私をあの鋭くも美しい目で見つめた。

「どんなものでしたか？」

「みんなの考えは唯一無比のホテルになることでした。決して格安チェーンの一つになりたいという者はいませんでした」

「そうでしたか」

華子の目の光が穏やかになり、歩き始めた。

「お尋ねしたいことがあります」

「どうぞ」

「渡良瀬さんは安寧企業集団への売却に賛成されていますか」

私の質問に華子は首を振った。

「やはりそうですか」

私は呟いた。

「彼はこのホテルを徹底して愛していますからね。では誰が社長にこの案を持ってきたのですか」

私は聞いた。

「さあ、入って。宮内さんたちが待っています」

華子は私の問いに答えず、社長室のドアを開けた。

## 3

上村理沙は、華子に負けない美しい女性だ。

私は宮内をうらやましく思った。そんな美人と一緒に目の前に並んで座っている。どことなくニヤケているように見えるのは、私の嫉妬の目がそのように見せるのだろう。

理沙を宮内とはさんで座るのは、菱光銀行の岩陰幸雄だ。

岩陰は、かなり長く大和ホテルを担当している。だからなのか多少馴《な》れ馴《な》れしい態度だ。顔つき、雰囲気は典型的な銀行員で、実力はたかがしれているくせに上から目線の横柄さが嫌な感じだ。口をゆがめて話すのも私は好きではない。

「今日は、回答期限ですから社長の回答をもらおうと思いましてね。わざわざ私たちの後ろ盾になってくれている上村ファンドの上村理沙さんもご同行願いました」

宮内は身を乗り出すようにして華子に迫った。

華子はうつむいている。

安寧企業集団へのホテル売却の回答期限？　そんなこと聞いていないぞ。私は、これほど驚いたことはない。そんなにも切羽詰まっていたとは！

「宮内、回答期限とはどういうことだ」

私は、ホテルマンらしからぬ、やや乱暴な口調で聞いた。元同僚の宮内だからという気安さがあった。

宮内が私を睨む。そこにはかつてともに汗と涙を流した同僚の表情はない。

「あまり先に延ばせないってことさ。こちらは穏やかに買収したいと思っているからね。もしいつまでも引き延ばされるようでは強引な手段に出ざるを得ない」

宮内はニタリと口角を引き上げた。

「強引な手段とは、どういうことだ」

「株は、かなり集めた。もう一声で過半を握る。そういうことだ。株の力で華子社長も交代していただくことになるかもしれない。こちらには上村ファンドがついているからね」

宮内は理沙を横目で見る。理沙が慇懃に頭を下げる。

「山本は株は売らないぞ。彼の株は名義株だ。実際の所有者は金杉氏だ。彼が売らなければ、株の過半を握るのは難しいはずだ」

「山本は必ず売る。名義株だろうとなんだろうと、カネさえ積めば動くのが山本という男だ。樫村は相変わらず甘い」

「それはない」

私は断言した。もし山本が大和ホテルの株を売れば、金杉の怒りに触れて彼の身に何が起きるか想像できない。

しかし心配だ。裏切らないように山本に何度でも念押しする必要があるだろう。

「いずれにしても株を集め始めている。だからどうするのか返事が欲しいんだ。安寧企業集団は、大和ホテルの改装に数百億円かけてもいいと言っている。そうですね、上村さん」

宮内は理沙に同意を求めた。

理沙は、無言で頷いた。妖しさ満載の笑みを私に向けた。背中に電気が走ったような感覚を覚えた。

「社員たちが頑張っている。業績も上向いている。私は、格安ホテルチェーンに売却するのは反対だからね」

私はついに本音を出してしまった。まずいことを口にしたと思って華子を見た。華子は、まだうつむいたままだ。

「ねぇ、社長」岩陰が華子に声をかける。馴れ馴れしさの上を行くいやらしさが溢れた表情だ。「どうするんですか？　二〇〇億円の借金ですよ。オリンピック・パラリンピックが終わって、日本経済はこのざまですよ。銀行も大変なんですから」

岩陰の言う通りオリンピック・パラリンピックが終わってからというもの日本経済は本格的な反動不況に陥り、回復にはまだもう少し時間が必要な状況だ。

それに加えて米中貿易摩擦はいよいよ激しさを増しつつあった。中国政府は日本を締め上げるために、アメリカとの取引の多い日本企業には関税を高くするというのだ。踏み絵の一種だ。日本はＷＴＯに訴え出ると強気の対応をしたが、観光客などで締め付けられるとたちまち腰が折れてしまい、提訴を断念するという始末だ。

あれやこれやで日本は混乱の極みにある。中国とアメリカという、二つの大国とうまく付き合おうとするコウモリ外交が、破綻しそうなのだ。

日銀は、相変わらず超低金利政策を続けているが、景気浮揚の効果はない。銀行は、いよいよ収益不足になり、リストラもやるだけやった結果、ついには貸し剝がしに向かい始めたのだ。

不景気で取引先の業況が悪化し、不良債権が増え始めたからだ。不良債権化する前に業績が低迷している取引先の融資残高を減らす方針を打ち出してきたのだ。

「大変、大変と仰いますが、借りてくれと言い、新館を建てさせたのはお宅ですよ」

華子は岩陰を睨んだ。

「おお怖い……。そんなに睨まないで下さいよ。こっちもビジネスなんだから。多額の借金を返すためにはホテルを売却をして強力なスポンサーの支援を得るに限るんですから。こんな時代でもホテルは確実に利回りが確保できる投資として世界中で人気があるんです。今でしょう、売り時は!」

下卑た顔で言った。

「社長、安寧企業集団はあなたの持ち株を五〇〇億円で買うと言っているんです。銀行の借金も肩代わりする。あなたは五〇〇億円を持って悠々自適です。こんな条件ありませんよ。他の少数株主は売却に同意しているんです。金杉が四十%程度持っていてもどうしようもありませんよ。彼だってカネの前にはひれ伏すでしょう」

宮内は畳みかける。

華子たち木佐貫一族の株は十%程度だ。それを五〇〇億円！　聞いて驚愕した。銀行の借金も肩代わりするという。いったいいくら投資するつもりなのだ。これでも華子が悩んでいるというのは、やはり両親の形見のホテルだからだろう。

「宮内、かなりいい条件だが、借金については異論がある」

私は言った。

「異論とはなんだ？」

宮内が険しい表情になる。余計な口を挟むなというのだ。

「財務担当の小杉に、岩陰さんと交渉させているのだが、いっこうに埒《らち》が明かない。二〇〇億円の借金がすべて、新館建設の資金ではなくデリバティブの失敗の穴埋めを糊塗《こと》するためだったという話がある。それにこの超低金利下で三%はないだろう。菱光銀行がこれほど冷たい銀行だとは思わなかった」

私は岩陰に言った。

宮内が機嫌の悪そうな顔をして、かつ首を傾げた。

「その件は小杉さんと協議しています」

なんとなく苦し気な様子で岩陰が言った。

「協議じゃない。利率を一%台に引き下げてくれ。いや、もっと低くてもいいはずだ。もし二%の引き下げを実行してくれれば年間四億円もの利息が減る。これを返済に回せば、君からそれほど責められる借金でもない」

私は岩陰を指さした。

「今は、投資の話です。利率の件は後日相談しましょう。小杉さんとはよく打ち合わせしていますから。元はと言えば、この話は小杉さんの提案から……」

岩陰が口に手を当て、困惑の表情になる。

私の表情が一瞬強張る。隣に座る華子を見た。華子も目を見開いて岩陰を見ている。その表情に驚きがある。

「今、なんておっしゃいましたか」

私は岩陰に聞いた。

岩陰は当惑した様子を見せた。

「まあ、なんと言いますかね」

「なんと言いますかじゃないですよ。うちの小杉が、安寧企業集団の買収を持ち掛けたのですか」

「まあ、そういうわけですね」

「ご存じでしたか、社長は」

私は華子に聞いた。

「いいえ」

華子は否定した。

「社長が知らないところで財務担当が会社の買収を持ち掛けて、それに銀行や宮内が乗ったわけですね。あなた方が強気なのは、そもそもこの話がうちから出た話だからですか」

「まあ、あまり興奮しないでください。小杉さんも多額の借金をなんとかしようということだったのでしょうから」

岩陰が言った。

「どっちでもいい。買収に応じるか、否かだよ」宮内が苛立つ。「なあ、岩陰さん」

「なんでしょうか？　宮内さん」

「大和ホテルの借入金の利率は一％じゃなかったっけ？　俺の記憶違いかな？」

宮内のこの質問に岩陰は表情を取り繕うのに耐えられないという感じで、動揺した。

「とにかく金利の話は今は止めましょう。あとできちんとしますから」

「そうだな。今は、それは本筋じゃない。樫村がこだわるからだぞ」

「ねえ、岩陰さん、今の宮内の質問はどういう意味ですか？　借入金の利率が一％だなんて……本当ですか。先ほど、利率の話をした際、宮内が変な顔をしたのはそのせいですね」

「今日はその話は止めましょう」

岩陰が声を荒らげた。動揺している。何かある？

その時、急に理沙が立ち上がった。

「どうしましたか？」

宮内が困惑して聞く。

「失礼します」

理沙は、やや硬い表情で言った。

「待ってください」

岩陰も立ち上がった。

「失礼」

理沙は私と華子に意味があるような無いような笑みを見せ、踵を返した。

私はあっけにとられて彼女の行動を見ているだけだった。

宮内も「どうして？」と理沙の背中を視線だけで追う。立ち上がるタイミングを失したようだ。

「では私も」

岩陰が慌てて理沙の後を追って社長室を出てしまった。その慌てぶりに私はあっけにとられてしまった。

社長室に喧噪《けんそう》の後の弛緩《しかん》した空気が流れた。

「なに？　あの人？」

私は宮内に言った。

「参ったなぁ」

宮内が頭を抱えている。

「どうしたのですか？」

華子も心配する。

「気分屋なんですよ。思い通りいかないと、すぐにああやって。お守りが大変なんです」

宮内が嘆く。

「謎のファンドのお嬢様か」

私は吐き捨てるように言った。理沙は、今、中国資本の手先となって日本企業を買収しまくっていると言ってもいい上村ファンドのオーナー、上村ヒカルの娘だということだ。父親のファンドに勢いがあるから、わがままになっているのだろうか。

「分刻みのスケジュールを抑えたんだ。スピーディに話が運ばないと、あの調子なんだよ。困ったな」

宮内は本気で嘆いている。

「さっきの話だけど、この買収話は、お前が仕掛けているんじゃないのか」

私は宮内に聞いた。

「仕掛けているのは俺だ」宮内は言った。「だけど俺に話を持ち込んできたのは岩陰だけどね。上村ファンドの理沙さんも彼が連れてきたのさ」

「そうなのか？　宮内は彼らのおぜん立ての上に乗っているだけか」

「そんな言い方はないだろう。こっちもM&Aの専門家だぜ。日本企業と中国資本の仲介の獲得合戦で、しのぎを削っているんだ。手数料は安くなるばかりでさ。経営は苦しいんだ」

先ほどの強気はどこかに消えている。頭を抱えて、顔を伏せた。

「私、なぜか嫌な感じがするんです。説明できません。感覚的なものです」

華子がうつむき気味のまま言った。

「なにが、ですか？」

私は華子を見た。

宮内も顔を上げた。

「初めて上村さんと会った時から……、どこか違和感があるの」

「違和感？　なんですか？」

私は聞いた。

「ただそれだけ」

「違和感だけで返事を渋っているんですか？」

宮内が言った。怒っている。

「嫌な気分というのは取引では大事だぞ、宮内」

私は宮内の無礼をたしなめた。

「まあ、いいさ。また出直してくる。なぜ、突然、いなくなるんだぁ」

宮内はぶつぶつと不満を呟きながら帰って行った。

「社長」

私は華子に呼びかけた。華子は力を無くしている様子だ。迷っているのだろうか。あるいは自分の違和感の原因を探っているのだろうか。

「はい」

華子は顔を上げた。

「意外なことが分かりましたね。大和ホテルの売却を持ち掛けたのは小杉さんだってことです。小杉さんが岩陰さんに、岩陰さんが宮内に申し出たんですね」

私の言葉に、華子の表情は重く沈んだ。

「ええ、意外でしたが……」

「本当に意外でした。でも彼は従業員協議会で、ただ一人資本が必要との意見でした」

「そうですか？　資金繰りで苦労させているんでしょうか？」

「小杉さんに真意を聞いてみます。あの岩陰さんの動揺ぶりも気にかかりますから」

「お願いします。私は少し考えてみます」

華子が社長室のドアを開けた。

「あっ」

華子が声を上げ、その場に立ちすくんだ。

「どうされました」

私は、華子の肩越しに社長室の外を覗き込んだ。

「あっ」

私も声を上げた。

## 4

「みんなどうした？」

私は、華子の前に進んだ。

「私たちは大和ホテルを格安チェーンに売らないようにお願いに参りました」

佐々木が一歩前に進み出た。

「絶対に反対です。格安チェーンでは大和ホテルの良いところが出ません」

季実子が言った。手には「大和ホテルを守れ」と書いた画用紙を持っている。赤や青や黄色などカラフルなインクが使われており、まるでアイドルの応援のようだ。

従業員協議会のメンバーが揃っている。アウンもいる。桃子も咲希もいる。山里や柿本や須田もいる。いないのは小杉だけだ。

「樫村さんが早まった情報を皆さんに提供してしまったのよ。まだ何も決まったわけじゃないの」

華子は冷静に言った。

「でも社長」桃子が声を上げた。「安寧企業集団に売却することを検討されているのは事実ですよね。先ほど銀行の人がお帰りになるのを見ました。絶対に反対です」

「みんな、社長はまだなにも決めておられないから」

私は言った。

「アウンです。私も絶対に反対です。中国資本のホテルでは働きたくありません。中国は、カネで多くの国を支配しています。私の祖国ミャンマーも中国のカネによって開発が進み、自然が破壊され、とんでもないことになっています。みんなカネの亡者になっているんです」アウンが今にも泣きそうな顔になった。「どうして大和ホテルのような日本の歴史とともに歩んできたホテルを守ろうとしないのですか」

「アウンさん、分かったわ。よく考えてみますからね」

「よく考えてみるじゃだめです。社長」

咲希が言った。手に「大和ホテルの売却反対」と書いた画用紙を持っている。これは墨をたっぷり含んだ筆で書かれたようだ。墨が垂れているのも、なにやら芸術的でさえある。桃子は書をたしなむのだろうか。

「私は、今、やる気に満ちています。レストラン欅をどのようにお客様ファーストにしようかとアイデアを練っています。都内の有名ブーランジェリーと一緒にイベントをやろうと口説いているんです。格安チェーンになったらそんなことはできません」

咲希は涙を流さんばかりだ。

「私たちはこの大和ホテルで働きたいんです。ここを唯一無比のホテルにしたいんです。このホテルは私たちの誇りです。バー・グレース・ボアールにも客がたくさんくるようになりました。今まで努力不足だったことを謝ります。私たちに大和ホテルを蘇らせるチャンスをください」

柿本が深く頭を下げた。

「私は、長く料理の責任者をやらせていただいています。自信はありました。しかし若い人たちの意見を聞くようになって、それが傲《おご》りになっていることに気付かされたのです。私は、全く進歩していませんでした。ずっと止まっていた、否、眠っていたんです。ここにいる若い人たちと試食を繰り返しました。濃い、脂っぽい、素材が生きていない、どこで食べても一緒、感動がないなど辛辣《しんらつ》な意見を言ってくれました」

須田が佐々木や季実子たちを見回した。

「すみません」

佐々木が謝った。

「いや、良いんだ。感謝している。いままでそんな意見交換などなかったからね。ホテルの宿泊客が私の料理を食べてくれないのは客が悪いのではなく、私の料理が客の好みにあっていなかったからです」

須田の目が涙で光っている。

「私は、東京《とう》の食材にこだわることにしました。それも亀戸大根《かめいどだいこん》なら、亀戸の藤野宗太郎《ふじのそうたろう》さんの畑で採れたものを使うなど、徹底したこだわりを試みました。すると客が感動してくれるんです。美味しいのは当然ですが、感動です。私は、今、料理を作る喜びを感じています。恥ずかしい話ですが、今、やっと気づいたんです。これもここにいる若い人たち、そしてGMのお陰です。絶対に格安ホテルになんかしないでください。私、料理で、客を呼べるようにしますから」

華子は須田を見つめている。華子の目も涙が溢れそうになっている。

須田が、私を見つめて感謝の意を伝えてくれたことに大いに感激した。みんなの中に、それぞれの大和ホテルが出来つつある。それは誇りを伴っている。アイデンティティの確立だ。こうなればもう大丈夫だ。みんなが同じ方向に向かって力を集中すればいい。

「私は、大和ホテルの業績が厳しいと伺っていましたので、社長がホテルを大きな資本に売却したいというのも分からないではないと思っています」山里が厳しい表情で言った。「でも反対です。今、営業の責任者になって痛感するのは、大和ホテルの歴史が大きな評価を受けていることです。この価値を増やすことはあっても減ずることはまかりならないと思います。社長が、どうしても格安ホテルチェーンに売却されるのであれば、私たちはストライキを決行します」

「おいおい、みんな待ってください。ストライキなんて物騒なことを言わないでください」

私は、困っているような笑っているような顔で言った。

「社長、どうなんですか」

山里が迫った。

華子は、皆を見つめた。表情は厳しい。

「みんなありがとう。私にとってこのホテルは両親が残してくれた唯一の財産です。これを守れない私はふがいないと思います。みんなの気持ちを受けて、もう一度、よく考えてみます」華子は言い、「ありがとう」と深く頭を下げた。

「よろしくお願いします」

山里も頭を下げた。

「ところで山里さん」私は小杉がこの場にいないことが気がかりだった。「小杉さんは？」

「小杉さんは銀行の人と打ち合わせがあるとかで……」

山里は答えた。

銀行の人？　岩陰か？　先ほど気になったことがもう一つある。借入金利率のことだ。宮内は、岩陰に一％ではないのかと質した。岩陰は、きちんと回答しなかった。いったいどういうことなのだろうか。小杉に確かめる必要がある。

「みんな、ありがとう。お客様にご迷惑をおかけするから、それぞれ持ち場に戻って。お願いね」

華子の言葉を契機にして、皆、ぞろぞろと帰り始めた。

再び華子と二人きりになった。

「社長、嬉しいですね」

私は言った。

「そうね……」華子は私を見つめた。「樫村さん、助けてね」華子は、私の手を優しく握った。柔らかく、冷たい手だ。しかし私の指先から手、腕には熱い血がどくどくと流れ出し、全身が火照《ほて》ってきた。

「はい」

私は言った。

「金杉さんに会わせて……」

華子が乞うような目つきで囁いた。

# 5

私は、華子が握った右手を大事に左手で覆ってバー・グレース・ボアールに向かった。

季実子が作るカクテルを飲んで、動揺を抑えようと考えたのだ。

ＧＭに勤務時間はない。ホテルにいる間は、すべての時間が勤務だ。しかし今日の皆の意見や華子の態度を思い出すたびに、気持ちが浮き立ってくる。それを抑えるためにカクテルの一杯くらい口にしてもいいだろう。

「ＧＭ、いらっしゃい」

柿本が迎え入れてくれた。

客席は八割程度埋まっている。皆、他の客の迷惑にならないように静かにカクテルや水割りを傾けながらソファから夜景を眺めている。

「カクテル、一杯、いいかな」

私は言った。

「いいですよぉ」柿本は嬉しそうに言い、私をカウンター席に案内した。

「どんなカクテルがいいですか？」

カウンター内の季実子が聞く。

「ドライ・マティーニをお願いするかな」

「承知しました」

季実子は答えた。

私は、ぼんやりと季実子の動きを眺めていた。

その時、私の目の前に今やバーの名物となったパストラミサンドイッチが隣の席から滑るように現れた。

半分、食べられている。

私は隣を見た。大柄な西欧人の男性が私に笑顔を向けている。

「ドウゾ、ヒトツ食べてクダサイ」

片言の日本語で彼は言う。

「いえ、あのう……」私は迷ったが、「そうですか」とサンドイッチをひと切れつまんだ。

どこかで会った男だろうか。

「ありがとうございます」

私は言い、皿を彼に戻した。

「ハンバーガーもイイデスが、ワタシ、このホテルのサンドイッチの虜にナリマシタ。このパストラミサンドはニューヨークで食べるのとオナジです」

彼は、皿に残ったサンドイッチをつまむと、大きく口を開けてかぶりついた。

ハンバーガー？　あの時の客だ。深夜にハンバーガーを食べたいと要求されたが、サンドイッチを運んだ……。ああ、なんて名前だったか。常連客だ。１７１５号室の客……。

「ミスター・ロバートでしたね。あの時は失礼しました」

私は言った。

「オボエテクレテイマシタカ」

彼は満面の笑顔になった。

そして握手を求めてきた。私は彼の右手を握った。

あっ。華子に握られた手だ。ああぁ。まあ、仕方がない。

「イイホテルです。まるで我が家のヨウデス」

彼は私の手を力強く握りしめてきた。

「ありがとうございます」

私は彼の手を強く握り返した。

# 第十章　未来

## 1

　華子の目の前には金杉がいる。二人の間には今にも切れてしまいそうな張り詰めた緊張感が漂っている。

　私はどのようにとりなしていいか分からなくなっている。

　華子から金杉に会わせてほしいと頼まれた。私は、二人の和解が進むことを期待して、直ぐに希望を叶えるべく動いた。

　金杉と華子は親子なのだ。それを今まで秘密にしていた。しかし親子と言っても金杉が育てたわけではない。育てたのは木佐貫だ。

　金杉は、華子の成長を陰でじっと見つめていただけだ。何もできなかった。実の父親であるとの名乗りも出来ず、華子を抱きあげることもできない。

華子は成長するにつれて金杉が愛した人に瓜二つというほど似て来たという。自分の血を引くただ一つの存在に近付くこともできず、ただ見つめるだけというのはどれだけの苦しさを伴うものなのだろうか。

私にも幸太郎という一人息子がいるが、いつでも会える、いつでも話せるとなると、どれだけ愛情を感じているのかは、もはや分からない。幸太郎が幼いころは、いとおしくていとおしくていつまでも見つめていたい、抱いていたいと思ったものだが、今は、そこまでの感情の高まりはない。

だから私には金杉の苦しみ、悲しみは分からない。

華子と会うことを設定した際、私は金杉に言った。

——親子の名乗りはするのですか。した方がいいのではないですか。木佐貫氏は亡くなった。今はあなたが彼女を助けるべきでしょう。

金杉は、いらつき、興奮し、いつもの怖いほどの冷静さを失っていた。

——余計なことは言うな。

金杉は、恐ろしいほどの目力で私を睨みつけた。

これでは私が華子との面談を設定したことが、まるで余計なことのようではないか。あんたのためにやったんだよ。私は言い返したかったが、そんなことが出来る雰囲気ではなかった。

私は、二人の傍にいて、ただ沈黙していた。

## 2

「よく来てくれましたね」

金杉が言った。ぎこちない笑みを浮かべている。

ここは金杉の邸宅の中にある茶室だ。金杉は、華子のために茶を点てた。

「はい。いずれお会いしなければいけないと考えていました」

華子はさりげなく茶碗を手に取った。そして茶をすすった。

金杉は私にも茶を点ててくれた。それくらいの心遣いはあるようだ。私もそれを啜《すす》った。

美味いというものではない。まず苦みが来る。その後でほのかに甘みが感じられる気がする。人生のようだと言えば、うがちすぎか。

「ホテルの方はどうですか？」

「お陰さまで。樫村さんがよく従業員を指導して下さるのでよくなっております」

華子の言葉で金杉が私に視線を送った。

「それはよかった」まだまだ金杉の笑みがぎこちない。「それで今日は何か特別なご用件でもおありかな」

特別な用件があるのは、あんただろう。華子に会いたくて、会いたくて。それなのに自分からは言いだせない。木佐貫との約束かどうかは分からないが、今頃、父親でございと名乗り出ても娘である華子がどんなリアクションを起こすか不安でたまらないのだろう。

「大株主である金杉様に一度もご挨拶しないのも大変失礼なことと思いまして、参上した次第です」

華子は軽く頭を下げた。

「私は株主と言っても、ただ持っているだけですから」

「貴重なご意見をいただければ経営の参考にしたいと存じます」

「そうですなぁ」金杉は顎を上にし、小首を傾げた。「いろいろ噂が聞こえて来るのですが」

「身売りの話でしょうか」

華子の表情がわずかに固くなった。

「そうですね」

金杉の視線が厳しくなる。

「中国の格安ホテルチェーンから買収を持ち掛けられております」

「そうですか。中国は日本のものならなんでも買いたがりますからね。今や、あちらは大国です」

「そうですね」

「大国は下流なりと老子が言っていますがね。下流で多くの支流を集めるから大河になるわけです。大河は低いところで謙虚にしているからおのずと小さな支流が集まってくるのですが、どうも大河が横暴で氾濫《はんらん》しているようですね」

「大国は下流なり……良いお言葉ですね。支流である大和ホテルは大河に飲み込まれるのは仕方がないのでしょうか？　今まで自分が大河だとうぬぼれて高い所に上っていたのでしょうか」

「たしかにそういう点があったんでしょうね。傲慢、うぬぼれは経営も国家も、勿論、個人も悪くする最大の要因です」

「大和ホテルは傲慢だったでしょうか？」

華子が金杉を真摯《しんし》に見つめる。

「反省すべき点があったと思います。歴史に誇りを持つのはいいですが、変化に対応して変えるべきところは変えるという勇気が必要です。経営と言うのは現状維持ではじりじりと下がっていきます。あくまで相対的なものですから。他社が成長するからです」

金杉はゆっくりと丁寧に話し続ける。華子が真剣に耳を傾ける。金杉が教師で華子が生徒だ。

「不易流行と言います。変えるべきものと変えてはいけないもの。例えばライバルとあなたが考えているでしょうパレスホテルは、大胆に改装して世界の富裕層をターゲットに決めました。リスクを負ったのです。今まで通りだとじり貧になるとの危機感からです」

「わたしも危機感があります。ですから安寧企業集団の話を聞いてみようと思ったのですが……」

華子が身を乗り出した。表情は深刻さを増している。

「あなたの危機感はわかります。でも一人で悩んではいけない。徳は孤ならず必ず隣ありと孔子は言いました。あなたと共に損得なく一緒に悩んでくれる人が現れます。また社員と心を一つにしなければ変化に対応できません」

金杉が社員と力を合わせることの重要性を言うと、華子は深くうなだれた。

「徳は孤ならず必ず隣あり……」

「そうです。あなたはご両親を亡くされてから必死で頑張って来た。私は株主としてそれを見ていて、立派だと感じ入っておりました。しかし頑張りはいつの間にか頑迷になり、お父さん、お母さんの残したものを守ろうとする姿勢は傲慢さになり、改革を阻害するようになったのではないでしょうか。今一度、水になりなさい」

「水に？　水になれというのですか？」

華子は金杉の言葉が理解できず、目を見開いた。

私も「水になれ」という意味は理解できない。

「そう、水です」金杉は断定的に言った。「この世で水は一番柔軟でしなやかです。しかし一番強い。老子は、天下に水より柔弱なるはなし。しかも堅強を攻める者、これによく勝るなき。こういっています。弱いものが強いものに勝ち、柔《じゅう》よく剛《ごう》を制すとも言います。大和ホテルは、大規模なホテルではありません。自分の弱さを自覚すれば、強いものに勝つことができるでしょう。水になれというのはそういうことです」

「水のようにしなやかになれば、どんな器にも形を変えることができます。しかし水は水で本質は変わらないという理解でいいでしょうか？」

華子の表情が晴れやかになった。

「さすがです。理解が早い。木佐貫さんは良き育て方をしたものだ」

「滅相《めっそう》もございません。アドバイスをありがとうございます」

「私も大株主としてあなたを支えますからね。それが木佐貫さんとの約束だから」

金杉の言葉に華子が何かに気付いたような表情をした。

「父との約束ですか」

華子が聞いた。

「そうです。木佐貫さんご夫婦はあのような不幸な亡くなり方をされました。残念でたまりません。私は常々木佐貫さんからホテルの守護神になってほしいと言われておりました」

金杉が静かに言った。

華子が急に立ちあがった。私は驚いた。先ほどまでの華子の穏やかな、まるで金杉を以前から慕っていたような表情が消えた。

「嘘です。あなたに追い詰められて父も母も命を落としたのです」

華子が激しい口調で言った。

金杉は、苦笑というのか、悲笑というべきか、やや悲しげに見える笑みを浮かべた。

「そうでしたな。そういうことになっているんですな。今更、守護神などとおかしいことを言うんじゃないとおっしゃりたいんですね」金杉は言った。「まあ、座りなさい」手を上下させ、華子に座るように促した。

「いろいろ貴重なアドバイスをありがとうございます。でもこれで帰らせていただきます。あなたに父と母を殺されたのだという恨みをずっと持って生きてきました。それなのにあなたから守護神などと言われると混乱から怒りがこみ上げてきます。失礼します」

華子が踵を返した。私も慌てて立ちあがった。

「待ちなさい」

金杉が言った。

華子が振り向く。目には涙が溢れている。父と母の死を思い出したのだろうか。

「私を敵と思うのは、それでいい。しかし敵と味方は紙一重だということを忘れないで欲しい。それともう一つアドバイスするなら、あなたの意に沿わないことはやらないことだ。後悔するからね」

金杉は言い終わると滋味あふれる笑顔になった。

華子は相変わらず堅い表情のままだ。

「失礼します」

華子が踵を返した。茶室から身体をかがめて出ていく。茶室は戦国の世に敵同士が和解を進めるために流行ったという話を聞いたことがある。今回は残念ながら決裂だ。

私は、金杉に軽く頭を下げて、華子の後を追った。

「社長、あれでよかったのですか」

私は聞いた。

「申し訳ないことをしました。突然、守護神だとおっしゃるので私、かっとなってしまって……。社長失格ね」

華子は涙を拭った。

「まあ、いいじゃありませんか。金杉さんは怒っていませんから。最後まで社長を守るっておっしゃっていますから心強いじゃないですか」

私は慰めた。

「こんなことを言えた立場じゃないんだけれど、もう一度、面会をセットしてくださらない?」

「そりゃ喜んで」

「私ね、不思議なの」

「どうしたんですか？」

「金杉さんにあったらね。今まで敵だ、仇だと思い込んでいたでしょう。ところがふっとどこか懐かしさを感じたの。香りまでしてきたの。シェービングクリームの柑橘《かんきつ》系の香り……」

「シェービングクリームですか？」

「あのなんとも言えない甘く、切ない柑橘系の香り。おかしいわね。金杉さんがどんなシェービングクリームを使ってらっしゃるのかわからないのにね」

華子がふっと笑う。

「そうですか……。私は、シェービングローションを使いますが、無臭、無香料ですね。でも僕の父は、ちょっときつめの香りのするシェービングクリームを使っていた記憶がありますね。髭を剃った後、顔を近づけるものだから、その香りを覚えていますね」

「樫村さんもお父さんの記憶にシェービングクリームの香りがあるの？」

「ええ、今、社長に言われて、記憶が蘇りました」

「おかしいわね。父は柑橘系のシェービングクリームなんか使ってなかったのに」

「そうですか」

心臓が飛び出すかと思うほど動悸《どうき》を打った。

金杉の記憶だ。

金杉は、過去に柑橘系の香りがするシェービングクリームを使っていたのだろう。おそらく幼い頃、華子は金杉に抱かれたことがあるのだ。それは父としてか、それとも親しいおじさんとしてなのか……。

「おかしいですね」

私は言葉を上手く発せない。動揺している。だから適当な返事でその場をしのいだ。

華子には金杉の記憶があるのだ。このことを金杉に話してやろう。喜ぶだろうか。それとも余計なことをするなと怒るだろうか。

「樫村さん、どこかでお茶でも飲んで帰る？　お茶を点ててもらったのにお茶はおかしいかしら。飲む？」

華子が手でグラスを掴む真似をした。

明るくなった。本当に人間関係とは愉快だ。今まで華子は私に対してしかめっ面しかしてこなかった。しかし二人で話をして、そして金杉に会うという同じ体験をした。すると不思議なことに心が通い合う。なんとなく理解が進み、「飲む？」などと軽口をきけるようになるのだ。人間関係を改善するには、こちらから近づくしかないのだろう。

一緒に行きたいのは山々なのだが……。

「ちょっと寄りたいところがありまして」

私は心を鬼にした。

「そうなの。残念ですね」

華子はそっけなく言った。

私が立ち寄りたいところは、あなたにとっても重要なのだと喉元まで出かかったのだが、ぐっと耐えた。

「ではすみません」

私は言い、華子と別れた。

「なんでも話し合いましょう」

華子は別れ際に言った。

「はい」

私は答えた。心が浮き立った。

3

私は菱光銀行の本店営業部に来ていた。岩陰に会うためだ。約束はしていない。すると断られる懸念を抱いたからだ。

どうしても確認したいことがある。一つは大和ホテルの借入金利率だ。宮内がふと漏らした「一％」という言葉が気になって耳から離れない。もう一つは安寧企業集団、そして上村ファンドなどを連れて来たのは小杉なのかということだ。

菱光銀行は私の古巣だ。しかし今では知っている者も少なくなった。仲介を頼む行員も思いつかないため、自ら本店営業部を訪ねるしかない。

「すみません」

私は本店営業部の受付の女性行員に声をかけた。最近は制服が廃止された。ジェンダー差別になるということのようだが、制服にはそれなりの意味がある。

男性は制服ではないが、ダークな色のスーツ、女性は銀行制定の制服を着用することで銀行に対する忠誠心、社会に対する責任感が醸成されると思う。こんなことを考える時点で古臭い。

「はい、なんでしょうか？」

「岩陰さんはおられますか？　大和ホテルの樫村と申します」

「岩陰ですか」

彼女はデスクの周辺を見渡した。

「いないようですね。ちょっとお待ちいただけますか？」

彼女はデスクに向かった。予定を確認するためだ。パソコンの画面を見ている。行員のスケジュールデータが入っているのだろう。

彼女が戻って来た。

「申し訳ございません。岩陰はお取引先を訪問しているようですね。今日は、そのままで帰行しない予定です」

「そうですか……」

「来られたことをお伝えします。お名刺をいただけますか」

私は名刺を差し出した。

「あのう……」

「なんでしょうか」

「大和ホテルがお借入している利率を教えていただくことはできますか？」

私の問いに彼女は小首を傾げた。先ほどまでと違って、彼女の瞳に私に対する疑念の光が宿っている。

「申し訳ありませんが、そうした情報は直接岩陰にお尋ねになってくださいますか？　お答えしかねます」

「そうですよね。わかりました」

私は恥入った。元銀行員なら銀行が重要情報を誰にでも開示するわけがないことくらい分かり切っているではないか。

「どうもお手間をとらせました。これで失礼します。岩陰さんによろしくお伝えください」

私はその場を辞した。彼女が少しほっとした表情になった。

全く成果はない。こんなことなら華子と飲みに行けば良かった。突然訪ねて行き、相手の動揺を誘おうと思ったのだが、見事に肩すかしを食ってしまった。

私は、菱光銀行本店から外に出た。丸の内だから歩いて大和ホテルに帰ろうと思えば帰れる。たまには皇居周辺を散歩してみようか。

皇居の周りを歩いている。ランナーにすれ違う。私も昔は走っていたのだが、最近はとんと御無沙汰だ。もう一度、走ってみるか。

「あっ」

私は、先方に岩陰らしき男の背中を見つけた。

「岩陰さん」

私は呼びかけた。

岩陰らしき男が振り向いた。間違いなく岩陰だ。名前の通りどことなく陰気な雰囲気を漂わせている顔だ。

「岩陰さん」

私はもう一度声をかけた。ここで会ったが百年目。ぜひとも借入金利率のことを質さなくてはならない。

岩陰の表情が変わった。焦り、動揺、不安。驚愕などなど。色々な感情が混じった名状しがたい表情だ。

そして驚いたことに岩陰は脱兎《だつと》のごとく走り出したのだ。

「えっ」

私は驚きの声を上げたが、すぐにその後を追い掛けた。

岩陰は私より当然にして若い。そして普段から走っているのか、速い。私の方は訓練不足がたたってどんどん引き離される。

「岩陰さん」

私は呼びかける。しかし全くの無視だ。私は向かってくる皇居ランナーを避けながら岩陰を追う。まるでドンキーコングのゲームのようだ。落ちて来る岩を巧みに避けながら梯子《はしご》を上って行く。ランナー、どけよ、と叫びたくなる。

「あっ」

ランナーとぶつかってしまった。私はしたたか尻もちをついた。

哀れ、ゲームオーバー。

「すみません」

ランナーが助け起こしてくれる。

「いや、いいんです。こちらこそ逆走して申し訳ありません」

私はランナーに謝りながら、岩陰を探したが、もう姿は消えていた。

なぜ岩陰は逃げたのか。私に会いたくないからだ。なぜ会いたくないのか。先ほど菱光銀行本店営業部に彼を訪ねた。用件は、大和ホテルの借入金利率の確認だ。受付をしてくれた彼女が親切か、当然か、岩陰に私が来たこと、来訪の目的を伝えたに違いない。その段階で岩陰はなぜか動揺した。そして考えをまとめていた矢先に私に会った。動揺は驚愕に変わり、思わず走り去ったのではないか。

ではなぜ動揺する必要があるのだ。私はますます借入金利率「一％」に関心を覚え始めた。

その日の夜、私は脅迫された。突然、私の携帯電話に電話がかかって来た。発信者番号は表示されていない。怪しいと思ったが私は通話を選択した。

相手は名乗らない。

「余計な詮索《せんさく》をするんじゃない」

男の声だ。聞いたことがあるような……。でも岩陰の声ではないような気がする。

「何のことでしょうか」

私は冷静に聞いた。脅迫電話など滅多に受けるものではないが、銀行員時代に経験がある。自分に落ち度がなければ、クレーム電話と同じだ。こちらが動揺せず淡々としていればいい。

「とにかく余計なことをするなってことだ。わかったな。お前やお前の家族に何があっても知らんぞ」

電話が切れた。携帯電話から相手の黒く淀んだ息が流れ出して来るような気がする。

いったい誰だ。私の携帯電話番号を知っている男。小杉？　まさか。

私は自宅にいる明子にこのことを連絡して注意しようかと思ったが止めた。余計な心配をさせたくなかったのと、岩陰に絡む人間関係がそれほどヤバイものだと思えなかったからだ。

私は、明日のことは明日思い煩おうという気持ちで、一人ベッドに入った。

## 4

事態は思いがけない進展を見せて来た。

山本が緊急だと訪ねて来たのだ。

私は山本を支配人室に招き入れた。

「どうしましたか。慌てて」

山本の顔が尋常ではない。なにやら恐怖に捉われている。

「樫村さん、ＧＭを降りた方がいい」

私は聞き間違いかと思った。大和ホテルのＧＭの話は山本が持ってきたものだ。それがどうして降りた方がいいなどと言うのか。

「なぜですか？」

私は聞いた。表情はこわばり、怒りがこみ上げてきた。

「上村ファンドの正体が分かったんだ。上村には娘はいない」

「どういうことですか？　あの理沙とかいう美人は？」

私は聞いた。

「正体不明ですよ。いずれにしても娘ではありません。上村ファンドというのは暴力団のダミーなんです。地上げなどで大きく稼いだ暴力団が、最近の厳しい取り締まりのために今までの凌《しの》ぎが出来なくなりました。それでベンチャー投資などを活発化させています。ユニコーン企業と言われる資産十億ドル以上の未上場のハイテク企業などにも投資を活発化させているんです」

山本は山幸組や上善会などの広域暴力団の名前を上げた。

「ちょっと待ってください。混乱しているから。上村ファンドは、暴力団からカネを預かって投資に回しているってわけですね」

「そうです。正体を知られたら上場審査などで撥《は》ねられますから、正体を隠して謎のファンドと言われているんです」

「そんな暴力団のダミーファンドが、ベンチャーでもない大和ホテルという古いホテルになぜ目をつけたのですか？」

私は当然の疑問を呈した。

「それは分かりません」

山本が苦しげな表情をした。

「分からない？　ではこの情報はどこから？」

「実は金杉さんからなんです」

山本は言いにくい雰囲気で言った。

「えっ」

私は絶句した。

私を大和ホテルに送り込んだのは金杉だ。その張本人がGMを降りろと言うのか。

「金杉さんが私にGMを降りろとおっしゃっているのか」

私は先日の華子と金杉の対面を思い出していた。金杉は華子と親子の名乗りは上げなかったが、守護神になると言っていた。華子も幼いころの金杉の記憶があるような口ぶりだった。二人が親子であることを認めさせるのも私の役目ではないか。その時、大和ホテルは良い方向に大きく変わる気がしている。それなのに……。

「金杉さんはそんなことはおっしゃっていないですよ。ただこの情報を樫村さんに伝えてくれと言うことだけです。GMを降りた方がいいというのはあくまで私の判断です。金杉さんも心配になって、ご自分の独自ルートを使ってお調べになったのでしょうね」

金杉はその経歴から闇世界にも通じていると言われている。表社会と裏社会の結節点に存在していると言っていいだろう。だから上村ファンドの情報も得られるのだ。

「危険だというのですか」

私の問いに山本が頷いた。

「金杉さんが樫村さんを大和ホテルに送り込んだ時には、上村ファンドのことは耳に入っていなかった。しかしその後、上村ファンドが目をつけているという話があって、彼はその正体を調査した」

「山本さんは知らなかったの？」

「ええ、謎のファンドというだけで……。ファンドは金主を明かさないことの方が多いんです。謎は謎のままなのです。ですから上村ファンドが暴力団ファンドであるというのは誰も知りません」

「上村ファンドはどうして危険なのですか」

「相手は名うての暴力団ばかりですよ。当然、危険ですよ。何をやるかわかりません。上村ファンドが喰いついた会社はその後事件を起こしていますね。顧客データを不当に売却したり、マルチ商法的なビジネスに手を出したり……」

「ひどいですね」

「それらは短期的に利益を上げて株価を吊り上げ、売り逃げするためですね。暴力団マネーには育てるって考えはないですから」

「だから大和ホテルもさっさと安寧企業集団という中国企業に売却してしまおうというのですか」

「そうだと思います」

「ではなぜ山本さんは私にGMを降りろとおっしゃるのですか。金杉さんを差し置いて」

「当初、樫村さんにお願いした時は、金杉さんも私もこんな情報は知りませんでした。ですから契約違反であること。それに私も金杉さんに言われてちょっと調べてみたんです」

山本が神妙な顔になった。

「何が分かったのですか」

私は聞いた。どうせ碌《ろく》でもないことだろうが……。

「上村ファンドに買収をかけられた企業で、財務の責任者が襲われたことがあるんです。自動運転の安全装置を作っているベンチャーだったのですが、二人の創業者のうちの一人が、上村ファンドからカネを入れるのに強硬に反対していたんです。そうしましたら暴漢に襲われて病院送りですよ。その間にその会社は上村ファンドに買収されてしまいました。そんなことがあったので樫村さんにもしものことがあれば責任が取れませんから」

山本は真剣に私のことを心配してくれたのだろう。

あの脅迫電話はいったいだれからだったのだろうか。

ぶるっと身体が震えた。あれは岩陰でもなく小杉でもないとしたら……。暴力団？　明子になにも連絡していないが、大丈夫だろうか。

「どうされました？　顔色が……」

「ああ、ちょっと気になることがありましてね」私は顔を伏せた。そして再び顔を上げた時には結論を出していた。「私はGMを降りませんよ。このホテルを暴力団なんかに取られてたまりますか」

「樫村さん……」

山本は唖然としつつも安堵したような顔になった。

「上村ファンドが暴力団かどうか知りませんが、誰が上村ファンドを連れて来たのですか？　この間の話し合いでは、この計画は小杉だというじゃないですか。それに菱光銀行からの大和ホテルの借入金利も本当に三％なのか。宮内が一％じゃないのかと聞いていましたね。そして最後にもう一つ、宮内は上村ファンドの正体を知っているのか、どうか。知っていて動いているなら、大きな罪ですよ。私は友人として彼に忠告したいと思います」

「本当にいいんですね」

山本は私に念を押した。

今更、GMの座を捨てて逃げ出すわけにはいかない。従業員たちがようやく明るくやる気になってくれたのだ。

それに華子も私と打ち解けてくれた。そしてなによりも金杉と華子の親子対面を実現するということが、私の新たな目標になった。大和ホテルと金杉、華子親子の再生だ。両方を実現したら、どれほど楽しいことか。

「山本さん」

「はい」

「金杉さんはこのホテルが上村ファンド、そして安寧企業集団に買収されることは望んでいません。もしもの時には対抗する資金を出してくださるでしょうか？」

私は真剣なまなざしで聞いた。

「木佐貫社長との和解が成立すれば、大丈夫です。……と思います」

山本は強気で断言しながらも、ふと自信なさそうに言った。「和解」が困難であると考えているのだろう。

「しつこいようですが、山本さんは、株を勝手に売らないですよね」

私は皮肉を込めた笑みを浮かべた。

山本が、上村ファンドの正体を知ってこれほどまで動揺しているのは、自分の持っている名義株をしれっと売るつもりがあったに違いない。それくらいはしかねない男だ。しかし暴力団とつながりが強いと知って今では怯《おび》えているのだろう。

心配は宮内だ。今、彼の会社は経営不振に見舞われている。だからどんな仕事にでも喰いついてしまったのだろう。

私に対する敵意むき出しの姿は彼の本来の姿ではない。「貧すれば鈍する」という諺《ことわざ》どおりだが、宮内の場合は「貧すれば貪する」のほうがぴったりくる。貪欲になって目が見えなくなっているのだ。彼を正常に戻すのも友人としての役目だが……。しかしただ金杉の情報を伝えるだけでは彼は元には戻らないだろう。

「嫌だなぁ、まだ僕を疑っているんですか。大丈夫です。そんなに欲の皮が突っ張っているように見えますかね」

山本は自分の頬を摘まんで見せた。

「信頼していますからね」

私は念を押した。脅迫者がだれだか分からないが、山本が弱いとなるとそこを攻めて来るかも知れない。相手にはカネがあるようだ。なにせ五〇〇億円を提示しているのだから。山本がカネと暴力で迫られたらたちまち相手の軍門に下ってしまうのだ。

ちょっと脅かしておこう。覚悟を決めさせるにもいいだろう。

「山本さん、実はね」

私は深刻な顔になった。

「はい、どうされましたか」

山本も同じような表情だ。

「私、脅迫されたのですよ。余計なことをするなってね」

「ええっ」

山本が目を瞠り、口をあんぐりと開けた。

「菱光銀行に岩陰を訪ねた時のことです。気になることがありましてね。本人は不在で収穫はなかったのですが、久しぶりに皇居の周囲を歩いていると岩陰に会いました。私は彼に声をかけました。すると逃げ出したのです」

「なぜ逃げたのですか」

「会いたくない理由があるんでしょうね」

「それで……」

「どうにも皇居ランナーに邪魔されて追いつくことはできませんでした。するとその後で私の携帯電話に『余計なことをするとお前も家族も容赦しない』と男の声でかかってきました」

「発信者番号は？」

「表示なしです」

「奥さんには言いましたか」

「なにも」

私は首を振った。

「声に聞き覚えはありましたか？」

「それが分からないんです。岩陰でも小杉でもないと思います」

「そうですか」山本は深刻な顔になった。「このことを金杉さんに伝えてもいいですね」

「そうですね。伝えてください」

「分かりました。それでこれからどう動かれますか」

「上村ファンドを大和ホテル買収から手を引かせます。安寧企業集団は上村ファンドが手を引けば、自ずと撤退するでしょう」

「なにか策は？」

「今のところはなにもありません。策を弄すると策に溺れることもありますから、正攻法で行きます」私は今回の黒幕が小杉であれば、打つ手はあると考えていた。「何事も人として正しいことをやればいいんです。道は拓《ひら》けます」

私は山本に言った。その一方で明子に注意を促さねばなるまいとも考えていた。

## 5

私は直ぐに行動を開始した。勝算があるとかないとかは分からない。相手は暴力団だ。何をしてくるか分からない。

私の正攻法とは疑問点を質すことだ。本当に小杉が上村ファンドを連れて来たのか？　もし本当ならどこで接点があったのか。小杉が暴力団とつながりがあるなどということはにわかに信じられない。彼は、今日も私の傍で忠臣よろしく真面目に業務を行っている。直接問い詰めても馬鹿な……と否定するだけだろう。

そして岩陰はどのように絡んでいるのか。あの協議の場で上村理沙、山本の話を信じれば本物かどうか疑わしいが、彼女が急に立ちあがった時、岩陰の慌てようは尋常ではなかった。彼にはなにか秘密がある。それはきっと銀行員として道を外した秘密だろうと推察される。これをどのようにして暴くか……。

私は沢の力を借りることにした。そして華子にも情報を共有してもらうことにした。

大和ホテルに沢を呼んで私と華子が協議をしていると、小杉が怪しむかもしれない。

そこで私は沢に頼んで大手町にある沢の事務所に集まることにした。

「何事なの？」

華子は不安そうな表情で事務所に入って来た。

私は立ちあがり「ご足労をおかけします」と突然の呼び出しを謝罪した。

沢はまだ来ていない。事務所に来客があり、話が長引いているようだ。

「緊急事態ですのでお耳に入れておきたいと思いまして」

私は神妙な表情をした。

華子は、ソファに腰掛けながら美しい顔を曇らせた。

「お待たせしました」

沢がにこやかに入って来た。彼はいつも明るい。天真爛漫さが彼の持ち味だ。ホテル投資という、利回りに厳しい世界に身を置きながらも決して打ちひしがれることはない。この姿勢が彼の前に道が広がる理由となっているのだろう。

「悪いね。事務所を貸してもらって」

「何をいいますか。私は先輩のアドバイザーですよ。いつでもこき使ってください。今日はどんなことですか。緊急事態のようですが」

沢は華子の隣に座った。

私は、上村ファンドについて話した。華子はもとより沢も驚き、緊張した表情になった。

「大和ホテルの買収に反対すれば、どんなリアクションがあるかもしれません。社長はキーマンです。賛成とも反対とも旗幟《きし》を鮮明にしない方がいいかと存じます」

私は言った。

反対だと意思を明確にすればなにが起きるか分からない。私は脅迫電話の件は話さなかった。余計な不安を煽るだけだと思ったからだ。

その後、華子と沢とに私の考える排除作戦を説明した。二人とも深く納得した。華子は、それで進めましょうと同意してくれた。

「金杉さんとの面談をセットします。彼は間違いなく守護神になってくれますから」

私は言った。

「ひとつ確認していいかしら」

華子は言った。

「はい」

私は答えた。

「この情報は金杉氏からもたらされたものですね。彼は、上村ファンドと安寧企業集団による買収に反対ですね」

「はい。その通りです」

「だからこんな情報を提供したってことはありませんね」

「虚偽の情報だとおっしゃるのですか」

「その可能性もあるってこと」

「それは絶対にありません」

私は言い切った。金杉が華子を愛する気持ちを知っていれば、贋《にせ》情報を提供するわけがない。華子を守りたいから金杉は華子に関係する情報を集めているのだ。

「随分自信があるんですね」

華子は言った。

あなたの実の父は金杉です、父が娘を守るために奮闘した結果ですからと喉から出そうになるのを私は、ぐっと我慢した。

「私を信じてください」

私は強い口調で言った。

「分かりました」

華子は微笑した。

さあ、誰が主犯か分からないが、悪だくみを暴いてやるぞ。

私は決意した。

## 6

数日後、沢が大和ホテルの私の執務室にやってきた。

私は、たまたま小杉と資金繰りの打ち合わせをしていた。

「ちょっと沢さんと話があるから、小杉さん、悪いけど席を外してくれますか」

「はい、分かりました」

小杉は少し訝しげな表情を浮かべたが、席を外した。

私は、沢と個室に入り、ドアを閉めた。

「まずかったですね」

沢がドアに視線を向けた。

「大丈夫だよ。でも小声で頼む」

私は沢にそうは言ったものの小杉との間には微妙な隙間風が吹いていた。

やはり私の小杉に対する態度が、自分では気づかないうちにどことなくぎこちなくなっていたのだろう。それを小杉は敏感に察知したのに違いない。今まで以上に慇懃に接するようになっていた。

「最近、GMからの相談事が少なくなりました」

小杉が暗い目で私を見つめ、ぽつりと漏らした言葉を聞いた時にはドキッとした。足元の震えを感じた。脅迫電話は君の仕業かとさえ思った。

「ええ……まあ」

私はあいまいな返事をしたが、内心は非常に落ち着かなかった。

「小杉さんはどうですか」

沢が聞いた。

「うん……。普通だよ」

私は答えた。

「そうですか。でもこれを見たら普通じゃいられませんよ。入手には苦労しましたよ」

沢がコピーを机の上に置いた。

「悪かったね」

「高くつきました」

沢はにやりとした。どんなに高くついたのかは深く詮索しない。

「やはりそうか……」

私は興奮した。

沢が持参してくれたのは、大和ホテルが菱光銀行から借り入れている借入金台帳のコピーだ。約二〇〇億円の借り入れは、何本にも分かれているので台帳の全部ではない。

沢は、私より菱光銀行の現役たちと年代的にも近い。それに今のビジネスを通じての関係も深い。岩陰がいないと見ることができない、借入金台帳（銀行からすれば貸出金台帳）のコピーを入手できないかと頼んだのだ。

沢は見事にその依頼に答えてくれた。沢によると、昔、付き合いのあった女子行員が本店営業部にまだ勤務していたのだ。そこで彼女に頼んだと言う。

「借入金利率は三年前から徐々に引き下げられて、一年前から一％になっていますね。確か樫村さんは大和ホテルの借入金利率を三％とおっしゃってましたが、これはどういうことでしょうか」

沢が深刻な顔で私を見つめた。

「不正だよ」私は言った。「大変な不正だよ」

「まさか約二〇〇億円を三％から一％を引くと二％だから……」

沢の動揺が激しく簡単な計算が出来ないようだ。

「年間約四億円の利息の差額を岩陰と小杉が着服した疑いがあるってことです」

私は怒りで唇が震えた。

「なんてこと！」

沢の声が大きくなった。

「しっ」

私は慌てて沢の口を自らの手でふさいだ。

沢が口をふさがれたまま何度も頷いた。

「大変じゃないですか」

「ああ、大変なことです」

「どうしますか？」

「さあ、どうしますかね」

「そんなにのんびりしていていいんですか」沢が怒っている。「樫村さんはこの不正にいつ気づいたのですか」

「実際は、この間の宮内の発言なのだけれども、小杉に借入金利率の引き下げはどうなっているのか、私が菱光銀行に交渉に行こうかといっても、曖昧に返事していたのでおかしいとは思っていたんだ。それにお互い菱光銀行のOBとしての経験に照らしても市場の金利がこれだけ低下した場合、融資の利率を引き下げないで放置することなどありえないだろう」

「ええ、ありえません。取引先に求められる前に引き下げたこともあります」

沢は自信を持って答えた。

「そうだろう。それが普通だ。小杉は交渉しても菱光銀行の岩陰が引き下げに応じないと言っていたが、嘘も嘘、真っ赤な嘘だったんだ」

「声が大きくなっていますよ」

沢が口角を引き上げ微妙に笑った。

「おお、悪い」

私はドアに視線を向けた。小杉が聞き耳を立てているように思えたのだ。

「岩陰が逃げるはずですね」

沢が言った。

「このことがバレると思ったのだろうね。おそらくこの不正は小杉から提案したのだろう。

小杉は三十年近く経理を牛耳っている。不可侵の職場だ。不正は岩陰が担当になってから始まっている。それ以前にも何か不正を働いていたかもしれないが、それはこれから調べることになる」

「樫村さんの推理は、小杉の不正提案に乗った岩陰が、大和ホテルの借入金利率を操作し、利息の差額を別口座にプールすることにしたというわけですか」

「そうだよ。おそらく大和ホテルに提出する台帳は改竄《かいざん》され、三％のままになっていると思う」

「手の込んだことをやりましたね、二人は……」

「この不正は、過去に旧WBJ銀行でもあったことだよ。取引先への融資の利息を着服する手口はね」

私は抑えられないほどの怒りがこみ上げて来た。

小杉は渡良瀬が不正を働いていると私に讒言したが、それは自分のことだったのだ。おそらく業者からもリベートを取っているかもしれない。これに山里が絡んでいたら最悪だ。

「何十年も同じ人間を同じ担当に置いたのが間違いですね」

沢がしたり顔で言った。

「その通りだよ。だから明日、人事異動を行って小杉を財務担当から外す。後任は渡良瀬さんにやってもらう。これで小杉がどう動くかだね」

「岩陰の方はどうやってとっちめますか？」

「沢さんの同期で偉くなっている奴がいるだろう？」

「いますよ。副頭取になっていますよ。たいした能力はなかったと思いましたがね」

「世の中、そんなものさ。その彼は信頼できるのか」

「人柄だけは最高ですから」

「それはいい。それが出世の決め手だよ。小杉の不正の証拠がつかめたら、その彼に相談しよう。なにせ不正に借入金台帳のコピーを入手しているからね。それを不問にしてもらわないといけない」

「そうですね。彼女に迷惑をかけてしまう。もっと高くついてしまいますから」

沢が首を縮めた。女子行員にどんな甘い言葉を囁いたのだろうか。全てが片付いたら、それも明らかにしなければならないだろう。

「もう少し、付き合ってくれ」

私は沢を見つめた。

「了解です」

沢は力強く答えてくれた。持つべきものは良き友だ。

7

私は、華子に小杉と岩陰の不正の可能性を報告した。華子は正常ではいられないほど動揺した。報告したのはまずかったかと一瞬、後悔したが、杞憂《きゆう》だった。華子はすぐに落ち着きを取り戻し、「慎重に進めてください」と指示をした。さすが金杉の血を引くだけのことがある。

私は、人事異動を実施した。小杉をGM補佐にし、渡良瀬を財務部長にした。これだけが目立たぬように他の人間も何人か異動させた。

「即日、引き継ぎをお願いします」

私は渡良瀬と小杉を呼んで、二人の目の前で指示をした。

小杉が、私を睨みつけている。渾身《こんしん》の恨みを込めているようだ。

「分かりました」

渡良瀬が言った。彼には情報を全て伝えてある。強い決意を込めた表情だ。

小杉は、渡良瀬が後任になった理由を頭の中に忙しく巡らせているだろう。私に、渡良瀬は警戒するべきだと忠告したにも拘わらず、私が渡良瀬を選んだことに衝撃を受けているようだ。

私は今日のために沢も呼んでいた。沢は、渡良瀬と一緒に小杉の仕事を調査することになる。

「沢さんも引き継ぎを手伝ってもらいます。それから財務部の皆さんはGM室に来ていただけますか？　机の鍵などはかけないようにしてください。渡良瀬部長が、中身《なかみ》を点検するかもしれませんが、お許しください」

財務部の小杉の部下は二人だ。彼らが小杉の不正に絡んでいるとは思いたくないが、もしもの可能性がある。そのため調査中はこの場から離さないといけない。書類などを勝手に破棄されたら困る。

「これは引き継ぎですか。まるで調査みたいです」

小杉がすごい剣幕で苦情を言った。

「財務部の引き継ぎですからご容赦ください。渡良瀬部長に従ってください」

「分かりました」

小杉の憎々しげな視線を私は、避けた。

今回のことはものすごいリスクを伴う。想定しているような不正の証拠が出てくればいいのだが、もし出てこなければ人権侵害になりかねない。

「ではよろしく頼みます」

私は渡良瀬と沢に言い、二人の財務部員をGM室に連れて行った。

GM室に入ると財務部員は緊張していた。

一人はベテランの山岸哲夫《やまぎしてつお》。年齢は四十歳だ。小杉と同じく経理専門学校を卒業して入社した。実務は堅いと評判だ。

もう一人は城倉百合《じようくらゆり》、二十五歳。短大卒で入社した。チャーミングで誰からも愛される夕イプだ。

二人は不安そうに私を見ている。

「驚かせてすみません。突然の人事異動でね」

「はあ、なにかあったのでしょうか」

山岸が聞いた。

「まだ分かりませんが。ところで山岸さんは小杉さんと長いおつきあいですが、なにか気づくことはありませんか?」

「気づくことと言いますと」

山岸が警戒している。

「具体的には分かりません。なにか気になることです」

「さあ……。堅い人ですからね。これだけ長く勤めていても滅多に二人で飲みに行くこともありませんし……」山岸は首を傾げた。「四年前に奥さんを癌で亡くされたんですが、寂しいとはおっしゃっていましたね。それくらいですかね」

小杉は四年前に妻を亡くしていたのか。不正の始まりは三年前とすると、妻の死による寂《せき》寥《りょう》感、一方で独身になったという解放感は不正の動機になりうる。

「あのう……」百合がおどおどと手を挙げた。「よろしいですか」

「いいですよ」

「奥さんを亡くされた頃、飲みに行こうとよく誘われたんです」

「へぇ、そんなことがあったの」

山岸が驚いている。彼は、実務を忠実にこなすタイプで世事に疎いようだ。

「ええ、でも私、飲めないですからお断りしていました。そうしたら女性から電話がかかるようになりました。私、いい人が出来たんだなと思いました」

「それからは誘われない？」

「はい」

「結構、頻繁にかかってくる？」

「ええ、今日もかかってきました」

「今日も！」私は驚いた。「その女性には会ったことはないのですか？」

「私はありません。山岸さんは？」

百合が聞いた。

「ありませんね。でも……」山岸が考えるような素振りを見せた。「随分前のことですが、女性への贈り物は難しいねってしみじみおっしゃっていて。奥さんも亡くなっているし、そんな色っぽいことを言う人でもないし……あれって思いましたね」

女か、と私は思った。男が不正を行う原因は女かギャンブルだ。そしてこれは銀行時代の経験だが、まさかあの人がという典型的な地味男が不正に手を染めることが多い。一見して派手で誰もが注目している男は不正から遠い。小杉も地味で目立たず、この表現は不適切だが、田舎の村の役場の職員みたいな風情だ。

「大変です」

突然、ドアが開き、沢が飛び込んできた。

「どうした？」

私は聞いた。

「小杉がいなくなりました」

「なんだって！」

私は驚いた。

「ちょっとトイレに行くと言いまして……。まあ、いいかと思って目を離しました。いつまでたっても帰って来ないのでおかしいなと思ったら、トイレはもぬけの殻でした」

沢は弱り切った表情をした。

「ばかぁ」

私は思わず言った。

「すみません」

沢は頭をかいた。

「それでなにか見つかったか」

「それはもうバッチリ」

沢は笑みを浮かべた。

「それはよかった。それは後で聞きます。急ぎ小杉さんを探さねば。自殺でもされたら大変だから」

「自殺！」

沢が素《す》っ頓狂《とんきょう》な声を上げた。

「銀行でも不正の調査中に自殺した事例があるんだ」

私は険しい顔をした。

「小杉さん、不正を働いているんですか」

山岸が聞いた。

「ああ、いや、どうも、まだはっきりしていないんだけどね」私は慌てた。今、これが噂になっては困る。「このことは絶対に秘密にしてください。もし社内で噂になったらそれは山岸さんと城倉さんのせいだと思いますからね」

「そんな……。大丈夫です。ホテルマンは口が堅いですから」

「それなら安心しました。ところで小杉さんの自宅はどちらでしょうか。教えてください」

私は山岸に言った。立ちまわり先と言っても分かるはずがない。とりあえず自宅を張りこむしかないだろう。

「こちらです」

百合がメモを渡してくれた。

「沢さん、通帳とかはありませんでしたか」

「それはありません。例の台帳も改竄されているのがありました。こちらの台帳は全て改竄されています。手帳があり、細かく日付と入金が記録されています。利息の入金なのか、リベートなのかはわかりません。それとこれです」

沢は一枚の写真を見せた。

「上村理沙じゃないか」

私は唖然とした。写真は、どこかの旅館の室内なのだろう。やや崩れた姿で、頬をあからめた理沙が写っている。

「彼女は小杉の女ですね」

沢が意味深な表情を浮かべた。

「参ったな」

私は呟いた。

「あんな美人じゃ小杉じゃなくても迷いますね」

沢がにやりと笑った。

「バカ言うんじゃない。怒るぞ」

私は本気で言った。迷いたくてもぐっと忍耐するのが男だろう。

「私は小杉さんの自宅に行く。沢さん申し訳ないが、渡良瀬さんと一緒にもう少し証拠を集めてください。菱光銀行の岩陰の関与もね」

「分かりました」

沢が勢いよく答えた。

「山岸さん、城倉さん、お二人も渡良瀬さんの指示に従ってください。調査に協力をお願いします」

「はい」

二人は表情を強張らせて返事をした。

「くれぐれも情報管理はしっかりしてください」

私は念を押した。二人は神妙に頷いた。

私は、小杉の自宅に急ぐことにした。

## 8

私はタクシーを飛ばして小杉の自宅に向かった。小杉は仕事に便利だと言って豊洲《とよす》の高層マンションに住んでいた。

まさかそのマンションも横領したカネで買ったんじゃないよね、と言いたくなる。

確かに仕事には便利だ。高速道路を飛ばしてもらうとすぐだ。

タクシーが着いた。見上げるほどの高さだ。三十階建だという。エントランスからして素晴らしい。億ションではないだろうか。

少なくとも私の杉並の自宅よりは立派だ。ここの二十五階だという。

以前住んでいたところを売却して購入したのかもしれないが、妻を亡くした中年独身男性には似つかわしくない。

こんなマンションは、セキュリティがしっかりしているから部外者は入れないのではないか。

やはり懸念した通りだ。全く受け付けてくれない。途方に暮れる。管理人が常駐しているはずだから頼んでみようと管理棟に向かおうとした時、携帯電話が鳴った。

嫌な気分がした。

「あなた！」

携帯電話から飛び出してきたのは妻の明子の悲鳴のような叫びだった。

「どうしたんだ」

「庭に煙、爆弾」

「えっ、なんだって。落ちつけよ」

「今、幸太郎が庭に出て消しているけど、大変だったのよ。煙が……」

火事でも起こしたのか。でも爆弾とは？

「落ち着いて、わからないよ」

私も焦りでイラつく。

「ゆっくり説明するわね。庭にね。何かが投げ込まれたの。そしたらそこからもう前が見えなくなるくらいの煙がもうもうと出て……。近所の人が大騒ぎ。たまたま幸太郎がいたから、その煙を出しているものに水をかけたら、ジュッといって消えたんだけどね。警察や消防がきて、もう大騒ぎ。なに、これ。あなたなにか心当たりあるの。警察に聞かれたわ、恨まれてませんかって」

「それは爆弾じゃなくて煙幕を出す花火か何かだろうね。誰も怪我はなかったかい」

「怪我はないけど、近所の人も私も気味悪くてね。いたずらにしては性質《たち》が悪いから」

「分かった。恨まれることはないから。でも気をつけてほしい。怪しい車や人には警戒してくれ」

「あなた、やっぱりなにかあるんでしょう。この間、しばらくの間身辺には気をつけていろ、なんて言ったでしょう。詳しく理由は言わなかったけど。そのせいじゃないの」

私の耳に脅迫電話の声が蘇って来た。だんだん手に負えなくなっているのではないのか。不安が募る。

「今日は帰れないかもしれないけど、できるだけ早く帰って説明するから。とにかく気をつけてくれ。幸太郎にもよく言ってくれ」

私の口調は深刻さを増していた。

「あなたは大丈夫なの」

明子の声も怯えている。

「ああ、大丈夫だ、と思う。電話、切るよ」

電話を切った。するとすぐにかかって来た。発信元不明だ。私は恐る恐る携帯電話を耳に当てた。

「すぐにGMを降りるんだ。余計なことに首を突っ込むと家族の命は保証しないぞ」

相手の声は低く沈んでいる。おそらく手を口に当てて話しているのだろう。

「お前は誰だ！」

「誰でもない。お前のことを邪魔だと思っている人間だ。余計なことをするな。今すぐGMを降りるんだ」

「馬鹿にするな。お前なんかに負けてたまるか」

私は思わず叫んだ。携帯電話の通話が切れた。

私は足が震えて堪らなかった。

## 9

結局、小杉には会えなかった。私は重い足取りで大和ホテルに戻った。財務部に向かう。そこには渡良瀬、沢、山岸、百合、そして華子がいた。誰もが深刻な表情で暗く落ち込んでいる。

「小杉さんに会えましたか」

華子が聞いた。

「いいえ」私は肩を落とした。「住まいは豊洲の高層マンションでセキュリティで守られていて入れません。常駐の管理人にお聞きしましたが小杉さんは帰宅していないようです。安全性を考慮して在室の際には管理人室のランプがつきます。それがついていない」

「そうですか」華子は渡良瀬を見た。「調査結果を教えてください」

「はい」

渡良瀬が緊張した面持ちで一歩前へ進み出た。

「菱光銀行から沢さんに入手していただいた大和ホテルの借入金台帳のコピーとこちらの台帳を照合しますと、明らかに改竄されております。これは銀行の方で改竄したものと思われます。書式などが全て一致していますので」

「菱光銀行の誰か、それは岩陰さんが関係しているんでしょう」

私は言った。

「そう思われます。借入金の利息は自動で引き落とされます。一%で引き落とされますが、それと同時に二%分が引き落とされています。口座には二行で印字されているのですが、小杉が事務を一手に担っていましたので、山岸さんも城倉さんもおかしいと思わなかったようです」

「社長、私も城倉もなにもしていません。信じてください」

山岸は泣きながら華子にすがりついた。城倉も肩を揺らして泣いている。

「分かっています。心配しないで」

華子は山岸の肩を優しく抱いた。

「二%分を個人口座に振り替えていたのです」

手口は予想した通りだった。銀行の不正でよくある手口だ。客の口座から自分の口座へ何らかの名目をつけて振替、着服する。客は銀行のことは分からないので小額の手数料なら、そんなものかと振替に応じてしまうのだ。

「着服総額はどうなのかしら？」

華子が聞いた。

「菱光銀行に協力してもらわないと全容は摑めませんが、三年間にわたって不正を働いているようですので二〇〇億の借り入れに対して二％を三年間としますと最大で十二億円となります」

渡良瀬が感情を交えず言った。

華子が目を閉じ、身体をぐらつかせた。

私は慌てて身体を支えた。

「きゃっ」と叫んで百合が顔を伏せ、しゃがみこんだ。自分の上司が知らないところで巨額の横領をしていたことがショックなのだ。

「最大で十二億円……」

私は小杉の分不相応な高層マンションを思い浮かべた。

「横領金額を記入した手帳がありました。それによると三年間にわたり二〇〇億円の二％を着服したのではないようです。最初は一％程度ですので横領金額は十二億円より少なくなると思われますが……」

沢が言った。

「思われますが……なに？」

私は聞いた。

「岩陰にかなりの額が行っています。基本的に山分けしています。手帳には横領金額の半分をＩへと書かれています。岩陰のことでしょう。この計画をどちらが持ちかけたかはわかりませんが、岩陰が大和ホテルの担当になってからすぐに始まっています」

沢が答えた。

「本当に申し訳ございません」渡良瀬が膝をついて華子に謝った。「私は小杉の動きがどうも怪しくて警戒していたんです。銀行にも問い合わせしましたが……。結局、こんなことに。本当に申し訳ありません」

「渡良瀬さん、不明を恥じなければならないのは私です。責任は私にあります。さあ、立ってください」

華子が手を差し伸べた。渡良瀬は、その手を握ってよろよろと立ちあがった。

「岩陰と組んでいたら渡良瀬さんにはどうしようもありませんよ。まず岩陰を確保しよう」

私は言った。

沢が悲痛な顔をした。

「さきほど菱光銀行に岩陰の所在を確認しましたが、不在のようです。おそらく逃走したものと思われます」

沢が言った。

「小杉も岩陰もいなくなったのか……なんてことだ」

私はため息を吐いた。

「これからどうしますか？」

華子が言った。

私は華子に向き直った。

「警察に相談します。自宅に横領した金額の通帳があるかもしれない。沢さん、手帳には口座番号は書いてないかな、二人の」

「調べてみます」

「至急調べてほしい。判明次第、銀行に連絡して支払禁止にしてもらおう。引き出せないようにね」

「すぐ調査します」

沢が言った。

「警察は私がやります。銀行の方は渡良瀬さんと沢さんでお願いします。調査には銀行に全面協力してもらってください」

「了解です」

渡良瀬が言った。

「私たちにもなにかさせてください」

百合が真摯な視線を私に向けた。

「ありがとう。君たち二人にはガタガタになった財務部を建て直してほしい。問題は、一人の人が長く担当し続けたことだよ。でも財務というのは専門的知識が必要だ。人事異動が可能な財務部の仕組み、二度と不正が起きない仕組みを考えてくれ」

「分かりました」

山岸が厳しい表情で答えた。

「あのう」

また百合がこわごわと手を上げた。

「なにかある？　城倉さん」

私は聞いた。

「もしもの可能性ですが、山里さんは小杉さんと親しいのでどこにいるかご存じかもしれません」

百合の意見に私ははっとした。そして渡良瀬を見た。

渡良瀬は大きく「うん」と頷いた。

「山里さんを呼んできてくれ」

私は百合に命じた。

「はい」

役割を与えられた嬉しさで百合が飛ぶように部屋を出て行った。

「社長、いいですか？」

私は華子に向かった。

「はい」

華子は私の真剣な表情を見て緊張した面持ちになった。

「私は脅迫を受けています。今日、家族も攻撃の対象になりました」

私はじっと華子を見つめた。

「本当ですか」

華子は驚いた。

「大丈夫だったのですか。ご家族は」

沢が心配して聞いた。

「いったいだれが……」

渡良瀬が言った。

「上村ファンドだと思われます。私に執拗にGMの座から降りろと脅すのです」

「上村ファンドの背後には暴力団がいるというお話でしたね」

華子が暗い表情で言った。

「はい。その通りです。私や私の家族の命はないといわれました」

「なんてこと……」華子は驚愕で目を見開いた。「樫村さん、どうなさいますか」

華子の問いに私はしばらく答えなかった。十分に考えた後、華子を見つめた。

「私はGMを辞めません。相手に負けるものかと言ってやりました」

「まぁ」

華子が嬉しそうに微笑んだ。

「大和ホテルは暴力に屈するわけにはいきません。しかし私の存在が危機を招いているのなら、私も行動を考えざるをえません」

「どうするの？　警察に相談しましょう」

華子は真剣だ。

「いいえ」私は首を振った。「蛇の道は蛇と言います。上村ファンドに詳しい人物に相談します」

「金杉氏？」

華子は言った。

「はい。金杉さんは社長の守護神だとおっしゃっています。今こそその力を発揮してもらいます。それに今回の不正の穴埋め、さらに上村ファンドに対抗するためにはカネが必要になります」

私はこれまでにない真剣さで言った。

「そのために私に金杉氏の援助を乞えと、頭を下げろと……」

華子は私を睨んだ。

「その通りです」

私も睨み返した。

いろいろなことが同時多発的に起き、私は自分が興奮状態にあるのを自覚していた。しかしこの段階で金杉に全てを相談する判断は間違いではないだろう。

「分かりました。金杉氏には私からお願いします」

華子は言い終わると、瞬きもせずに私を見つめ続けた。

## 10

百合に案内されて山里が来た。何事かという顔だ。

「お呼びでしょうか」

山里は、この場に華子がいるのを見て、尋常ではない空気を感じ取ったようだ。

「山里さん、手短に事態を説明します。ただしここで聞いたことは他言しないようにお願いします」

私は厳しい顔つきで言った。

「はい、承知いたしました」

山里も神妙な顔つきになった。

「実は、小杉さんの横領が発覚しました」

「ああ、なんということだ」

山里は心底から嘆いているように深いため息をついた。

「小杉さんの行方がわかりません。あなたは小杉さんと親しいですね」

「はい」

山里の表情が強張る。

「どこに行ったか心当たりはありませんか」

「自宅は？」

「自宅には戻っていないようです」

「小杉の自宅は分不相応だと思っていました」

「豊洲のマンションに行ったことがあるのですね」

「はい、相当な高級マンションでした。前に住んでいた家を売って買い換えたと言っていました。奥さんも亡くなったのにこんな広いマンションを買ってどうするんだと聞きましたら、マンションの方が気楽だからと答えていました」

「他には……」

「まさか再婚するんじゃないよなと冗談めかして聞きました。するとまんざらでもない顔で、まあなと言ったのです」

「それでどうなりましたか」

私も華子も山里の話に前のめりになる。

「その女性には私は会ったことはありませんが、一度、紹介すると言われてここに訪ねて来てくれと住所を教えられました。これです」

山里は手帳のページを開いた。そこには麴町《こうじまち》の住所が書かれていた。ここから近い。

「行ったのですか？」

「いいえ。でも小杉は女性のことを美人だが、カネがかかると言っていました。私は騙されているんじゃないかと思います。小杉は奥さんを亡くし、人生に絶望している時期がありました。そんな心の隙間に入ってきたのでしょう。中年の風采の上がらない男に若い美人が寄ってくるハズがありません。あるとしたらカネです。私、心配していたんです」

山里は悲しげな顔をした。

「君は、小杉の不正を感づいていたのではないのか。君たちは私の目から見てもとても仲が良かった」

渡良瀬が責める口調で言った。

「確かに私たちは同期入社で仲が良く、二人で色々な悩みを話したり、愚痴をこぼしたりしました。しかし彼は奥さんを亡くしてからというもの変わりました。付き合いも悪くなり、なんだかこそこそしているようで……。ですから最近は距離が出来たと思います」山里は悲しそうに言った。「それに」山里はきりりとした表情に戻り、私を見つめた。「樫村ＧＭが来られた時、どんな人だろう、元銀行員だから財務や経理に詳しいのかな、うるさく言われるだろうなとこぼしていたことがあります。しかし信頼を得て生き生きしていたように思ったのですが……」

山里の目から大粒の涙がこぼれた。

「ありがとう。いい情報をありがとう。申し訳ないですが、渡良瀬さん、沢さん、山里さん、この麹町のマンションに行ってくださいませんか。もしかしたら小杉がいるかもしれない。小杉が見つかれば岩陰も見つかるでしょう」

「分かりました」

渡良瀬たちは強い口調で言った。

「吉報を待っています」私は言い、華子に「さあ、出かけましょう」と言った。金杉と華子を対面させるのだ。今度こそ親子の名乗りを上げさせる。金杉の力を投入してもらう。そうでないと大和ホテルは漂流してしまうだろう。

## 11

私は金杉に連絡して華子を連れて行くと伝えた。用件は緊急であなたでなければ解決できない問題が発生したのだと言った。

金杉はすぐに自邸に来るように言った。

今、応接室で華子と緊張して金杉を待っているところだ。

「社長、本当に信じてください。金杉さんは守護神ですからね」

私は言った。あなたの実の父であると喉から出そうになるのを我慢するのが大変だった。

「樫村さん、変ですよ。何度も同じことを繰り返して」

華子が怪訝な顔をする。

「すみません。でも大事なことなので」

応接室は、豪華という言葉しか思い浮かばない。私の家の敷地全部より広く、天井まで洋書などの類がびっしりと収まっていた。オーク材作りで全体的にシックで優雅だ。まるで西欧の図書館にいるようだが、圧迫感はない。

金杉が入って来た。

おや?

私はいつのも金杉と違う印象をうけた。いったい何が違うのか? 和服のことが多いが、今日はスーツ姿だ。もともと精悍な体つきであるためスーツもよく似合う。それとは違う。

あっ。

甘く、切ない柑橘系の香りがするのだ。シェービングクリーム?

私は、金杉に、華子がシェービングクリームの香りを記憶していたことを告げたのだ。

金杉は、今も、柑橘系の香りのするシェービングクリームを使っているのだ。それも今日は、やけにたっぷりとつけたようだ。いつもより金杉の顔がてかっているように見える。小杉の犯罪が発覚して、深刻な事態にも拘わらず私は、思わず愉快な気持ちになった。

「お待たせしました」

金杉が前に坐った。

華子が戸惑った表情を見せた。柑橘系の香りが漂っているからだろう。今度は記憶ではなく、実際に香っている。

「今日の相談は上村ファンドのことかな」

金杉は鷹揚に言った。

「社長、私が一通り説明させていただいてもよろしいでしょうか」

私は華子に断わった。華子は、どことなく心ここに非ずという表情をしていた。

「お願いします」

華子は言った。

私は、小杉の不正の件、それに菱光銀行の岩陰が絡んでいる件を詳しく説明した。

金杉は何も言わず、ただ渋い表情で聞いていた。

「小杉と岩陰は失踪中で、今、大和ホテルの者が関係先を当たっています。それとこれは私自身が助けてほしい問題ですが……」

私は金杉を強く見つめた。

「上村ファンドのことかね」

「そうです。実は、私はGMを降りろと脅迫を受けておりまして、先日は我が家に花火とも発煙筒とも言える物が投げ込まれ、警察、消防を巻きこむ騒ぎになっております。すぐに脅迫電話がかかってきて家族の安全を保証しないというのです。上村ファンドの背後にいる暴力団の仕業ではないかと考えております。このままですと私の家族、いや社長にまで危害が及ぶのではないかと懸念します。金杉さん、なんとか助けていただけませんでしょうか」

私は一気に話した。

「蛇《じゃ》の道は蛇《へび》とでも考えたのかね」

金杉はにたりと笑った。まさにその通りで私は背筋がぞくっとした。

「申し訳ありません。なにとぞ良い解決策をご教示ください。華子社長も今では上村ファンド、安寧企業集団に大和ホテルを買収させるのは反対の立場です。狙われる可能性が大です」

私は華子を見た。

「私からもお願いします。どうか不当な暴力から、樫村さんやご家族を守ってあげてください」

華子も頭を下げた。

金杉はじっと私たちを見つめていた。しばらく緊張した沈黙が続いた。

「大丈夫です」

金杉が自信たっぷりに言った。

「はっ」

私は顔を上げた。

「実は、あれから上村ファンドを調べました。今回の大和ホテル買収に上村ファンドは関係していないのです」

「えっ」私は華子と顔を見合わせた。そして金杉を向き直り「どういうことでしょうか?」と聞いた。

「どういうこともこういうこともない。上村ファンドは大和ホテル買収など企てていない。従って安寧企業集団の話も全くの作り話だということです」

金杉は強い口調で言い切った。

「どういうことかさっぱり理解できません」

華子が怒ったような顔になった。

「全ては私が君をGMに送り込む計画を立てた時から始まったようですな。詳しいことは、彼らから話をさせよう」金杉は入口に向かって「おい」と声をかけた。

いったいだれが入ってくるのだろうか。

## 12

まさか、打ちひしがれた様子で宮内が目の前に座っているとは思わなかった。

その隣は山本だ。なんだか役者がそろってしまった感じだ。

山本が、金杉に代わって詳しく説明してくれた。

銀行出身である私がGMで大和ホテルに入社すれば、いずれ遠くないうちに不正がバレると考えた小杉が買収芝居を打ったのだ。

知恵をつけたのは、勿論、岩陰だ。

二人の結びつきは、二人を捕まえてみないと判明しないが、以前から知り合いだった可能性が高い。

想像するに岩陰もカネに苦労していたのだろう。小杉は、女にカネを注ぎ込んでいた。妻が亡くなった後、歯止めが利かなくなったのだろう。真面目な中高年に多い現象だ、と山本は苦笑した。

「あのマンションも横領したカネで買ったのでしょうか」

私は山本に聞いた。

「おそらくそうでしょうね。そのマンションは見ていませんが、億ションでしょう」

「ええ」

私はがくりと肩を落とした。華子はもっと愕然としていた。横領されたカネは戻って来ない可能性が高い。

「彼らは不正の発覚を恐れて、大胆な計画を立てたのです。大和ホテルを買収しようと……」

山本が言うと華子の目がかっと開いた。

「それで岩陰は懇意にしていた宮内さんに声をかけた」山本は宮内を見た。頭を垂れ、力なく座っている姿は一回り縮んでしまったかのようだ。「宮内さんの事務所が経営不振になっていることを岩陰は知っていたのです。借入金の返済にも追われていました。そうですね、宮内さん」

「ああ、そうだよ」

宮内がややふてくされたような顔で返事をした。私を全く見ない。

「宮内さんは岩陰の話に喰いついた。買収先は大和ホテル、有名な上村ファンドに中国の安寧企業集団とくれば成功間違いなしだからね。宮内さんは、私の名義株にも触手を伸ばしてきた。条件がいいので金杉さんには悪いがぐらっと来たのは事実です」

「悪い奴ばかりだよ」

金杉は山本を睨んだ。

「すみません。でもそのお陰でいろいろ調査をしたんです。金杉さんは上村ファンドを、私は安寧企業集団を……。そうしたら驚いたことに大和ホテル買収話は全く出てこない。これはおかしいと思ったのです」

私は言った。

「小杉と岩陰が不正を隠蔽するために経営権を握る自作自演だったというわけですか」

「その通りです」

山本は答えた。

「でも自作自演とはいえ買収にはカネがいる。それをどうするつもりだったのでしょう」

私は聞いた。

「それに関しては宮内さんから説明していただきます」

山本が言った。

宮内はすっかりやつれた顔を私と華子に向けた。

「本当に面目ない。焦りが招いた失敗だ。社長にも樫村にも悪いことをしたよ。今回、金杉さんに厳しく叱られてね、ようやく目が覚めた」

宮内は金杉に一礼した。

「宮内君、話して、すっきりしなさい」

金杉が発言を促した。

「岩陰とは何度か仕事をしたことがあった。それで今回の話も信用してしまった。ところがどうもおかしくなってきた。私が株主を回って株の買い取りの交渉をして約束を取り付けた。それで上村ファンドや安寧企業集団の責任者に会わせてくれと言っても、なんとかかんとか言ってなかなか会わせない。この間、理沙という上村ファンドの娘が突然、席を立っただろう。彼女は一切、発言しない。そればかりか肝心な時になると、あの時みたいにわがままな態度でいなくなるんだ。私は岩陰にどうなっているんだと怒鳴ったことがある。すると最近、上村ファンドも安寧企業集団もダメかもしれない。自分と私で別のファンドを見つけましょうと言って来たんだ。株主の合意はあらかた出来ている。これで別の有力なスポンサーを見つけてくれれば、プロキシーファイトでもなんでもやれば勝てると言いだしたんだ。約束が違うじゃないかと言ったが、私も株主に株の買い取りの約束をした以上、今更、降りるわけにいかなくなって、どうしようかと悩んでいたところだった」

「なんという杜撰《ずさん》な計画でしょう」

華子が憤った。

「杜撰には違いないが、彼らは宮内君の実力は評価していた。だから、最後は宮内君がなんとかしてくれるだろうと、有力ファンドと有名企業の名前で株主の切り崩しを先行させたわけだ。樫村さんの追及がなければ、宮内君は死に物狂いで別のスポンサーを見つけて、本当に彼らの計画が実現したかもしれない」

金杉は言った。

宮内は、金杉に評価されていることが嬉しかったのか、出会って初めて安堵の笑みを浮かべた。

「では私への脅迫電話や自宅への発煙筒の投げ込みは誰がやったのですか」

私は金杉に聞いた。

「おそらく小杉と岩陰が手分けしてやったのだろう。とにかく買収反対で、従業員の心を摑みつつある樫村さんが邪魔だったというわけだ」

金杉の説明を聞いて、幾分、ほっとした。早く小杉と岩陰を確保しなければならない。

「ところで私は大和ホテルを愛する気持ちは誰にも負けないつもりだ。しかし大和ホテルはどうも経営の方向性を失っているように見えた。もっと業績があがるはずなのに低迷している。華子社長の手腕も見えない。これは大和ホテル内を虫が喰っているからではないか。その虫が毒素をバラまいて華子社長の目を見えなくしているのではないかと思った。それでホテルには素人だけど、トラブルに強い樫村さんを山本さんから紹介され、GMで行ってもらうことにしたのだ。目論見は成功して虫を追いだすことはできたが、問題はこれからだ。不祥事で傷ついた財務、これが報道されることでの信用失墜、従業員の士気の失墜。そしてなによりも大和ホテルのブランド確立など問題山積だ。どうだね、みんなを引っ張ってやって行けるか、社長」

金杉は華子に語りかけた。

「やります。やり遂げます」

華子はきっぱりと言った。

「それでこそ木佐貫が育てた甲斐があるというものだ。あなたは私を仇だと恨んでいるが、今回のことで先日『守護神』と言った意味を少しは理解してくれただろうか」

金杉の目は慈悲《じひ》に溢れていた。

「失礼ですが、金杉さん」

華子が言った。

「今日は、ずいぶんたっぷりとシェービングクリームをお使いになったようですね」

「はい、その通りです。最近は無臭、無香性が多いですが、私は昔から柑橘系の香りが好きなもので……。香りましたかな。あまりこの香りはお好みではないですか」

「昔から同じ香りのものをお使いなのですか？」

「はい、ずっと愛用しています」

金杉の表情は緩《ゆる》くなり、とても世間の表裏を知り尽くした男には見えない。

「そうですか……」

華子は視線を落とし、何かを深く考えるような素振りになった。

私は、金杉と視線を合わせた。今こそ、親子の名乗りを上げるべきだと私は声にならないメッセージを送った。

金杉は苦い笑いを浮かべ首を小さく横に振った。私は胸が苦しくなり、表情を歪めた。金杉の悲しみが伝わって来たのだ。

「私、その香りをかぐと懐かしさがこみ上げてくるのです。父は、そのような香りのシェービングクリームを使っておりませんでした。それで幼い頃、柑橘系の香りのする人に抱かれたことがあったのかなと思います。先日、お会いした時からずっと気になっておりました」

華子が瞳を輝かせて金杉を見つめた。金杉の瞳が潤んだように見えた。

「失礼」

金杉は言い、ハンカチを取り出すと目を拭った。

「華子……。失礼。いや木佐貫社長。あなたは幼いころから多くの守護神に守られているんですよ。その柑橘系の香りのする人もその一人でしょう。それは私ではありません。でも、もしあなたに許していただけるなら、今から私は柑橘系の香りがするあなたの守護神となりたいと思いますが、よろしいでしょうか」

金杉は言い終わると、またハンカチで目を拭った。

「よろしくお願いします」

華子は素直に頭を下げた。

私は再び金杉と視線を合わせた。これでいいんですねと目で語りかけた。

金杉は少し悲しそうな笑みを浮かべて頷いた。

静かな応接室にけたたましく私の携帯電話が鳴り響いた。

すぐに耳に当てた。沢からだった。

「小杉と岩陰が女のマンションにいました。今、二人を捕まえました。大和ホテルに帰ります。樫村さんもお願いします」

「すぐ戻ります」

私は携帯電話をポケットにしまいこむと、立ち上がった。

「小杉と岩陰を確保しました。今から不正の全容を解明します」

私は勢いこんで言った。

「まるで銀行検査部みたいですね」

山本が笑った。

「そうだな……俺も共犯かな」

宮内が寂しく呟いた。

「宮内、お前には大和ホテルの経営再生に協力してもらいたい。いいだろう?」

私は言った。

宮内は目を見開いて、私を見て「勿論だよ」と笑顔になった。

「社長、宮内は厄病神《やくびょうがみ》から守護神に変わりました」

私の言葉に華子が静かに笑った。

## 13

小杉と岩陰を問い詰めたところ、山本の説明通りだった。横領金額は約十二億円よりは減ったが三年間で約九億円にも上った。それを二人で分けていたようだ。

小杉と岩陰は以前からの知り合いだった。岩陰が一人で行く銀座のバーに小杉も通っていたことで関係が出来た。岩陰は銀行には秘密にしていたが金融先物取引に手を出し、カネに困っていた。その話を問わず語りに小杉にしたところ、横領の協力を求められた。ベテラン財務マンである小杉を疑う者はホテルにはいない。不正は上手くいっていた。小杉は上村理沙に化けた本条《ほんじょう》理沙というキャバクラ嬢に入れ上げ、横領したカネを湯水のように使った。マンションや高価なバッグなども買い与えた。

ところが悪事には必ず終わりがある。

樫村がGMに就任したことで、元銀行員のキャリアから、必ず財務に手をつっこんでくるだろうと考えた。そうなると不正が発覚する。恐怖にかられた小杉は、本条理沙を上村理沙に仕立て上げ、今回の詐欺的な買収話を作り上げた。最終的にはどこかファンドを持って来て、本気で買収を実現するつもりだったというから恐ろしい。カネ余りの現在だ。小杉や岩陰の話に乗るファンドはあるだろう。

二人は業務上横領で警察に告訴し、逮捕された。

従業員たちはショックを受けていたが、華子が前面に立つようになりたちまち元気になった。

山里や柿本らのベテランと佐々木やアウン、桃子たちがいつも従業員協議会を開催し、コミュニケーション良く改革を進めて行った。

私にひねくれた態度を見せていた宴会支配人の菱山も、華子の明るさに刺激されて、見違えるように頑張るようになった。

やはりリーダーは明るくなければならない。そして現場の人達と一緒に笑い、泣き、喜びを分かち合わねばならない。それが何よりの経営改善のエキスだということが華子にも分かったようだ。それまで彼らとコミュニケーションのギャップがあったことが不正の背景にあると理解したのだろう。

従業員協議会が決めたコンセプトは「東京を感じられるクラシックホテル、大和」だ。

各部屋には東京の小物が飾られ、須田が作るレストラン・ラ・トランキルの食材も、可能な限り東京産にこだわった。

提供する酒やワインもその土地の土を感じられるテロワールを意識した。これは外国人観光客にも、そしてもう一つの重要な客層である丸の内のキャリア女性にも大好評だ。

「GM、今日は東京、その中でも世田谷区で人気のブーランジェリーを集めたフェスです」

ガーデンレストラン欅のチーフの咲希が見事に大勢の客をさばきながら私に言った。はちきれんばかりの笑顔だ。

「売り切れないうちに妻への土産に取っておいてくれないか」

私はこっそり頼んだ。

咲希は怪訝な顔で「何をおっしゃっているんですか。あそこ見てください」

私は言われるままレストランの隅に視線を向けた。こちらに向けて手を振っている女性がいる。その隣の男性も手を振っている。

「明子……それに幸太郎も」

私は呆れた。

「大和ホテルのフェスはゆっくり過ごしていただくためにお客様の数を限定しているものですからすごい人気なんです。それで奥様にも来ていただけたらいいなと思いまして」

「君が案内してくれたの？」

咲希は照れたような顔で「まあ、ちょっとGMへの忖度です」笑い、客の中に入って行った。

私は客でにぎわうガーデンレストラン欅の入り口に立って天井を見上げた。この最上階のレストラン・ラ・トランキルでは今、金杉の希望であったキッシュを食べながら金杉と華子が今後の支援について話し合っている。親子の名乗りはまだだが、いずれ自然に分かりあえるだろう。今日も金杉は、柑橘系の香り漂うシェービングクリームをたっぷりつけてきたようだ。

「髭をきれいにあたってきたよ」

金杉が顎を撫《な》でた。

「良い香りがいたします」

私は笑顔で答えた。

「そうかね」

金杉は嬉しそうにコンシェルジュに案内されて行った。

私はもう一人、重要な人を待っていた。宮内だ。彼を1715号室のロバートに会わせるためだ。実は、ロバートが世界的なファンドであるオネストグループの日本法人代表に就任したと沢が教えてくれたのだ。

「ホテル投資も活発にやっていますよ」

沢は言った。

私は沢と共にロバートに会い、ホテルのコンセプトを説明した。彼はいたく感激し、ぜひ投資したいと言ってきたのだ。宮内にも一役買ってもらおうと思っている。あいつとの友情はちょっとのことでは壊れない。

ロバートの投資が実現すれば、部屋を改装し、利用客に、さらに一層、東京を日本を感じてもらうようにしたい。

これは私の希望なのだが最上階にスパを作り、目玉として檜《ひのき》風呂の温泉大浴場を作りたいのだ。

日本と言えばやっぱり温泉でしょう。これは私の思い込みではない。下町の銭湯に行くと、外国人がゆったりとお湯につかっているのを見るのは当たり前になった。なにせテルマエロマエの国、ニッポンだ。

しかし最近は抵抗がなくなってきたようだが、それでも外国人観光客の中には、裸で風呂に入るのを嫌がる人がいるかもしれない。その際は特注の水着で入浴してもらってもいい。

東京の大パノラマの夜景を眺めながら、アジア人も西欧人も中東人もアフリカ人も、世界中の人みんなが温泉にゆったりとつかっている。こんな景色を実現したい。

「おお、樫村」

宮内が来た。笑顔だ。

「待ってたぞ。宮内」

私も笑顔で答える。

さあ、これから新しい大和ホテルの新しい物語が始まる。

本書は文庫書下ろしです。

|著者| 江上 剛　1954年、兵庫県生まれ。早稲田大学政治経済学部政治学科卒業後、第一勧業銀行（現・みずほ銀行）に入行。人事部、広報部や各支店長を歴任。銀行業務の傍ら、2002年には『非情銀行』で作家デビュー。その後、2003年に銀行を辞め、執筆に専念。他の著書に、『絆』『再起』『企業戦士』『リベンジ・ホテル』『起死回生』『東京タワーが見えますか。』『家電の神様』『ラストチャンス　再生請負人』（すべて講談社文庫）などがある。銀行出身の経験を活かしたリアルな企業小説が人気。

ラストチャンス　参謀《さんぼう》のホテル

江上《えがみ》 剛《ごう》



講談社文庫

定価はカバーに
表示してあります

2020年4月15日第1刷発行

発行者――渡瀬昌彦
発行所――株式会社　講談社
東京都文京区音羽2-12-21　〒112-8001
電話　出版（03）5395-3510
　　　販売（03）5395-5817
　　　業務（03）5395-3615

Printed in Japan

デザイン―菊地信義
本文データ制作―講談社デジタル製作
印刷―――株式会社廣済堂
製本―――株式会社国宝社



ISBN978-4-06-519236-8

# 講談社文庫刊行の辞

二十一世紀の到来を目睫に望みながら、われわれはいま、人類史上かつて例を見ない巨大な転換期をむかえようとしている。

世界も、日本も、激動の予兆に対する期待とおののきを内に蔵して、未知の時代に歩み入ろうとしている。このときにあたり、創業の人野間清治の「ナショナル・エデュケイター」への志を現代に甦らせようと意図して、われわれはここに古今の文芸作品はいうまでもなく、ひろく人文・社会・自然の諸科学から東西の名著を網羅する、新しい綜合文庫の発刊を決意した。

激動の転換期はまた断絶の時代である。われわれは戦後二十五年間の出版文化のありかたへの深い反省をこめて、この断絶の時代にあえて人間的な持続を求めようとする。いたずらに浮薄な商業主義のあだ花を追い求めることなく、長期にわたって良書に生命をあたえようとつとめるところにしか、今後の出版文化の真の繁栄はあり得ないと信じるからである。

同時にわれわれはこの綜合文庫の刊行を通じて、人文・社会・自然の諸科学が、結局人間の学にほかならないことを立証しようと願っている。かつて知識とは、「汝自身を知る」ことにつきていた。現代社会の瑣末な情報の氾濫のなかから、力強い知識の源泉を掘り起し、技術文明のただなかに、生きた人間の姿を復活させること。それこそわれわれの切なる希求である。

われわれは権威に盲従せず、俗流に媚びることなく、渾然一体となって日本の「草の根」をかたちづくる若く新しい世代の人々に、心をこめてこの新しい綜合文庫をおくり届けたい。それは知識の泉であるとともに感受性のふるさとであり、もっとも有機的に組織され、社会に開かれた万人のための大学をめざしている。大方の支援と協力を衷心より切望してやまない。

一九七一年七月

野間省一

# 講談社文庫 最新刊

本城雅人
去り際のアーチ
〈もう一打席！〉
退場からが、人生だ。球界に集う愛すべき面々の、心あたたまる8つの逆転ストーリー！

中村ふみ
天空の翼 地上の星
天から玉《ぎょく》を授かったまま、国を追われた元王子が再び故国へ。傑作中華ファンタジー開幕！

はあちゅう
通りすがりのあなた
恋人とも友達とも呼ぶことができない、微妙な関係を精緻に描く。初めての短編小説集。

若菜晃子
東京甘味食堂
あんみつ、おしるこ、おいなりさん。懐かしくてやさしいお店をめぐる街歩きエッセイ。

大沢在昌 藤田宜永
堂場瞬一 井上夢人
今野敏 月村了衛 東山彰良
激動 東京五輪1964
昭和39年の東京を舞台に、ミステリー最先端を活躍する七人が魅せる究極のアンソロジー。

日本推理作家協会 編
ベスト6ミステリーズ2016
日本推理作家協会賞受賞作、薬丸岳「黄昏《たそがれ》」を含む、短編推理小説のベストオブベスト！

さいとう・たかを
戸川猪佐武 原作
歴史劇画 大宰相
〈第六巻 三木武夫の挑戦〉
「今太閤」田中角栄退陣のあと、後継に指名されたのは弱小派閥の領袖・三木だった。党内には反発の嵐が渦巻く。

トーベ・ヤンソン（絵）
ムーミン ノート
ムーミンがいっぱいの文庫版ノート。日記をつけたり、映画の感想を書いたり、楽しんでネ！

ニョロニョロ ノート
隠れた人気者、ニョロニョロがたくさんの文庫版ノート。展覧会や旅行にも持っていって。

加藤典洋
# テクストから遠く離れて
解説＝高橋源一郎　年譜＝著者、編集部

ポストモダン批評を再検証し、大江健三郎、高橋源一郎、村上春樹ら同時代小説の読解を通して来るべき批評の方法論を開示する。急逝した著者の文芸批評の主著。

978-4-06-519279-5
かP5

平沢計七
# 一人と千三百人／二人の中尉
平沢計七先駆作品集
解説＝大和田 茂　年譜＝大和田 茂

関東大震災の混乱のなか亀戸事件で惨殺された若き労働運動家は、瑞々しくも鮮烈な先駆的文芸作品を遺していた。知られざる作家、再発見。

978-4-06-518803-3
ひJ1

## 講談社文庫　目録

## 講談社文庫　目録

恩田　陸　黒と茶の幻想(上)(下)
恩田　陸　黄昏の百合の骨
恩田　陸　『恐怖の報酬』日記〈酩酊混乱紀行〉
恩田　陸　きのうの世界(上)(下)
奥田英朗　新装版 ウランバーナの森
奥田英朗　最悪
奥田英朗　邪魔(上)(下)
奥田英朗　マドンナ
奥田英朗　ガール
奥田英朗　サウスバウンド
奥田英朗　オリンピックの身代金(上)(下)
奥田英朗　ヴァラエティ
乙武洋匡　五体不満足〈完全版〉
乙武洋匡　だから、僕は学校へ行く!
乙武洋匡　だいじょうぶ3組
大崎善生　聖《さとし》の青春
大崎善生　将棋の子
小川恭一　江戸の旗本事典〈歴史・時代小説ファン必携〉
奥野修司
徳山大樹　怖い中国食品、不気味なアメリカ食品
奥泉　光　プラトン学園
奥泉　光　シューマンの指
奥泉　光　ビビビ・ビ・バップ
折原みと　制服のころ、君に恋した。
折原みと　時《とき》の輝き
折原みと　幸福のパズル
岡田芳郎　世界一の映画館と日本一のフランス料理店を山形県酒田につくった男はなぜ忘れ去られたのか
大城立裕　小説 琉球処分(上)(下)
太田尚樹　満州 裏 史〈甘粕正彦と岸信介が背負ったもの〉
大島真寿美　ふじこさん
大泉康雄　あさま山荘銃撃戦の深層(上)(下)
大山淳子　猫 弁〈天才百瀬とやっかいな依頼人たち〉
大山淳子　猫弁と透明人間
大山淳子　猫弁と指輪物語
大山淳子　猫弁と少女探偵
大山淳子　猫弁と魔女裁判
大山淳子　雪 猫
大山淳子　イーヨくんの結婚生活
大山淳子　光二郎分解日記〈相棒は浪人生〉
大倉崇裕　小鳥を愛した容疑者
大倉崇裕　蜂に魅《ひ》かれた容疑者〈警視庁いきもの係〉
大倉崇裕　ペンギンを愛した容疑者〈警視庁いきもの係〉
大倉崇裕　クジャクを愛した容疑者〈警視庁いきもの係〉
大鹿靖明　メルトダウン〈ドキュメント福島第一原発事故〉
荻原　浩　砂の王国(上)(下)
荻原　浩　家族写真
小野正嗣　九年前の祈り
大友信彦　釜石の夢〈被災地でワールドカップを〉
大友信彦　オールブラックスが強い理由〈世界最強チーム勝利のメソッド〉
乙　一　銃とチョコレート
織守《おりがみ》きょうや　霊感検定
織守きょうや　霊感検定〈心霊アイドルの憂鬱〉
織守きょうや　霊感検定〈春にして君を離れ〉
織守きょうや　少女は鳥籠《とりかご》で眠らない
岡本哲志《さとし》　銀座を歩く〈四百年の歴史体験〉
クァク・ジェヨン原案
鬼塚　忠著　風の色
おーなり由子　きれいな色とことば
岡崎琢磨　病弱探偵〈謎は彼女の特効薬〉

2020年3月15日現在